邂逅文苑

中国好文章书系

《好文章》书系组委会 主编

光明日报出版社

图书在版编目（CIP）数据

邂逅文苑 /《好文章》书系组委会主编 . -- 北京：
光明日报出版社，2022.9

ISBN 978 - 7 - 5194 - 6747 - 0

Ⅰ.①邂… Ⅱ.①好… Ⅲ.①散文集—中国—当代
Ⅳ.①I267

中国版本图书馆 CIP 数据核字（2022）第 153296 号

邂逅文苑

XIEHOU WENYUAN

主　　编：《好文章》书系组委会

责任编辑：李　倩　　　　　　　　责任校对：李　晶
封面设计：中联华文　　　　　　　责任印制：曹　净

出版发行：光明日报出版社

地　　址：北京市西城区永安路 106 号，100050

电　　话：010-63169890（咨询），010-63131930（邮购）

传　　真：010 - 63131930

网　　址：http：// book. gmw. cn

E - mail：gmrbcbs@ gmw. cn

法律顾问：北京市兰台律师事务所龚柳方律师

印　　刷：三河市华东印刷有限公司

装　　订：三河市华东印刷有限公司

本书如有破损、缺页、装订错误，请与本社联系调换，电话：010 - 63131930

开　　本：170mm×240mm

字　　数：287 千字　　　　　　　印　　张：16

版　　次：2022 年 9 月第 1 版　　　印　　次：2022 年 9 月第 1 次印刷

书　　号：ISBN 978 - 7 - 5194 - 6747 - 0

定　　价：95.00 元

本书编委会

前 言

《淮南子·本经训》中记载："昔者仓颉作书，而天雨粟，鬼夜哭。"文字的力量，由此可见一斑。文字真是一种奇妙的东西，寥寥数字便在书写者与阅读者之间架起一座心灵之桥——娓娓道来的文字能够温暖人心，昂扬激越的文字让人心潮澎湃，蕴含哲理的文字能够明心见性，真情实感的文字催人泪下，让人心生感动。文字让我们的思绪插上了想象的翅膀，带我们飞入书写者用妙笔精心构建与编织的文字世界，让我们在知识与思想的天空中翱翔。

"中国好文章"大赛组委会从发出邀请至今，已收到数万名作者朋友的踊跃投稿，让我们倍感欣喜与珍惜。欣喜的是，你们看到了我们发出的征稿邀请，并勇于展示自己的才华；珍惜的是，你们将自己精心写就的文章托付给我们，是对我们的信任。身处此位，将心比心，每日与文字打交道的我们，更懂得作者对自己文章的用心与爱护。在与这些美文的不期而遇中，我们感受到你们对祖国大好河山的由衷赞美，对故乡故人的深深怀念，对青春往事的追忆释怀，对亲人朋友的真切情感……字字句句皆自肺腑流出，每一段文字、每一篇文章都承载着书写者的人生温度，讲述着书写者的奇妙故事，蕴藏着书写者的岁月感悟。

著名作家莫言曾在诺贝尔文学奖晚宴上的致辞中谈到自己对于坚持文学写作的看法："我深知世界上有许多作家有资格甚至比我更有资格获得这个奖项；我相信，只要他们坚持写下去，只要他们相信文学是人的光荣也是上帝赋予人的权利，那么，'他必将华冠加在你头上，把荣冕交给你'。"如今投稿的你们也是这样，不论年龄几何，不论身处何处，曾经，当你的脚步穿过那一排排放满书籍的书架，指尖抚过那一本本微微鼓起的书脊，听到那纸张翻阅的沙沙声，想必有一颗石子落入你如静水般的内心，激起了一圈圈淡淡涟漪，你便也想让自己的文字化为铅字，让每一个爱书之人感受到你笔下文字那鲜活的生命力。于是你们日复一日、年复一年保持着对文字、对写作的热爱，这在当下，是多么难能可贵的品质。我们发自内心地佩服书中各位作者对文学梦的坚守，因此有了我们在"中国好文章"的相遇，才有了这本凝结着你们心血结晶与智慧闪光的诚意之作。

一纸素笺，这卷承载着心语的墨香，是你们个人情怀与美德的人文积淀，是你们"文如其人"的最佳彰显，更是你们收获公众好评和认可的绝佳机会。或许今天热爱文学写作的你，明天就能在中国文坛拥有一席之地，成为反映美好新时代的一面旗帜，成为用文字影响他人的文化摆渡人！

"文明如水，润物无声。"书籍作为思想文化的载体、人类知识的殿堂，读罢方知心渠如许不彷徨，人间至爽在墨香。本书这些沉睡的文字，如时光与心灵的对白，诉说着少年五彩的梦，低唱着中年朴质的影，浅吟着老年夕阳的红，并赋予各时的震撼或感动、温暖或骄傲、火热或炽烈的瞬间以永恒……此刻，她正散发着墨香，静待有缘相会的读者来唤醒。

"中国好文章"大赛编委会

Contents

目 录

辛志义作品

额头上的伤疤 ·· 1

今生不能错过你 ··· 4

家谱 ··· 10

惠惠作品

方向不对　努力白费 ·· 13

修好码头船自来 ··· 18

电视剧《人世间》观后感 ··· 22

王美玲作品

一树一天堂 ··· 25

甘为书奴 ·· 27

十七岁那年，我破茧成蝶 ··· 29

荣俊通作品

木兰传奇 ·· 32

王达品作品

乘火车 ·· 37

她为农家少年系上红领巾 ··· 39

恩师岳科长 ··· 41

曹丽敏作品

烟大附中赋 ··· 43

青玉案·孺子牛 ··· 44

岁月随想 …………………………………………………………… 44

一个美丽的约定 …………………………………………………… 49

张卉婕作品

明月心 ……………………………………………………………… 52

青莲 ………………………………………………………………… 53

李有义作品

我的好友曹庆华 …………………………………………………… 55

写给二哥的最后一封信 …………………………………………… 56

赵为孝作品

"深情五十年"献词 ………………………………………………… 59

虞美人·秋思 ……………………………………………………… 61

荀根作品

春耕 ………………………………………………………………… 62

流逝的端午时光 …………………………………………………… 64

吕彦坤作品

婚姻致辞 …………………………………………………………… 66

病中有感 …………………………………………………………… 66

冯丙玉作品

劳动的开端 ………………………………………………………… 70

母亲的心愿 ………………………………………………………… 72

电话的故事 ………………………………………………………… 74

家乡的土戏台 ……………………………………………………… 76

黄陈作品

追梦 ………………………………………………………………… 78

卜算子·念秋 ……………………………………………………… 79

如梦令·窗外 ……………………………………………………… 79

云开雾散 …………………………………………………………… 80

李耐春作品

满江红·庆百年华诞 ……………………………………………… 81

七律·清明之革命烈士陵园 ……………………………………… 82

李瑞作品

烟花江畔 ……………………………………… 83

让书香净化灵魂 ………………………………… 84

刘建昌作品

祖国礼赞 ……………………………………… 86

世纪中国 ……………………………………… 86

韩传芝作品

修身正心 ……………………………………… 87

真诚要做到"慎其独" ………………………… 88

我想推荐一本书 ………………………………… 89

井源崔骏作品

念 ……………………………………………… 90

未来的世界 …………………………………… 91

谢天任作品

错爱 …………………………………………… 93

何必勉强 ……………………………………… 94

鼻音 …………………………………………… 94

为你喝彩 ……………………………………… 95

王楠作品

情书 …………………………………………… 96

关于你 ………………………………………… 97

刘崑岭作品

小品三折 ……………………………………… 99

发现母亲的爱 ………………………………… 103

曲建波作品

老二奶 ………………………………………… 105

桃花红 ………………………………………… 106

任天翔作品

古今人物对话——李白篇 …………………… 108

古今人物对话——辛弃疾篇 ………………… 110

王晋平作品

特殊缘分 ……………………………………… 112

三晤昙花 ……………………………………… 116

踏雪 …………………………………………… 119

王玉亮作品

五月槐花香外溢 ……………………………… 121

绿色的记忆 …………………………………… 122

闲游烟墩山 …………………………………… 124

严慧勇作品

急性肾炎 ……………………………………… 127

大水 …………………………………………… 130

重访海台 ……………………………………… 133

一剪梅 ………………………………………… 135

括苍山的高度 ………………………………… 138

周凤霞作品

夕阳红之旅 …………………………………… 141

我的游轮之旅 ………………………………… 143

陈超作品

遥远的边关 …………………………………… 147

班长,你在他乡还好吗 ……………………… 148

陈广琦作品

记忆的发现 …………………………………… 152

睡觉 …………………………………………… 153

走起 …………………………………………… 154

李长青作品

绿了 …………………………………………… 158

寄情星海湖 …………………………………… 159

鸣翠湖一瞥 …………………………………… 161

额济纳看胡杨 ………………………………… 162

漓江山水 ……………………………………… 164

珠海的夜晚 ·········· 165

珠海的秋光 ·········· 166

从盼到盼 ·········· 168

不能"随便" ·········· 168

魏忠建作品

知道我在等你吗 ·········· 170

你是姜武吗 ·········· 171

铿锵三人行 ·········· 173

剑兰花开 ·········· 176

鲤鱼跃龙门 ·········· 177

不能忘却的记忆 ·········· 180

李平林作品

文字工作者也要弘扬工匠精神 ·········· 183

文字是一剂良药 ·········· 184

史佩可作品

我的导航系统 ·········· 186

太空里的梨 ·········· 188

帖祥宾作品

除夕寄语 ·········· 191

老所感悟 ·········· 191

我们都是有故事的人 ·········· 193

真善美 ·········· 193

杨桂林作品

黄果树瀑布 ·········· 195

圆明园观荷 ·········· 196

游紫竹院 ·········· 197

红叶颂 ·········· 197

青龙湖之咏 ·········· 197

杭州西湖颂 ·········· 198

杨加富作品

棚床夜语 ·········· 199

一个寻找"红褂子"的老人 …………………………… 200

板房秋思 …………………………………………… 205

小木椅里的故事 …………………………………… 207

我是什么 …………………………………………… 209

姚水叶作品

无声世界 …………………………………………… 211

黑麻石 ……………………………………………… 215

我的小河 …………………………………………… 219

思乡 ………………………………………………… 220

善良的印记 ………………………………………… 221

年味 ………………………………………………… 224

李佳庆作品

折翼的天使 ………………………………………… 226

似 …………………………………………………… 227

开始时 ……………………………………………… 228

爱 …………………………………………………… 228

王坤作品

老屋已死 …………………………………………… 230

曾家山险 …………………………………………… 231

森林秋 ……………………………………………… 233

山雪 ………………………………………………… 234

王阳纯凌作品

遵义会议会址 ……………………………………… 235

写给李白的信 ……………………………………… 236

为自己点赞 ………………………………………… 237

湿地公园 …………………………………………… 238

游文坚作品

感叹京秋 …………………………………………… 239

西湖,承载历史之美 ………………………………… 240

后 记 ……………………………………………… 242

辛志义作品 *

额头上的伤疤

一、村小学

1972 年秋，我在村小学上一年级。我们村子在陕南商洛山区的一个半山腰上，大家都叫它郭家沟，其实我们郑氏才是大家族。我们村一共住着 37 户人家，学生全部来自本村，小学一到三年级在村小学同一个学堂上课，四、五年级时再转升到大队小学。

在村里，我们郑姓是大户，祖上经历六代，原是一家人，付姓有五户，另外两家是新户，四个姓氏均有联姻。

老师是我们郑家的一个堂哥，小名叫老虎。听说老虎的爹很厉害，一心供养儿子上学，把老虎读到小学毕业，把他弟弟供到中学毕业，是名副其实的文化人，两个人各自在村小学和大队小学当老师。

村小学在村子的最西头，与村委会相连。村委会是村民学习、开大会的地方，房子兼做村里的保管和库房。台阶下是一个比较大的场地，平时是小学的操场，麦收时节就成了打麦场。

学生由同一个老师教，在同一间教室，同一班级上课。一年级学习汉语拼音，学习"毛主席万岁！""中国共产党万岁！""中华人民共和国万岁！"让我印象深刻的是，高年级齐声朗诵的《小马过河》。那时，我脑海中浮现出涨水的河以及小马、老马的身影，和风轻盈，秋色迷人，我把自己想象成小马，高年级同学是老马，小马跟着老马学。

二、上山下乡

知识青年响应毛主席号召上山下乡，入住村里，帮扶修建大寨梯田。知识

---

* 作者简介：辛志义（八月寒），56 岁，陕西省商洛市人，现为甘肃省某国企高管，文学爱好者，自 2018 年起在各大网络媒体发表作品。

分子有两人来自大山外，上面选派，都叫工作组，两个人分别任正、副组长。一起来的知识青年有很多，来自我们县不同的乡，我表姐就是其中之一。

每天早晨上学与上工同步，广播一响，社员上工、学生上学。广播播放的内容固定不变，早新闻首先是歌曲《东方红》，接着播报新闻，最后是京剧《红灯记》："临行喝妈一碗酒……"唱完歌，大家起身上工。学生只在上午上课，下午帮家里干家务，挑水、喂牛、打柴、拔猪草，有时候，跟着老师参加集体劳动。

村主任领着大家学习、开会、干农活，是大家最信任的人，也是村里最权威、最能协调矛盾的人，村里的事全由他张罗，驻村工作组的事都要事先与村主任商量。每天喇叭响完，村主任便扯着嗓子喊"上工了"，并点着狗娃、水娃、长命、栓子、榜柱等小名，带头上工；到了地头，村主任第一个带头开镰动锄，并吆喝"开工了"；工间歇息，村主任拉长声音喊"歇火①了"，找个好一点的地方一起歇火；看看天色，看看活计，看看人力，估摸干得差不多了，村主任稳稳地喊道"放工了"。大家最高兴听"放工了"三个字，女人急着回家做饭、洗衣服、带孩子，男人们急着干自己家的私活——磨面、打柴、挑水、种自留地。

工作组的两个领导，在村里吃派饭，跟村里每家每户都熟悉。白天上工，晚上开会。

小学生课余活动多，不仅要学习文化，还要学工、学农、学军，学植树造林，参与大人们的大会战。村里召开社员大会，经常请村里的老党员忆苦思甜，知识青年接受贫下中农的再教育。我们学生也有这样的政治课，叫"老党员讲故事"，接受再教育，做又红又专的无产阶级革命事业的接班人。

三、八月十五吃月饼

八月十五到了，小孩们盼着过节，因为节日才有好吃的。我娘烙了月饼，蘸着色素在小馍馍上印出植物花，我们叫花馍娃，敬祖先，敬月亮，上完供桌，娘给我们一人分三个。我舍不得吃，将分给自己的花馍娃藏起来。哪儿最安全，姐姐妹妹找不着呢？藏到灶台的大筒子锅后。

第二天早晨，广播响完了，同学高声喊叫我的名字，说"上学了"！学校人多热闹，充满诱惑，令人神往，背着书包，闻着书香，听着歌声、读书声，巴不得天天上学去。我一边答应，一边让同学等着我，一溜小跑，冲到灶台，找

---

① 歇工，休息的意思，陕西方言。

我的好吃的。不巧，被柴树枝子绊倒，额头磕在灶门的树墩子棱上，一下子见了骨头，血流不止。

我娘听见了我的哭声，赶紧救治，抹点锅底灰，说是能止血，止住血，让伤疤自己长好。小男孩，摔一跤，长得高，不磕不碰长不大。

四、集体劳动

学生要兼学别样，学工学农。国庆节后的一天，在老师的带领下，我们在学校的试验田种苞谷，大同学挖窝子，小同学丈量株距行距找位置。我听老师的话，依葫芦画瓢，见样学样，动作麻利，用两个交叉的小棍子量距离。一个又高又大的女同学，一不小心，一锄打在了我的额头上，顿时血肉模糊，皮开肉绽。我疼痛难忍，不知有多严重，厉声啼哭壮胆。同学说，是给集体劳动，不能说疼，我止住哭，学习英雄人物，轻伤不下火线。

山上山下，一声喊叫，便有人应。叫来我娘，带着我去看先生。娘背着我出大山走了十里地，医生给我伤口塞了药棉，止住血，用纱布包扎好，我便跟着娘回了家。娘说："疼不？"我说："不疼。"娘说："背你走？"我说："自己能走，别让娘累着。"我心里想，集体劳动是光荣的，集体劳动不能喊疼。路上，我给娘讲，老师让我们学习英雄刘胡兰，这点疼算得了什么。

那一年年底，评"三好学生"。评选结果下来了，刚开始没有我。我娘去找老师，说："老虎，你不公道，我娃集体劳动，受了伤，凭什么不把'三好学生'给我娃。"老虎说不过我娘，就把三个名额中的一个给了我。

五、永远的印记

同一年，额头上的同一地方，落下一块伤疤，留下了永远的记号。

从小，娘就给我剃锅盖头，我觉得帅气。额头的伤疤，自己看不见，不觉得有什么。邻居伙伴说，我脸上破了相，一生不太顺。但娘却说，我的生辰八字好，命硬，能降住任何牛鬼蛇神，将来一定能大有出息，飞黄腾达。毛主席教导说封建迷信要不得，老师也说不得迷信，我想，我娘一定是学上少了，不讲科学讲迷信，我还是听老师的。

我语文和数学一直很好，政治课也好，上中学前，拿了多年的"三好学生"，奖状贴在我家堂屋的敬板墙下面，家里只要来人都先夸我，爹和娘都很骄傲。

后来，我到外婆家玩耍。有个小伙伴骂我额头上的破相是倒霉相，我说是集体劳动造成的，是干了好事的，应该夸奖我才对。我从小就一直认为，我额头上的伤疤，就是"三好学生"的象征。从小是"三好学生"，将来一定很有作为，我盼望着走出大山见大世面，像爹娘羡慕的墩子那样，变得有用，我对未来充满期待！

今生不能错过你

一、阿欢她爹

阿欢是我们村里的姑娘，人长得温柔漂亮，比我大 1 岁，跟我姐姐同年级，从小被父母做主订了娃娃亲。

在我小学的时候，我们村住着近 40 户人家。村里 4 个姓氏，我们郑姓是大姓，占到村上的绝大多数，据说我的老祖爷爷是从山西搬迁过来的。阿欢住在村子最东头的一片小窝窝里，自成小团体，5 个弟兄姊妹住在一起，她姓付，是付老二的三丫头，兄妹间团结友爱，互相照应，不像我们西头村的郑家人，本是同族同姓，却为争夺生存资源，相互欺压，斗强斗狠，用尽计谋。

阿欢爹跟我爹是好哥们，经常在一起唠家常，咬咬耳朵，谈谈感想，说点热乎乎的亲近话。有一次，无意间，听我爹托阿欢爹给我踅摸个娃娃亲，我充满好奇，想象未来的媳妇要是能像阿欢一样就好了，只可惜我家姊妹多，条件相对差，这事始终没有下文。

阿欢爹身强力壮，多才多艺，不仅会干木匠活，还会踏墙盖房子、杀猪，都叫把式，是我们村里的大能人。我爹决定在房前对面盖吊楼，就请阿欢爹当匠人。那段时间，阿欢也来我家玩耍，可能是来看她爹，跟我姐姐形影不离。吃饭的时候，我娘留阿欢一起吃饭，她大大方方，帮我姐姐端菜、端饭、搬凳子，她那时扎着辫子，穿着蓝青色的花布衫，四方脸蛋，红润皮肤，声音脆甜，我娘赞不绝口，人家的娃什么都比我们家的强。

阿欢爹还有一个本事就是人称"小诸葛"，能掐会算，都说算得挺准。谁家选个庄基地，看个坟底子，选个黄道吉日，或是丢了东西，或是某人一时回不了家，预测祸福，都要偷偷去请阿欢爹算上一算才放心。有一次，我爹请他到家里看日子，阿欢爹带来了一本发黄的书，一边查看，一边扳指头，盯着掌心指关节，又算又看，念念有词，悄悄告诉我爹我娘什么说头，走的时候我爹送给他两包羊群烟表示感谢。我经常学着阿欢爹神神秘秘的样子，给小伙伴算卦，以寻开心。

阿欢爹也有算错的时候，那就是算不准他儿子的事。他儿子和我们村最西头的堂姐从小订了娃娃亲，大人互相走动，一直来往亲密，两个孩子却互相看不上眼，眼看着到了结婚的年龄，堂姐却逃婚，不知道跑到什么地方去了，一去便再也没有回来。大家都说，阿欢爹当了一辈子的利落人，却做不了儿女的主。

二、一块儿放牛

阿欢娘一直没有参加集体劳动，专门给生产队放牛，共养了大小 6 头牛。她每天起早贪黑，就在我们家门前的山坡上放牛。早晨太阳出来的时候，把牛赶到上坡的草地上，每头牛都戴着牛笼嘴，怕吃了路上的庄稼。小牛犊最调皮，偏不走正路，想方设法地往庄稼地里跑，阿欢娘用鞭子和土块满坡追赶吆喝。阿欢的两个弟弟经常跟着他娘放牛，有点像双胞胎，放牛的活一半是这弟兄俩的，偶尔也能看到阿欢的身影。

我爹当队长的时候，让生产队帮我家也买了两头牛。据我娘说，养牛可以攒牛粪，多挣工分，牛就关在我家的吊楼下面。我家放牛的技巧都是阿欢家教的。

早晨，我娘和阿欢娘把我家的两头牛一起赶到山上，让阿欢娘帮着照看。中午我放学后，吃完中午饭，上山随便打打柴，挖些草药，放放牛，天黑时再一起把牛赶回到各自的牛圈。我经常学着阿欢娘，背着背篓捡牛粪，牛粪是上好的肥料，多捡些牛粪就能多挣些工分。

时间长了两家人彼此都更加熟悉了，姐姐、阿欢以及阿欢的两个兄弟和我经常打交道，成了熟悉的好伙伴。但是，我很少和阿欢说话，心想她已经是别人的人了，免得我娘骂我。阿欢说话软软的、柔柔的，但干起事来，一点儿也不含糊，干净利索，就像个假小子。

阿欢家的牛有些欺生，有时候用犄角狠斗我家的牛，我们也得及时劝架说和，后来两家的牛也彼此熟悉了。有一次，有一条菜花蛇缠住了阿欢家的大黑牛，大黑牛原地转圈想极力摆脱纠缠，我和阿欢的两个弟弟用棍子又捅又打，蛇很快就仓皇而逃。有时候，我们看见树上挂着一条蛇，阿欢弟弟便说，这蛇是在和人比高低，然后把鞋脱下来往树上扔，还说一定要比蛇高出去一些才吉祥。

放牛的时候，听我姐姐说，阿欢的婆家在后山上，家里的条件非常好，有钱有粮，过年过节经常到阿欢家里来送礼。我很羡慕将来要做阿欢丈夫的那个人，我发誓一定要变得强大，将来有了本事，也要娶阿欢这样的媳妇。

不知什么时候，我家的黄牛怀牛犊了，我们说一定是阿欢家的牛干的，我们成了牛亲家。不幸的是我家的牛犊生下来没几天就死了，我爹请兽医，打针喂药，还是没有养活。死的时候还请村干部到我家看了看，毕竟牛犊也是公家的集体财产。

再后来，我家的黑牛在我弟弟放牛的时候，从山坡滚下山崖摔死了。队长命人在东头跛子玉祥家剥皮煮肉，全村男女老少分肉吃，只有我们家没有吃，因为黑牛是我家养的，平时很有感情，吃不下去，心里难受。

我娘说，我家背运，连个牛都养不好，做啥啥不行，就不是养牛的料，没有人家阿欢家顺风顺水的好福气，后来就把剩下的黄牛又交回生产队了。队长说，反正阿欢家养牛，我家的这头牛就让阿欢娘一起养，回头队上给她家加工分，阿欢家牛的队伍越来越庞大了。

三、学游泳

小学四五年级时，我和姐姐都到大队小学上课。姐姐和阿欢是约好来回一起上学的好伙伴。

夏天的时候，听我姐姐说，阿欢和她们付家的小姐妹们在河里游泳，我充满了好奇。在我的印象里，在河里游泳是男孩子们干的事。男孩子们为了游泳，利用河里的大水潭，刨了个很大很深的游泳池，就在离阿欢家不远的地方。我们经常在大水潭边玩耍，脱得赤条条的，有时候站在高高的大石头上往下跳，比谁压的水花少，能发出"咕咚"一声就算成功，游一会儿，冻得不行，再躺到大石头上晒一会儿，闭上眼睛看太阳，很惬意，好像看到了天上的皇宫和仙女。女孩们很羡慕我们能放开游泳，她们害羞，放学回家的时候远远地躲着走，或者闭着眼睛快速跑开。

有一次，阿欢的大弟弟，游到了深水区，由于水性不好，半天不见游出来。有人疾呼："不好啦，快救人呀，阿欢弟弟快被淹死了！"我立即扑到水潭深处救人，几下子便把阿欢弟弟揪了出来，他喝了不少水，憋得够呛，但却没有什么大事。

又有一次，我在大水潭抓鱼，不小心右腿膝盖让玻璃划伤了，流了不少血。听说是大孩子们偷偷干的害人事，有人给瓶子装了雷管和炸药，用泥巴封住瓶口，扔到水潭炸鱼，玻璃瓶子的碎片便留在了潭里面。我们把水潭重新掏了掏，确保大家游得安全。村里听说我游泳受了伤，都谴责炸鱼的人，从此再没有类似的事儿发生了。后来生产队社员上工放炮炸石头，有一个社员没有防护好，受了伤，大人以此说事，私下用炸药雷管是很危险的事，村委会开会的时候，队长反复强调，家长要各自管好自己的娃，出了事，上面怪罪下来，谁也担当不起。

伙伴们还是继续经常玩耍、抓鱼、游泳、打水仗。我经常想象女孩们游泳的场景，又神秘又好玩，总想什么时候，远远地偷看一下，看女孩们游泳是什么样子，会不会像我一样有"咕咚"一声，却从来没有捞着看到的机会。我娘给我下午安排的事总是满满的，完不成任务会挨打的。

四、前后桌

1978 年秋季，我以优异的成绩升到 40 里外的中学读书。农村条件艰苦，小学到初中，如大浪淘沙，孩子如果没有多大前途，家里就让早早回家劳动，多个劳力，便多挣些工分和口粮。等到我上到初中，发现我们大队和村上的学生寥寥无几，和我同级升上来的仅有 2 人，上一级的有 4 人，阿欢、姐姐和我又能经常见面了。

我姐姐很优秀，得到老师的异常重视和重点培养，上初一时作文当范文读，数学竞赛拿了第一名。我到现在也没有弄懂，阿欢为什么留级，她的成绩也是不错的，这是个人隐私，我不敢问。听我姐姐时不时冒些话，说阿欢的准女婿也在这个学校，还是一个年级，初一的时候，他俩是大家经常寻开心逗闷子的活靶子，阿欢实在受不了，才被迫留级的。

很巧的是，阿欢和我分在了同一个班，我在第一排，她在我的后一排，我们成了前后桌。我们的新校长是从县城调过来的，他的儿子和姑娘也在我们班。上初一以后，我中规中矩，认真细致，在学习上有一股子不服输的拼劲，很快就成了年级中的尖子生，无论平时上课回答问题、上讲台做题，还是学校的竞赛和学期考试，都名列前茅，偶尔冒上来的是留级下来的优秀男生。可能是老师的私心，优秀的阿欢和校长女儿同桌，我虽然个子低，但周围却围绕着优秀生。

我姐姐经常带着阿欢在宿舍楼下叫我，不是送菜就是送干粮。我们住校，一周上六天课，周六中午放学回家，带着干粮、提着菜，周日返校，赶着上晚自习。我那时饭量好，每次带的干粮在前三天就吃完了，姐姐尽力接济我。有时候下晚自习，我去女生宿舍外边找姐姐，顺便看一看阿欢。女生们都很羡慕，姐姐有我这样一个优秀的弟弟。

校长是我这一生当中遇到的难得的名师和榜样，是抓教学抓管理的一把好手。上任伊始，订制度，管学生，整顿校风校纪，谁见谁怕，调皮捣蛋的学生总能被他收拾得服服帖帖。晚自习和晚休他都亲自督查，给学校创造了一个风清气正的教学环境。在这样的平台上，我如鱼得水，得到了快速的进步提升。初中一年级、二年级我每学期都拿了"三好学生"的奖状，初中二年级上学期期中考试结束，校长特意组织在全校评定了三个优秀学生，是我和阿欢，还有另外一个留级生，校长在大会上讲我的故事，宣讲我的学习方法和态度，从一个校长眼里来看一个穷学生的学习和奋斗历程，给全校树立好榜样，也可能是借此教育自己的儿女。威信来自权力和实力，我是靠个人实力得宠，因此各方面变得小心谨慎，认为有责任把好学生的这面大旗扛起来。

有时候，当一个人变得优秀的时候，想法就多了，也沉不住自己了。初中二年级的时候，我偷偷喜欢上了阿欢。这时，我姐姐没有考上高中，听说被人顶了包，我娘在家很生气，明明家里可以飞出两只金凤凰。通过亲戚说媒，娘将我姐姐许了人，远嫁到山外条件好的地方，走出了我们的穷山沟。没有了姐姐这个中间人，我平时听不到关于阿欢的消息了，也找不到送菜送馍的由头了，只能靠平时前后桌的观察，我看起来大大咧咧，实际总在留意后桌的阿欢与校长女儿的每一句话。

我还是有很多的机会。阿欢的准女婿已经毕业，也到山外打工去了。毕竟人家阿欢是有主的人，但我还是止不住喜欢阿欢。周末有时候跟我娘怄气，她抱怨我今天拿粮明天拿柴火，训斥我，我便借机用不带干粮不带菜以示反抗，或者是把书故意落在我娘的眼皮子底下，这可是要娘的命。她千方百计地求阿欢捎带上，我心里感激阿欢，成了我和我娘的桥梁，见面虽只是简单地交接，但这已经足够了，只要能看到阿欢，能让她和我多说一句话，为我多做一件事，我都很高兴。有时候公社唱戏，姐姐带着我娘和外婆来，就住在阿欢的宿舍里，我娘带来的好吃的，也给阿欢一份。

1980年4月，我爹决定让我转学，转到我姐姐那儿上学。爹和娘商量好了，山区的教学质量差，没有多大前途，为我的将来考虑，必须转学。我爹去学校办手续的时候，校长和班主任再三挽留，爹承诺砸锅卖铁也要供娃上学，把我们培养成才。我哭了，不是舍不得学校，而是舍不得我喜欢的阿欢。

时间很紧迫，爹说要转过去直接插班，不能留级。除了课本、作业本，我把学校剩下的饭票，以及有用的东西都留给了阿欢，欠别人的钱，故意多报了欠账数，让阿欢替我还，想给阿欢心里留个问号。

阿欢送我的时候，我说："我会变得更好，咱们可以经常联系。方便的话，我会给你写信。"阿欢羞涩地低下头，接着微笑着摇摇头，没有说话。我背着书包，很自信地昂起头走了，带着委屈和无奈。

五、娶阿欢做媳妇

转了学，除了英语和化学费劲外，其余主课成绩都还不错，在新学校的新环境中我更加自信，更加坚定了。晚上躺在宿舍的床上，大家吵吵闹闹，还有人给大家表演秦腔，而我在思念阿欢，有时候想哭了，但不能说，鼓励自己努力再努力，将来把阿欢找回来。班里的女孩子们，漂亮的很多，花枝招展，可学习不行，歪点子不少，常常以请教作业习题为由与我套近乎，我心里只有阿欢，谁也比不了她。

姐夫的家境不错，我爹我娘没要一分钱的彩礼，条件是供养我上学。不到两年，我姐姐就嫁过来了，姐夫因为很喜欢姐姐，对我也很尊重。

我和阿欢在各自的学校继续上学，但是她的消息慢慢地中断了。两年里，我爹、我娘、我姐、我姐夫，四个人山里山外，因为结婚忙个不停。我顺风顺水，读完初中读高中，初中考中专仅仅差了 2 分，姐夫说，将来考大学更好。姐姐和我娘经常来看我，有时候直接来我们学校，我旁敲侧击地打探阿欢的消息。

初中毕业的时候，我跟姐姐说了我喜欢阿欢的事，我想娶阿欢当媳妇。姐姐感到惊愕，怎么能喜欢上阿欢呢？人家已经许人了。姐姐说，阿欢在区上读高中，父母遵循她的意愿，也支持她上学。但也听说她和她父母闹得不可开交，不同意早前订的娃娃亲，阿欢一心想考大学另谋出路，想跳出我们的穷山窝子。姐姐说正好可以给我们俩牵牵线。我求之不得，给姐姐说虽然我们彼此没有说破，但是我们有感情基础，心心相印。我娘听说了这个事，激动不已，她说不管要多少钱都会应承下来，想办法给我们撮合。

阿欢高三复读了一年，终没有考上大学。而我顺利地考上了西安的一所重点大学。高中毕业后，阿欢在她山外四叔的地方打工。我娘本来就很喜欢阿欢，从中周旋说和，娘当过多年的妇女队长，做事有一股子泼辣劲，一定要给儿子娶回一个贤惠的媳妇，最后我娘还是成功了。我娘说，我找着阿欢算是高攀了，阿欢年龄上大了我一岁，但生辰八字好，长得水灵，心善面善，是个旺夫的相貌。上大学的时候，阿欢经常到学校来看我，我带着她吃遍了西安大街小巷的小吃，让她体会了大城市的生活节奏，体了大学的氛围，也圆圆她的大学梦。有时候走在小湖边，我心里想，青梅竹马的阿欢终于回到自己身边了，学着校园情侣们卿卿我我，甜甜蜜蜜。阿欢外表柔弱，骨子里渗透着一股子倔强劲。

如今，阿欢成了我的妻子，还得感谢我姐姐和我娘。

家谱

燕子来时新社，梨花落后清明。池上碧苔三四点，叶底黄鹂一两声，日长飞絮轻。

——宋·晏殊

我是陕西商洛人，现在在兰州一家国企工作。从小，我就知道村里的绝大部分人是同一个姓，爷爷辈彼此关联紧密，同族同根。我 14 岁外出求学，随后举家迁移，家乡对我而言，既亲近又陌生。

2020 年年底的一天，我通过微信视频和老母亲聊家常，不自然地提到我父亲祖辈的情况。我母亲 78 岁了，耳朵不好，一时能听到，一时又听不到。借着碎片化的信息资料，结合我小时候的印象，我用笔在纸上勾勒着我们族人之间的脉络关系，但和小时候知道的总对不上，不能完整呈现。

这时我想到了一个人，他小名叫豆，我叫大大①，比我娘小两岁。2018 年因为孙子苗苗上兰州大学的事找我咨询，我兰大有同学和老师，立即帮忙询问，孩子考试成绩上线，被顺利录取了，我算是帮了个忙。

想到了就做，我立即给豆大大打电话，投石问路，聊聊他的宝贝孙子。大大说了儿子儿媳的情况，又说家里条件不是太好，希望孙子毕业后早点工作，最后还是一句话，未来工作的事一切听我的，娃就交给我了。我礼貌回应，孩子优秀，届时求职竞聘，我会出出主意，因势利导。听着豆大大讲话，世事练达，滴水不漏，真是无比佩服。由此，我产生了压力，孩子将来找什么样的工作，完全是未知的，得看他的真正实力，人来人往本无意，花开花落总有时，我们都期待着美好的未来。

在友好的气氛下，我问豆大大我们老辛家有没有族谱，立马得到了他的回应。"有。我有一本，苗苗开学的时候，我让他给你带过来。"我一直想知道老祖宗的历史渊源，却无处下手，没想到一直困扰我的事竟然一下子变得这么容易。

---

① 大大：叔叔，陕西方言。

提起辛家老祖，我娘似乎有过断断续续的说辞，凑在一起，意思大致是，她刚结婚时，见过族谱，是个长轴，写在最高处的是老两口，往下就是其后人，我们老家一沟的辛家人都是一脉相承，生生不息，村里每年年关都要请出来敬敬，后来，慢慢地取消了祭祖仪式，不知道是谁家把族谱保存起来了。我一直有一睹辛家长卷族谱的奢望，如今有 40 多年了，物是人非，想想也是大海捞针。豆大大给我带的族谱若是一本书，那也是很珍贵的了。

2021 年 3 月 6 日，星期六，我开车去兰州大学榆中校区与苗苗见面。在一个烧烤店二楼坐定，一老一少，畅谈各自的生活，我家，我单位，我亲友，我生活；他家，他学校，他亲友，他生活。最后，焦点是他今年该怎么办，是考研，还是直接工作。我回答说，其实并不矛盾，同步走，两手准备，哪个先依哪个，苗苗认可我的说法。告别时，苗苗从书包中拿出了族谱，很厚，16 开平装，包含的信息量应该很大。

已经下午，我得回家了。开车从榆中高速入口上路，很厚的一本书，安静地平躺在后座上，我禁不住瞄了一眼，老祖宗们，老辛家的列祖列宗，今天我请你们回家。一个人驾驶车辆，倒是轻松自如，上了高速，一路向西，走青兰高速，再转南绕城走西固方向，见兰州南服务区，便拐进服务区小憩一下。

车停稳了，我迫不及待地端起族谱一睹芳容。先看书的内容框架和目录，分上、中、下三卷，上卷 4 篇，为家族源流；中卷 7 篇，为世系脉络；下卷 5 篇，为人文志略。与我想象的不同，此族谱不只记载了辛家老庄子一脉，还记载了辛家老祖迁徙至商州辛家巷之后 20 代人的历史，踏破铁鞋无觅处，得来全不费功夫。我得赶路，不便细细研读，去超市买了两瓶饮料，开开心心享受一下，算是给自己执着的小小奖励。

回到家的时候，妻子已经吃过了饭，坐在客厅沙发上悠闲地看电视。我中午和苗苗一块儿谈得久，吃得多，这会儿根本不想吃饭，梳洗完毕，移步书房，研读家谱。

翻开族谱查目录，先找上官坊辛家老庄子，找父亲、爷爷、祖爷爷的位置，在第 208 页。族谱上说，清嘉庆五年（1800 年），因火灾匪患等由商州辛家巷迁入上官坊下碥辛家老庄子。十世祖辛继兰、辛继英兄弟二人，带领前巷四门进南山距老庄百里之外的郭家沙渠搭庵占荒避匪。现人口 100 余户 500 余人。其一支迁丰峪口村，曾于光绪四年（1878 年）续修族谱，本次修谱时不知下落。岁月如梭，沧海桑田，古今相望不相知，本次的族谱距上次修谱，时隔 140 多年，近一个半世纪。

百度地图上查看一下，商州沙渠村地处商县城西部四五十里之遥，辛家老庄子在商县城东五十里远，继兰、继英兄弟的后人是随后迁至老庄子的。竟是那一代最先迁入老庄子。我妈经常给我讲辛家祖宗的故事。说是最老的老两口子一开始搬迁来的时候，住在我奶奶和父亲安坟的地方。由此推算，这位老祖是辛世贵，约1825年迁入老庄子，所生"怀"字辈四子，四子传"广"字辈子孙，"广"字辈于1875年前后出生，再传1900年前后出生的"元"字辈，就是我爷爷这一辈人了。"广"字辈散居于老庄子及太山庙一带，老庄子是根据地，老庄子辛家往上的"广"字辈至少三支，都是辛世贵的孙辈。从家谱上看，能弄明白的是我们这一支，我祖爷爷叫辛广荣，有四子，我爷爷排行第四。

豆大大和我父亲这一辈算是辛氏十六世子孙。父亲自读完小学后在农村务农，撑起了爷爷这一支，养儿养女，勤俭持家，勤勤恳恳，本本分分，传得一世好名声，只是英年早逝，也留下一声叹息。豆大大是个文化人，一直在外工作，吃公家饭，是村里人羡慕的干部和年轻人崇拜的偶像，退休后喜欢清净，回到村里种起了庄稼，也逍遥自在，一样地有身份、有威望。

获得本家族谱，让我了解了祖辈的历史渊源，我、我们是谁，从哪里来，都在哪里，不忘初心，方得始终，让生活过得不那么盲目，也真是一件高兴的事儿。祖祖辈辈的人，在族谱上就是一个人名，一个位置，一种上下承接关系，构成一个家族谱系，而更多传承的是家族文化、家族精神，奋斗者创业者的声名、业绩和社会贡献。而我们这一辈人，究竟给家族文化续写了些什么呢。走过半生，归来不少年，却仍少年。历史是记录仪，历史是接力棒，历史是播种机，接续、传承、发扬、创新，血脉相连，一脉相承，变的是不同时代的人，不变的是家族的根和魂，不变的是家族精神、家族文化。

惠惠作品*

方向不对　努力白费

找对方向是一切努力的根本。如同开车去一个地方开会、做生意、上课，如果方向开错了，那么你将错失这笔生意、错过这些机会，开得越快错过的机会越多。如果方向是正确的，即使开得慢也没事，终有一天能抵达终点。

这本来是我之前直播分享的话题，没想到受到大家的好评，但是直播是没有回复的，我就写出来在此分享给大家。

努力就能成功吗？

很多人认为只要努力了就能成功，那是不可能的，我的理解是成功是偶然的，努力是必然的。努力只是成功的一个必要条件，但绝不是唯一的条件。

首先你要知道，你努力的方向是正确的吗？

我身边有不少这样的人，每天都加班，下班后累得回家倒头就睡，关键是他们并不知道自己忙的这一天意义何在，像极了"老鼠赛跑"里的场景，不知道如何才能跑出来，方向在哪儿？现在的努力是为了什么？非常迷茫。

也有不少这样的人问我：惠惠老师，我觉得好迷茫，每天工作累得要死，钱不多，事情还挺多，忙得晕头转向的，却不知道自己忙的是什么，好像都是一些琐事，回想一天所做的这些事情真的是毫无价值。甚至还有一位学员告诉

* 作者简介：惠惠，高级企业经济师、资深金牌招聘官。
1992 年毕业于天津音乐学院声乐系，主修声乐（美声），辅修钢琴。
后来就读于英国基尔大学（Keele University）人力资源与产业关系学，荣获 2002 年基尔大学的校长奖学金，曾是英国基尔大学中国区的校方代表。
有近 20 年的人力资源工作经验，曾在两家千亿级别的企业担任集团的招聘总监，专注百万年薪以上的高端招聘，面试过上千位的集团高管，目前是某知名 A 股主板上市集团人力资源招聘总经理。代表作：《金牌招聘官是怎样炼成的》。

我，他连谈恋爱的时间都没有，本来交了一个女朋友，结果两人都忙，硬是处成了哥们。显然这就是"穷忙"一族的结果吧。

一个人对自己的定位要精准，要知道自己每天工作的意义所在，就像每天有不少的人在"搬砖"，"搬砖"是一个动作，是大家每天必须做的一个动作，但是这个动作产生的价值却有天壤之别。有的人每天都在搬砖，搬了一辈子都没有建成一座房子，有的人可能建成了一个小茅屋，有的人建成了一座大房子，更有人建成了高楼大厦，甚至有人建成了一座城市……

时间最公正无私，同样的一天，都是 24 小时，如何分配好这 24 个小时是需要你去思考的，而且要付诸行动，一切不以行动为结果的都是空想，最终将一事无成。

对方向的把握，比努力重要得多，想不迷茫，就要给自己制订一个 3~5 年的职业规划，先制定一个大的目标，然后分阶段去实现它，心里一定要有一个自己的目标，或自己的梦想，然后坚定地朝着那个方向去努力。

半途而废

很多人不成功的最重要原因是半途而废。他们做什么事情都非常冲动，看见别人做什么，立马就跟随，忽视了自己能干什么、能干好什么。半途而废意味着你什么都得不到。除了不够专注和勤奋外，还有一种勤奋是无效的勤奋。

比如你在挖一口井，天天都在挖，但一直也不出水，每次都在快要挖到水时却放弃了。另外井的深浅也不一样，不同位置的投入产出比是不同的，并不是专注和勤奋就可以的，因为井水的深浅不同。就像我们每个人的时间和精力是有限的，所以我们就要思考，如何分配这些时间和精力，往哪些方面去投资这些时间和精力。

也因为我们每个人的优劣势是不一样的，要发挥自己的优势。把自己的优势发挥到极致，而不是去弥补自己的短板。就拿我来说，我的优势是有很好的语言天赋、良好的沟通能力和写作能力，但是对数字不敏感，不喜欢数学和一些与数据相关的工作，如果我投入时间和精力放在弥补这些短板上，无论付出多少时间，无论我有多努力和勤奋，也不会有多少改善，显然这样的勤奋就是无效的。

因此，我们就要思考自己的天赋、能力到底有哪些？自己的兴趣点在哪儿？人们通常做自己喜欢做的事情才不会觉得累，才会全身心投入地把它做好、做成。做自己具有天赋的事情才会产生事半功倍的效果。

挖掘自己的天赋优势

每个人都是独一无二的，每个人都有与生俱来的一些特质，这些特质就构成你人生中最根本、更长远的优势。比如有些人逻辑思维能力强、善于思考；有些人善于写作；另一些人善于口头表达；还有一些人执行力超强、胆大心细；还有极少数人具有艺术天赋，天生就有创新意识，不拘一格地去做事情。这些根本性的特质，不是通过你努力学习就能达到的。

如果你擅长思考，逻辑性强，通过推理就能得出结论，通过分析就能知道答案，那么你写出来的方案就很难找到漏洞，这可能是一个只擅长口头表达的人无法模仿的特质。相反，一个善于口头表达的人，口若悬河、出口成章的人也很难被模仿。我既不是一个擅长思考、逻辑性强的人，也不是一个口头表达能力强的人，但我的写作能力比较强，强于表达能力，你让我口述一件事情，我表达得就不是那么好、逻辑也会有一些混乱，但是我只要双手一碰触到键盘，或是拿笔在纸上写东西时，就会才思泉涌，能写很多文字出来而且逻辑清晰。

因此，你要做的就是要了解自己优势的特质，把它们发挥到极致，而忽视那些缺点。那么如何才能放大自己的优势呢？你就拿笔把你的优势都写出来，写一些在你过往的经历中最出彩、最成功的事情，从这些成功的事情里就能反映出你的优势究竟在哪里。也可以让朋友写下对你的了解，你的特别优势在哪儿。有时朋友更能看见我们不清楚的特质。然后把这些盘点出来，记住自己的特质，做与自己优势相关的事情，也容易成功，每做成一件事情，都能提高自己的自信心，有一种成就感。

那如何知道我们现在做的事情是在正确的方向上呢？你就看对于你已经在做的一件事情（比如创业、招聘了一位员工、做了一项决策、启动一个项目等），如果此时此刻，再给你一次重新选择的机会，你还会这样选择吗？

如果答案是肯定的，那么恭喜你，你正在正确的路上。如果答案是否定的，那你还有坚持的必要吗？

仅仅专注于改善自己的弱点而不去提升自己的强项，是没有实际意义的。正如彼得·德鲁克在《卓有成效的管理者》一书中提道："有效的管理者能使人发挥其长处。他知道只抓住缺点和短处是干不成任何事情的，为实现目标，必须用人所长——用其同事之所长、用其上级之所长和用其本身之所长。"

未来价值决定我们日后的成就

决定我们十年后成就的绝对不是工作的起薪，而是工作的平台、发展机会，或者是眼界，这才是一份工作对于人的未来价值，而起薪是最不需要看重的东西。即使两个同学的起薪相差再多，也不过 2000 多元，一年 2 万元，十年也不过 30 万元而已，但是如果有好的平台、学习的机会或者提升的空间，只要做对一个项目、做好一件事情，哪怕只是买对一个房子，这 30 万元都会马上回来的。

那些十年前真正看到工作未来价值的人在这场竞赛中远远超前，因为他们看到的，是工作中那些对未来有价值的东西。而职业选择是这一辈子最重要的选择之一，在职业选择中，尤其是年轻人，考虑一份职业未来的价值，远远重要于考虑它当下的价值。

比如我最早的一拨同事，他们选择去外企公司，倒回十几年之前，他们很早就买房买车了，薪酬也很高，当年那些在民营企业工作的人，薪酬远不如他们，但是经过了中国这十年经济的高速发展，那些去了阿里、腾讯的人早就拿到第一桶金，甚至还有不少人都实现了财富自由。

我再拿在阿里的一位"铁娘子"，工号 13，阿里著名的"十八罗汉"之一的蒋芳举个例子。

她是 2000 年加入阿里的，那时候她是一名普通的大学生，上过马云的英语课，毕业后便义无反顾地追随马云了。她的能力不可能比那些留学回国、名牌大学生还强，但是像蒋芳这样的人，他们的发展是叠加在企业、行业的发展上的。就像两个同样有能力、拥有同等学历的人，他们最后的发展不同都与平台有关。企业的发展和个人的发展是叠加在一起的效果。

当同龄人还在为百万年薪努力的时候，蒋芳已经成为马云手下著名的亿万女富豪了。她无论如何也想不到，20 年前的一个选择，让她在 20 年后成为一个雷厉风行的"铁娘子"，在日后成长为商业帝国的阿里中，成为除马云外，最令人敬畏的存在之一。

所以，让你的努力，跟你所在位置的发展趋势叠加在一起，就可以加速你自己的成长。

以上这些都说明了有些人选择了好的平台，在一个好的时机加入，有自己的原因，也有时代趋势的原因。自己的原因是这些早期在阿里、腾讯工作的人踏实、肯干，他们能努力坚持下来，守得云开见月明。

他们的能力也会随着公司的发展而增强，平台足够大，能吸引更优秀的人入场，平台、资源、眼界、机会、好老板、失败的经验，这些都是未来升值的潜力股，年轻的时候，即便牺牲一些立即可得的利益，也要购买这些东西，它们会在你未来的时间里，增值百倍。

对口的专业并不是你日后工作的唯一

大家普遍认为大学生找工作难，我的直播间里有不少人也是这样认为的。其实找工作并不难，难的是很多人非要找专业对口的工作，他们给出的理由是大学学了4年专业放弃了多么可惜呀，不要浪费4年辛苦学习的时光。但是你们是否真正思考过，什么才是真正意义上的浪费？

如果在一个不合适你的专业领域里工作，或者本身这个领域就很窄，发展空间不大，你是很难达到一个不错的职业水平的。那么到底是浪费了你4年的专业学习还是你30~35年的职业生涯呢？很显然一份合适你的工作的未来价值远远高于你现在的专业。

就拿我来举例吧，我从音乐学院毕业后没进歌舞团和电视台，当时觉得好像是非常可惜的一件事情，放弃4年的专业，而且付出了那么多的时间和精力，音乐学院又那么难考，20世纪90年代初唱歌是非常赚钱的一个行业，而我则放弃了这一切，选择了去天津外国语学院进修英文，自讨苦吃。

当时我老公让我把眼光放长远些，说人立足于社会还是需要有一门过硬的技能，并告诉我十年后我会比我们同学都强。后来的确如此，我在外企工作不久后又去英国读研，回国后不仅薪酬高于他们，专业也有更多的选择性，机会也更多。反观我那些音乐学院毕业的同学，现在除了极个别的有所作为外，大多数人早都退休或办理内退了。

后来我又考入英国基尔大学，学人力资源专业，当时选择人力资源（HR）也是因为这个专业在当时还比较新，而且可以做得长久，越久越有价值。我从事人力资源工作，已经十几年了。

这十几年，我做企业人力资源负责人，又曾担任过两家千亿级企业的招聘总监，到知名公司猎头合作人，目前又在一家A股主板上市集团担任人力资源招聘总经理的职位，而副业是做自媒体，如做视频号、写公众号文章、写文案、做直播和培训等，貌似很杂，但这些其实都属于在一个领域里来回切换、在一种能力范围内迁移，做的都是我能力范围内且擅长的事情，它们之间彼此赋能，并没有跑偏。就是因为自己前期有积累、有沉淀，才能做到来回切换，达到一个良性循环。就像朋友说我在甲、乙两方来回切换一样，是那么自然。我想说的是，云淡风轻的背后都是默默地耕耘和付出。

这么多年，我一直都在努力中，不断地突破自己，形成自己独特的风格和优势。由于自己具有甲、乙双方的深度体验，又一直在招聘这个领域里，既有企业招聘官的思维，熟悉企业架构、人员规划的制订、招聘的流程和体系，又有猎头公司客户开发、商务谈判和销售的能力。

猎头顾问的面试比企业招聘官的难度更大，他们拿着企业的钱，给企业招聘高端人才，尤其是招聘百万年薪及以上职位的人，要和人选做面试，了解他们的优缺点，判断他是否适合企业的职位，这份工作是否适合他？如果适合，如何说服他们换工作，这份工作对他未来的职业生涯有什么好处？同时还要告诉企业这位人选为什么适合企业，他能给企业带来什么好处等。

猎头顾问面对的是两个智商和情商都很高的聪明人，要去平衡两人之间的利益，把合适人选推荐到企业。而招聘官则是从企业文化、企业价值观及企业的业务角度来考虑该人选是否适合该职位，招聘官的优势是熟悉自己企业的组织架构、企业的业务和经营模式。

正是因为这两种不同的经历，才促使我要完善和形成自己的招聘体系，并写了一本书——《金牌招聘官是怎样炼成的》。

在之前直播的过程中，我应读者要求，又介绍了一下《金牌招聘官是怎样炼成的》，在介绍中我惊喜地发现这本书里的不少内容就是放在现在来看还是很新颖的，而且很前沿，比如书里面提到的战略职位如何做到差异化、不同时期差异化招聘策略，HR 如何从支持者走向赋能者，以及大数据时代给招聘带来的变化等。就像读者说的那样，要把这本书当作一本"武林秘籍"，没事多翻翻看看。

修好码头船自来

往常我特别爱用"时光飞逝、岁月如梭"这样的词语，来感叹时光的流逝和岁月的无情。可是我的 2021 年却很长很长，因为在这一年里我做了很多很多事情。

告别帝都，来到"鹏城"

在 2021 年新年伊始，我是无论如何也没想到 2022 年的新年我会在深圳度过，而且会在这座城市开始自己的职业生涯。

我非常感谢现在的领导把我带进这家公司，世有伯乐然后有千里马，千里马常而而伯乐不常有，伯乐善于相马，所以对千里马有知遇之恩，千里马和伯乐就是人与人之间最好的一种相遇。

你生命中的每一个节点，当它发生的时候，你不知道意味着什么，但是当你把它穿成一条线的时候，那就是你人生的奇迹。

说实在的，能在我这个年龄还能遇见这么好的机会，很难得，一方面是好的运气，另一方面也的确是自己一直很努力，这几年付出了很多的辛苦和努力，紧跟时代步伐，做了不少尝试，才能得到和收获这一切。

我一直告诫年轻人要做有积累的事情，要专注，要耐得住寂寞。比如我在十年前就想成为一名招聘专家。十年前我是一名 HR 负责人，招聘只是工作内容的一个模块，我为了成为一名招聘专家，首先去猎头公司工作，这样就具备甲、乙双方的经验了，然后又专注在一个行业（新能源），在这个行业里做精、做深，而且积累了新能源行业的人脉。在这个过程中我也遇见不少的诱惑和机会，但只要不是我这个领域的，或是对积累没有好处的事情，我就会断然拒绝。学会拒绝也是一种能力。

我会从自己的职业规划倒推并设定应该学习和掌握的知识，然后就是在工作中学，在实践中去体会，自己在一次次的工作中取得了成绩就能给自己带来很强的自信心，伴随着自信心的增长，自然就会获得更多的机会和成就。

现在的社会越来越浮躁，身边有各种人在影响着我们，如果我们随波逐流，或把持不好，那么损失的将是我们自己，我们真的需要沉下心来看这些事情。

生意和生计的区别

打工者是靠出售自己的时间赚取金钱，创业者则需要自己养活自己，他们受到的训练是如何把一件事情做成，最终跑通整个 B 环。做了两年猎头公司的合伙人及拥有短暂的两个月的自主创业经历后，我才深刻理解和体会到了创业者的艰难。

"光看贼吃肉，没看贼挨打。"坦白地说，自媒体的兴起，也让我动了心，我是在 2017 年年初开的公众号，在 2020 年 6 月拍摄的短视频，在不到一年的时间做得风生水起，也拥有了 6 万多的粉丝，于是也曾想要在这个领域里做出成绩，尝试做训练营、写课件、做直播，学习如何做社群等，但是当我深入了解这块后，发现做训练营是一件费力不讨好的事情，而且维护社群的成本非常高，也非常浪费时间。

在短暂的尝试和了解这个行业后，我立马把时间和精力专注在我最擅长的方面——高端招聘上。尽管我已经跑通了整个 B 环，而且在培训、课程、讲座和商业广告上有获益、获利，但我深刻地知道自媒体平台还是存在着很大的风险，它非常受国家政策的影响，你平台上的粉丝并不能真正地属于你。我理解的自媒体就像池塘里的一片荷叶，你踩在荷叶上以为自己很安全，但是只要把荷叶抽掉，你就会掉入池塘里。而且自媒体行业鱼龙混杂，大多数人都成了极少数人的"韭菜"，真的要擦亮眼睛。

随后，我于 7 月入职一家外企的猎头公司，是我前老板邀请我过去的，公司的环境和待遇都不错，没想到入职一个月后又有一个不错的机会，就是我现在的这家公司，经过深思熟虑我认为目前这家公司更适合我，这是一家做光伏玻璃的公司，基于我在新能源行业十几年的经验，我认为自己在这个平台里的发展空间更大。

当我决定来深圳时，身边的朋友和同事都非常惊讶，他们让我慎重考虑，说是现在找个好工作不容易，而且我在北京工作十几年了，有很好的基础和人脉，不要轻易放弃这个不错的平台和机会。但是我是一个做决定很快的人，当我经过深思熟虑认为这个机会不错时就会义无反顾地选择，不给自己留后路，而且会努力做好它。

其实我何尝不想待在北京呀，在离开北京的时候我也非常难受和不舍，但我又好奇深圳，首先是这座城市的魅力到底在哪里？为什么会吸引这么多的年轻人来这里发展？另外就是我的新公司长什么样？新同事好相处吗？他们是什么性格的人？我和我的老板能相处好吗？就这样我带着好奇和希望，于 2021 年 11 月 1 日，入职了深圳这家在 A 股主板上市的集团公司。

鱼和熊掌不可兼得

刚才我提到了，自己用一年半的时间做自媒体，而且颇有成绩，在今年 3 月获得了腾讯短视频 B 赛道的职场博主第一名的成绩，2021 年 8 月受环球网校的邀请，和另外 5 名在 HR 方面做得不错的老师合作，出了一套《2021HRBP 职业培训课程》，同时我也是北京中关村人才协会的特聘讲师、"三茅人力资源网"的专栏作者，2021 年年初给中关村一些中小型企业的首席执行官（CEO）做培训，后还给金种子学院的学员做了半天的培训，也受到智乐读书会的邀请，分享自己的《金牌招聘官是怎样炼成的》，受到学员们的好评。

感觉 2021 年真的是全面开花的一年，无论是主业还是副业，都做得还可以。在来深圳之前的几个月，我还参加了"群星杯"第二届声乐电视网络大赛，经过一个多月的全国海选及线上连麦 PK，最终 33 人进行决赛 PK，我还荣获了一个银奖。而且比赛前都没有做过什么准备，居然能站在星光影视城 800 平方米的演播厅里毫不紧张地演唱，倒回几年前，我做不到这么自然和自如。

就像好友在留言里写道："任何事情都不是一蹴而就的，成功没有捷径，最终精彩的呈现不仅仅是多年来对音乐的坚守，更是人生阅历和综合气质的沉淀。"我对这句话非常认同且很有感触，之所以不惧舞台了，是因为自己变得越来越自信了，而且经过一年半短视频、直播的锻炼，这些练习不经意间就锻炼了自己的舞台表演能力，再加上原有的声乐表演基础，结果便可想而知了。

这就是乔布斯说的"连点成线"的概念，过往我们学到的技能，看似无关紧要，但当它们真的在某一天连接在一起时，你就会变得很厉害了，但是变厉害的前提是需要踏实地去做，而不是急功近利地抄近道。

今年也有一些化妆品公司找我做直播，出版社找我合作代理图书，但是我都拒绝了。因为我知道一个人的时间和精力是有限的，既然我选择了在企业里做，我就要对得起我的老板。鱼和熊掌不可兼得！

写在最后

"修好码头船自来"这句话还是我先生在我刚从英国留学回来时送给我的，他让我沉下心来，踏实做事情。你自己各方面都有能力后，自然会有机会找到你，你需要做的就是把眼前的事情都做好。

这也让我想到网上的一段话，觉得很好，送给亲爱的你，也送给我自己，共勉！

"当你的才华还撑不起你的野心的时候，你就应该静下心来学习；当你的能力还驾驭不了你的目标时，就应该沉下心来，历练；梦想，不是浮躁，而是沉淀和积累，只有拼出来的美丽，没有等出来的辉煌，机会永远是留给最渴望的那个人，学会与内心深处的你对话，问问自己，想要怎样的人生，静心学习，耐心沉淀。"

流水不争先，争的是滔滔不绝！

2021 年无疑是我人生中重要的一年，也是具有里程碑意义的一年。

2022 年一定也是意义非凡的一年，不敢懈怠，再接再厉！再创辉煌！

电视剧《人世间》观后感

最近刚刚结束的年代大剧《人世间》引发了无数人的热议，成为今年的一部热播剧。我这样一个很少看电视剧的人，竟然也追起了这部剧，我认为这是我近十年看得最好看的一部电视剧，没有之一。

这部剧的大火，让一群低调且有实力的演员脱颖而出，不管是主角，还是配角，都有自己出彩的一面。而且这部剧很有年代感和代入感，原著作者是梁晓声，李路执导并担任总制片人，编剧是王海鸰、王大鸥。作者写得好，编剧改编得故事性强、内容好，演员表演得真挚、到位、演技爆裂。

剧中的人物形象个个都很饱满、丰盈，而且个性鲜明、极其生动。剧情反映的就是生活中的一些鸡毛蒜皮，这些事情也是我们日常生活中的琐事，让我们在看剧的同时也能感受到人世间的人情冷暖、世态炎凉。

在此，我想就这里面的几个人物谈谈我的看法。女主角郑娟的女性形象非常打动我，她的性格坚忍如丝，看起来弱不禁风，但是内心却无比的强大，她是集真、善、美于一身的一位女性，上孝公婆、下养子女，还要照顾好自己的爱人，与人为善、和睦邻里，家里家外，温良贤淑，这样的一个女性在现代女性里是绝无仅有的，但是在 20 世纪四五十年代这样的女性还是比较多的，她们真的可以为了爱人、为了家庭牺牲自己。饰演郑娟这个角色的人是演员殷桃，我也是通过这部剧认识她的，我认为她把郑娟这个人物演活了，演出了这个角色的灵魂。

我认为一个好女人，是一个家庭最好的风水。作为男人，最大的成功莫过于婚姻的成功，最大的幸福莫过于家庭的幸福。

周秉昆，剧中的男主角，他为人忠厚、老实，性格偏强，对周家付出得最多，孝敬父母，含辛茹苦地把别人的孩子抚养成人，还帮着自己的姐姐将外甥女养大，为兄弟们两肋插刀，分文不取地把自己的房子给弟兄住，他所做的这一切，其实也并没有换来他们的感激，但是他也不会责怪别人，对于自己所做的一切无怨无悔。他的那句"苦吗？当然苦，嚼嚼咽了"，让我感同身受，生活中我们也会经历很多很多的苦，但是你不会说出来，常常是深埋在心里，自己去消化的。像周秉昆这样的人在现实生活里也是能看见的，的确是一位难得的好男人。

周秉义的怨气、郝冬梅的委屈，很好地展现出婚姻里如果门不当户不对，双方都会很受委屈，日子都不好过，表面上看着他们俩恩恩爱爱，让人羡慕，但是各自的辛酸和悲苦可能也只有当事人清楚，阶层差距太大的婚姻，直面现实的问题就会变得越发尖锐。周秉义的一句"也就只有你这么一个爱人"，彻底让郝冬梅释怀，也让我们泪目，周秉义是一个含蓄内向的人，他不会说什么甜言蜜语，讨人欢喜的话，却用这种质朴的话，表达对爱人的真挚情感和情谊。

我一直都说婚姻是需要经营的，婚姻中有太多的状况，只有夫妻两人知道，大多数人的婚姻都不美满，"总会有想拍死对方的一百个瞬间"，就像我经常开玩笑地对我先生说，当初咱们旅行结婚时我就应该把你扔到山下去。但是夫妻双方应懂得珍惜和彼此体谅，两人应该在生活上互相帮助，在事业上共同进步。另外，婚姻也需要妥协，十全十美的婚姻并不存在。

剧中的乔春燕性格泼辣、豪爽，说话不过脑子，是一个敢爱敢恨的人。在前面刚出场的十几集里，我觉得她为人直爽，阳光，而且能干，对她还有几分好感，后面的几十集就越来越不喜欢她了，觉得她很八卦、见不得自己的朋友好，她是希望朋友们都好但不希望比她好。周秉昆对她两口子不错，也给过她不少帮助，谁知道她非但不感恩，最后她还撺掇自己的先生——曹德宝写了一封检举周秉义的信，让我大跌眼镜。其实我们生活中就有不少这样的人，看似很热情，但真不敢走近他们，惹不起。

剧中有一个人物激起了我很多的回忆和思念，这个人就是曲书记，她像极了我的母亲，气质、说话的神态都像，我妈妈以前就是湖南某个城市的钢笔厂厂长，后来又去机关当了妇女主任。我妈妈是一位善良、能干的女性，在那个年代她就教育我们要多读书，不能荒废了学业。我二姐那时候在农村下乡，妈妈告诉她要读书，说是国家需要有知识的人才，高考一定会恢复的，结果1977

年，高考恢复的第一年，我姐姐就考上了大学。她在农村下乡时，宿舍的墙皮上都贴满了英语单词和句子。

我父母这一辈子都是忠于党的人，对党忠心耿耿，我母亲不幸背了三十年"女特务"的名称，非但没有晋升过职级，相反年轻时被连降 5 级，最后离职时才又涨了 5 级，合算这一辈子都是同一个职级。即便如此，母亲都让我学会坚强，无论遇到什么事情都要想得开，不钻牛角尖。我阳光快乐的个性遗传自我的母亲，她从小最爱的人就是我，我也最爱她。希望我亲爱的妈妈、亲爱的爸爸在天堂里宁静安详！

《人世间》这部剧我足足追了一个多月，剧里，有你，有我，有他，我们能从中看到无数身边人的影子，这里有时代的既得利益者，也有受时代改变的先行者，还有在时代发展阵痛下的承受者，他们都是时代进步下的改革者，历史的见证者。

据央视官媒统计，有十几亿观众看了这部剧，从 50 后到 00 后，跨越各个年龄层，收视率也创下了央视近 5 年的新高！

总而言之，这部剧还是比较圆满的，要说遗憾就是原本 78 集的剧被压缩到 58 集，删了 20 集，否则情节会更加丰满、充实。

一部好的剧本才能成就优秀的演员，大多数情况不是没有好演员，不是 35 岁以上的演员就没市场、就被淘汰了，好的剧本、好的导演，再加上不错的制片人，演员的才华和能力就会被释放出来，希望有更多像《人世间》这样的作品问世。反观企业也是如此，我身边也有很多不错的职业经理人，他们能干、优秀，但是苦于没有好的平台给他们，使得他们的才华无法施展，并不是每块金子都能发光的，还需要有发现金子的伯乐和一个好的平台，缺一不可。

人生就像电视剧一样，我们永远都不知道下一秒会发生什么，但唯一可以坚信的是，我们无论遇到什么坎坷，都不能忘记自己的初衷，同时还要保持善良。恶有恶报，善有善报，种下的是善的种子，就必然会结出善的果子！

王美玲作品 *

一树一天堂

老家，在一排排整齐有序的砖瓦房前，我泪眼婆娑。闭上眼，黄泥土墙，满树摇香……

那时的春天，昨儿个阴雨霏霏，早上起来还满脚泥巴，到午后时分，被雨洗过的天已经蓝得无法形容，反正是我极其喜欢的那种蓝，喜欢得想扯掉一块天幕做条裙子。地面的黄土地也已经起了干皮儿，不再泥泞。

下午一放学，我和妹妹珍便如踩着风火轮般直往家奔，把书包往井台上一撂，像猴子一样争先恐后爬上院子正中央的老梨树，这棵老梨树亭亭如盖，一树花开！妹妹从这个梨树枝荡到另一个梨树枝，原本安静窝在树枝上享受时光的土鸡逃窜而去，粗糙的枝丫被她磨蹭得泛着古铜色的亮光。我则常常斜倚着树杈，思忖着怎样才能挽留和储存这一树的芬芳。

晚霞透过花枝照得妹妹的小脸泛着金色，估摸着妈妈快从田里回来了，我们便贼溜溜地从树上滑下来，将小方桌放在梨树下，搬来两个小板凳，拿出作业本，认真地写着，似乎连妈妈回来我们都不知道似的。梨树乳白的花瓣却不怎么善解人意，时不时随风飘落，地上、桌面、眼前，暗香浮动，沿着鼻孔，直往心窝里钻。木板门儿吱扭一声，疲惫不堪的妈妈回到家，放下农具后，看到我们的"努力"，一脸的满足，蹑手蹑脚，生怕打扰了她女儿们的大事。我们的爷爷，从我记事起他就佝偻着腰，在梨树下不是剥花生就是剁猪草，好像从来都没有闲暇似的。偶尔，他也会让我们过去搭把手。这时，我和珍一准儿会告诉爷爷，我们的作业还多着呢！爷爷总是笑笑，继续忙碌着，像个不知疲倦的土地公。

到了傍晚，我们偎在妈妈身边，躺在爷爷用苞谷皮儿做的厚墩墩的席子上，

---

* 作者简介：王美玲，河南省郑州市人，笔名"羽翠"，努力工作、热爱生活，闲余时，读书、运动、用笔写心。人生百态，最终留在记忆中的一定是撇去浮沫的珍贵。喜欢大自然，山野有清趣，濯缨离尘垢，洗耳听天籁。

抱着收音机，听单田芳讲《杨家将》。妈用她那带着厚厚老茧的手一会儿摸摸妹妹的头，一会儿捏捏我的脸。被牛奶洗过的月光再经过梨花香的浸润，甜甜地洒在我们的身上。沐浴着"梨花院落溶溶月，柳絮池塘淡淡风"便不知道幸福是什么，只知道妈妈润物细无声的爱和那一院子的花便是我的童年，我的天堂。

梨花的花期很短，如果再遇上一场春雨，很快便落英缤纷了。有词云："欲黄昏。雨打梨花深闭门。"花去为结果，我一点儿也不沮丧。看着那满树的小脆梨一天一天地长大，心里满满的全是希望，真的。

漫长炎热的夏天，我和妹妹总是时不时抬头看着那满枝头的"小绿葫芦"，垂涎欲滴、眼冒绿光、摩拳擦掌。此刻，妈妈总是不失时机地走过来，和颜悦色地说："这满树的香梨是梨树妈妈的孩子，也是大自然的馈赠，我们可以享用，但绝不能暴殄天物，等长足了月份儿才能摘了吃。"妈妈的话就是"圣旨"。人生一世，草木一春。我们和梨儿在相互期盼的日子中愉快地共同疯长着，相看两不厌。

"七月枣，八月梨"，等到梨儿长得再大些，有些梨树枝儿便被压得很低，好像一不小心就会折断似的。我和妹妹开始担惊受怕。这时，我们会缠着爷爷想办法。爷爷捋了捋他拂尘般的胡须提点道："用柔软的狗尾巴草编点儿草绳子，将压低的枝儿绑在粗树干上试试。"我和妹妹瞪大眼睛挠了挠头，觉得我们的爷爷是世界上最智慧的老人。很快，田间地头和屋后槐树林儿里的狗尾巴草就被我们扫荡个遍。爷爷编的草绳子最结实了，我们将稠密的梨树枝儿一个一个抬高固定，然后心满意足地看着自己的杰作，笑如夏花。

七月初，梨儿还没完全熟透的时候，我和妹妹就开始划分地盘儿了。我占住的那枝会记上红头绳，妹妹占住的梨枝也会做上标记，吃了几个，还剩几个，各自心里明镜儿似的，谁也别想偷吃对方枝上的梨。我们都在防着对方，却防不了麻雀。它们绝顶聪明，总是把我们舍不得吃的又脆又甜的向阳梨啄得只剩半个梨壳挂在枝头，像一个没人要的烂灯笼。真应了那句"鹬蚌相争，渔翁得利"。那时，我和妹妹都恨毒了麻雀。

最让人受不了的是，那老梨树的枝蔓直往院墙外面钻，好像我们这小庙容不下它这大菩萨似的。尤其是放学的时间，梨枝儿随着秋风不停地扭动着腰肢，心形的梨树叶故意撩开自己的裙摆，将自己的大白梨暴露在孩童们的眼底。我和妹妹沿着小伙伴们的目光看到了他们的心底。这时，我们姐妹空前地团结，心领神会，挎上竹篮，在竹篮里垫上一层厚厚的桐树叶儿，跑到村东头的土窑厂，挖人家一篮儿土坯泥儿，回到家里，搬来梯子，将有梨树枝儿伸出的墙头上糊上厚厚的泥巴，然后找来带尖刺儿的枣树枝横插在上面，自以为天堑无涯，可以放心地去睡了。第二天一大早儿，拿着妈妈给我们准备的高粱窝窝和蘸酱，得意扬扬地准备上学，一开门，傻眼了：贴着墙根儿，几排砖梯歪七扭八地在那儿立着。咦，我们又脆又甜的大白梨哪儿去了？妈妈这时总会一边催着我们去上学，一边拿着竹篮儿，站在院子里，踮着脚尖儿，在触手可及的地方，摘上一篮子梨儿，给左邻右舍送了去。

一棵大梨树，我和妹妹合抱才能勉强抱拢的老梨树，就像上天赐的礼物，真真儿地给了我们一家老少春华秋实，芬芳着我的童年。那一树的花开如梦如幻，每每想起，心如盈盈秋水、淡淡春山……

写到这儿，恰被我那半大不小的孩子看到，他说："哟嗬，老妈，在编童话哪，编得不错。"

我黯然无语。真的不想告诉他，后来新村改造，我们的老梨树碍了事，被连根端掉了。那一树一天堂的花开真真切切就成了我孩子眼中的童话，我的梦！

甘为书奴

不知从哪天起，我沦为书的囚徒，成了十足的书奴。

书海遨游，轻驾一叶扁舟，在和风的吹拂下，尽情地吮吸着生命的甘露，领略着不同的人生和风景。一路挥洒着汗水，收获的却是贝母和珍珠。游到大海的最深处，览尽人间珍奇。

朱熹用"半亩方塘一鉴开，天光云影共徘徊。问渠那得清如许？为有源头活水来"来形容观书的感受。那离奇的天光和迷离的云影涤荡着心胸，有一种无法言表的感受萦绕在心头，时而迷惑，时而顿悟。在迤逦的生命过程中，每读一本好书，都增添了一份对生命的禅悟。

在最初的青葱岁月里，青春的稚嫩和纯真被琼瑶描绘的人间童话感动得稀里哗啦。岁月流长，那份痴迷已不再浓厚，总得食人间烟火不是。不过，无论如何，都得感谢琼瑶，是她开辟鸿蒙，拉着我的小手，把我带进这暗香浮动的桃花林。

摆脱了琼瑶的缠绵，我这只井底的小青蛙一不小心踏上了三毛的列车。同呼吸，共命运，和她一起感受充满魔幻的世界风情，感受着她与众不同的爱情。当她说"虽然我住在沙漠里，可是因为荷西在身边，我觉得这里繁花似锦"时，豆蔻年华的我也暗自在自己爱的绿洲上结了五彩缤纷的梦，祈祷上天垂怜，让我在最美的年华里，热烈地爱上爱我的人。

死乞白赖地从同学处讨来一本托尔斯泰的《安娜·卡列尼娜》，因为只有一天一夜的期许，只好废寝忘食、不舍昼夜地啃了起来。感动于安娜那种为了追求幸福而不顾他人诽谤的义无反顾。她为爱而生，为爱而死，不在乎天长地久，只在乎曾经拥有。这让"少年不识愁滋味"的我很难过，无私澄澈的爱是人生的润滑剂，太过自私的爱却让生命倍感沉重。于是我了悟，无论多爱，用心就好，却不必倾情，给深爱的人一些空间，给自己一些回旋，也许更能细水长流，天长地久。就这样，我趴在半米宽的小床上，领会这人间的生离死别，在烛光和泪光的交错迷离中，让青春懵懂的心再次得到洗礼和升华。

《飘》中有两个"大流氓"，一个是斯嘉丽，一个是瑞德。他们坦率可爱不甘受命运摆布的个性让我喜欢得如痴如醉。真小人胜过伪君子，尊重自己的内心活着比什么都好。

如果《飘》让我穿越了时空，那么《红楼梦》定使我走火入魔了。王熙凤的精明干练，黛玉的诗情画意，宝钗的雍容大度，妙玉的蕙质兰心，香菱的命运多舛，这一切的一切都使我大为动容。动情处，邀月对饮，正应了苏东坡的那句"人生如梦，一尊还酹江月"。只觉古今中外，无与伦比，读后余香满口，余韵不绝。

唐诗宋词，国粹，我的最爱，每每吟诵，只觉齿颊生香，读到妙处，拍案叫绝。或婉约抒情，或壮志豪迈，字字珠玑，毫不冗余。微闭双眼，我似乎看到一朵花在雨露中鲜艳妩媚，一株草在春风里摇曳生姿。我在想，是什么样的境遇让写下"莫道不消魂，帘卷西风，人比黄花瘦"的李清照"无言独上西楼"，那一刻，她的心定比弯月瘦。

总而言之，读书让我明白，在生活的舞台上无须高超的技巧，真诚就足以打动每一位观众的心；读书让我知道面对纷纷扰扰的人生该如何取舍，不可以盲目地攀比，只做更好的自己；读书让我不以物喜，不以己悲，心如平湖秋月般静美。

而今，步入不惑之年的我已是一个彻头彻尾的书奴，一个快乐的书奴。可以少食，但不可以少书。少食使人瘦，少书令人俗。我是书奴，愿终生为奴。

与书结缘，"情不知所起，一往而深"！

十七岁那年，我破茧成蝶

蛹能脱困于茧，自有一番天地供它翩翩。

十七岁那年，老师要求我们好好练习英语听力，必须拥有一台单放机①。百货大楼最便宜的单放机也要一百八十元。家里每月给我的生活费吃饱饭已十分勉强，哪里还有闲钱买"奢侈品"。姥姥常年生病，父亲的那点儿工资每月能给我挤出来一百元生活费已是不易，怎好意思再伸手？

一分钱难倒英雄汉。我不是英雄，可现实却结结实实地关闭了我所有风花雪月的美丽。

鸡蛋，从外打破是压力，从内打破是成长，相信办法总比困难多。无论如何，我得想办法挣个单放机。

骑上除了铃儿不响其他哪儿都响的墨绿色自行车到大街上寻找商机。路过经八路磁带厂，门口有人在摆地摊儿，无论是空白磁带还是流行歌曲统统出厂价两元一盒且质量上乘。想到上周陪同桌去音响店买空白磁带尚且要十元一盒还不还价，突然计上心头，商机来了。

站在坑里从不仰望高空的人永远不会跌倒，任何事情，不去做，一点儿成功的可能都没有，做了，就有可能会成功。而梦想和成功之间只有一座桥，那便是行动。

我匆匆回到宿舍，翻了一下箱底儿，只剩三十八元，本想向家境好点儿的同学借二百元做本钱，打了无数次的腹稿，可话到嘴边又咽了回去，原来，张口向人借钱是一件这么难为情的事儿。不能放弃，我又骑车来到了十公里外的警官学校找瑞，吞吞吐吐的。话还没说完，冰雪聪明的瑞便揣摩出我的来意，拿出了二百元钱说："这是我上个月的结余，你先拿去用。"我没有说谢，便骑车飞奔到经八路，此刻，一个"谢"字太轻。

用借来的钱精挑细选了一百盒磁带。去哪里兜售？守株待兔摆地摊儿？不妥，还要上学，时间不够。去学校挨个宿舍售卖会好一点儿，况且今天是星期天，大部分同学应该都在宿舍吧。噢，对了，一定得离我们学校远一点，越远

---

① 单放机：指的是只能播放而不能录制的音视频设备。

越好，真怕遇到熟人。

来到离我们学校"十万八千里"的粮食学院时已是下午两点半，尽管衣衫单薄，可身上却热血沸腾，忘了吃午饭，肚子不愿意，直敲鼓。在粮院门口买了一个烧饼豆腐串、一杯豆浆犒赏自己，若有酒，倒也想来二两壮壮胆儿。

从小在田间地头长大，喜欢大自然的清趣无扰，尽管内心涌动，却不擅长与人打交道。忐忑不安地来到了一号学生公寓，敲开第一个房门，女生们刚午休过，看起来是大一的新生，万事好奇，很快以我为圆心聚拢来，叽叽喳喳，讨价还价，最终，八元一盒，不一会儿便卖出了十二盒。我说声"谢谢，打扰了"后，便退了出来。使劲儿用手将突突的心按了回去，不到一刻钟，笨口拙舌的我，净赚了七十六元，旗开得胜，兴奋无以言表。挣钱很容易嘛！

"革命尚未成功，同志仍须努力。"我握紧拳头为自己鼓劲儿之后敲开第二个房门，柔声细气甚至带着几分谄媚："您好，正品磁带要不要？"我话还没说完，便被连人带物地给搡出了门外并加送了一个"滚"，接着砰的一声，好重！那门儿不像砸在门框上，倒像砸在我心上，好尴尬呀！不争气的眼泪瞬间溢满了眼眶，我重重地靠在墙上，使劲儿抬头，希望眼泪倒回去。然后，深吸一口气，告诫自己不要生气，人家本来心情不好，又不是我惹的，我不能成为接她情绪的垃圾桶。这一生，我将会遇到很多的人，有的给我教训，有的给我温暖，但大部分都是过客，终生不复见，很多事情不必计较。精力和时间应该花在值得的人和事上。挣钱，真的没有想象中简单。

骤变，把它放在脚下是绊索，把它放在手中就是牵引。用汪国真的话说，既然选择了远方，便只顾风雨兼程。面对困难，我摒弃腼腆，拾起自尊，尝试着把自己归类到越挫越勇的那一类人中去。

开弓没有回头箭，拍掉征尘，抖抖精神，敲第三个房门的时候，我挺直腰板儿，将音质调得温和而坚定。做生意赚钱，你所需要的恰好是我能提供的，两相情愿的事儿，没必要将自己低到尘埃里。如此这般，四层楼上完，效果意想不到的好。

还剩十盒磁带，尾货。我对一个囊中羞涩的女生说我急着回家，如果她全要，五元一盒全给她，无异议，成交。整个下午，我的心情就像坐过山车一样，五味杂陈。

揣着自己挣来的七百多元"巨款"，心如鹿撞。出了粮食学院，第一时间飞奔到瑞的学校还钱，有借有还，再借不难。瑞很是吃惊，这还钱的效率也太高了点儿，还以为钱没有花出去。我也不解释，反正没有违法乱纪，只是笑容灿烂地请她在学校门口吃了一碗"千里香"馄饨，外加了一个烧饼夹牛肉。有些事情，即便在闺密面前也羞于启齿，酸甜苦辣，个中滋味，只能一个人慢慢去回味，更没什么好炫耀的。我知道自己很幸运，也清楚幸运的背后总是靠自身的努力在支撑着，一旦松懈下来，幸运也就溜走了。

而年轻的躯体就像一台永动机，马不停蹄地奔波了六七个小时，竟然不觉得累。想好的事儿一定斩立决，不拖泥带水是我的风格。我跑到百货楼买了一款二百六十元的带录音功能的高档单放机，又去相距不远的新华书店买了一本心仪已久人民文学出版社精装的《红楼梦》。名著，我读过三遍，却不曾自己拥有，盗版的倒是便宜，却有些看不上。有在书上写感慨的习惯，读书的时候总爱拿支笔，就像皇帝批阅奏章那样，圈抹涂点任凭我意。借来的书总不便随意书写感悟，终不能达意。而今，魂牵梦绕的事情竟然成真，梦里也会笑醒。

夜已深，街面渐渐安静了下来。起雾了，寒气直往脖子里灌，我将秋衣领子向上使劲儿拽了拽，骑着单车，一路风驰电掣，透过深度近视镜看着模糊的未来，心竟温润不已。

"归来仿佛三更。家童鼻息已雷鸣。敲门都不应。"回到宿舍的时候，姐妹们都已熟睡，我蹑手蹑脚地洗漱完毕，上了床，很快便和周公相会了。

事过二十年，现在看来，所有的经历都是财富，都是成长。用苏东坡的话说"回首向来萧瑟处，归去，也无风雨也无晴"。困难即是经验，忍耐一时之痛去体验它，我将因为这些困难更了解人生，更珍惜当下。面对疼痛，我不是没有哭过，只是哭过之后，没有将自己交给软弱。

荣俊通作品＊

木兰传奇

　　晚清学者刘声木《苌楚斋续笔》中有一篇《后魏木兰女士名氏》，说直隶完县有个木兰祠，俗称将军庙，建于元代。庙里有一座石碑，碑上说木兰本名木栾，姓魏，父亲叫魏应。木兰是汉文帝时人，在匈奴人侵犯边境时，代替父亲出征，在边塞守关十二年，有特别的功勋，谥号孝烈。这个记载与世人传说的略有不同。

　　事实上关于木兰的名氏、出生地和生活的年代背景一直都争论不休。花木兰之所以姓花大概来自明朝人许渭的杂剧《雌木兰替父从军》，流传甚广，以后的很多戏曲都受其影响。在历朝人的笔记或地方志中能看到关于《木兰辞》里木兰身世的记载痕迹。这些记载并不相同，甚至可能说的不是同一个人。比如有说木兰是北魏的，有说是隋唐的，有说是河南的，有说是湖北的。由于这些传说记载均是在《木兰辞》之后出现的，并没有早于或与《木兰辞》同时的关于木兰的真实事迹记载，因此这些所谓的传说也可能只是穿凿附会的故事。

　　我们无法从正史中看到木兰的真实人生，诗歌是没有办法当作历史证据的。也许木兰并没有在这个世界上存在过，一切都是后世杜撰的故事。但《木兰辞》是一个奇妙浪漫的故事，那么木兰应该有一个符合诗中的传奇形象。

　　在迪士尼出品的真人版电影《花木兰》里，还有中国的一些电影里，认为木兰是北魏人，跟随太武帝拓跋焘参加了与柔然的战争。这种说法不知道出于何处，但在网络上有人言之凿凿地认为木兰是北魏人，《木兰辞》里的战争就是北魏征伐柔然的战争，甚至有的说木兰是鲜卑人。这是非常荒谬的，但依旧以讹传讹。之所以有这样的认定，一般是因为《木兰辞》是北朝民歌，且《木兰辞》中提到木兰的国家首领是"可汗"，而"可汗"是北方鲜卑人对于首领的称呼。

　　其实我们看到的《木兰辞》是出自宋朝人郭茂倩编纂的《乐府诗集》，而

＊ 作者简介：荣俊通，山东省济南市执业律师，山东省曹县人。

《乐府诗集》里关于南北朝的诗歌大部分出自南朝的和尚智匠编纂的《古今乐录》，而《古今乐录》已经失传了。《古今乐录》说"木兰不知名"，郭茂倩只是在按语里说"不知起于何代也"。

《乐府诗集》中其实有两首《木兰辞》，我们所熟知的北方民歌是其中一首，另一首是唐朝人韦元甫写的《木兰诗》（姑且称为木兰诗以便区分），《木兰诗》与《木兰辞》相比，有很明显的文墨穿凿气息，不如《木兰辞》活泼可爱。而《木兰辞》本身是作为韦元甫的《木兰诗》的赠品附入《古今乐录》而被收入《乐府诗集》的，但《木兰辞》的名气大大超越了《木兰诗》，就像是大小姐带着丫鬟去选秀，没想到丫鬟被意外选上了，真堪称诗歌界的草根逆袭。

当然，《木兰辞》被认为是北朝民歌是有道理的，因为它的语言风格与同时代的北朝民歌极其相似，例如《折杨柳枝歌》里有"敕敕何力力，女子临窗织。不闻机杼声，只闻女叹息。问女何所思，问女何所忆"。与《木兰辞》的起首诗句几乎一模一样。

但因为《木兰辞》是北朝民歌就认为木兰是北朝人显然很可笑，就像我们不能把《木兰辞》出自宋朝人的《乐府诗集》即认为是宋朝人写的一样。因为作为诗歌作品，它所能歌颂的故事是不限于本时代的。

人们认为木兰是北魏人还有一点是因为诗中出现的"可汗"，但北魏的皇帝为了汉化并不喜欢别人称呼他们为可汗，甚至不想让别人提及他们的胡人身份。例如北魏太武帝重用汉族大臣崔浩，让他去编写国史，因为过多提及了他们的胡人历史身份就砍了崔浩的脑袋。

此外，就北魏鲜卑人而言，其首领名称在史书上记载早期称为鲜卑"大人"。北魏前身代国时期，其首领曾被晋怀帝封为"大单于"，可见"可汗"这样的称呼不像是北魏皇帝的常用称呼。

因此我们可以推测诗中出现的"可汗"可能是由南朝人编写的缘故，因为南北朝双方互相对峙长达数百年，南北两朝政权互相称呼对方是伪政权，例如北朝人一直称呼东晋政权为"僭晋"，还有东晋时刘琨曾劝说石勒（羯人）辅佐东晋，理由是少数民族做不了"天子"。南朝人向来称呼北朝人为"北虏"，对于北朝之主依旧以"可汗"称呼他们，而不像汉人那样称呼其"皇帝"。因此南朝人智匠将北方传来的诗歌依旧改为"可汗"以示区别。因此在《木兰辞》原本的故事中可能没有"可汗"，而是真正的"天子"。

而且，即使是在胡人统治下的北朝，其汉族人口也是占据多数的，北朝民歌不见得就是鲜卑人的民歌，也包括北方汉人的歌。而且《木兰辞》的风格和描绘的场景并不像《敕勒川》那样的典型北方草原民族的风格。因此可以推测

《木兰辞》可能是汉族人演唱的更加久远的故事。

其实我们也可以根据《木兰辞》勾勒出木兰的模样和她的故事线索，来描绘出她应有的传奇形象。我个人认为《苌楚斋续笔》笔记里的记载更契合《木兰辞》里的故事。

木兰是一个汉族平民的女儿，她的家在城外的乡村。从诗中的句子可以看出。例如"木兰当户织""对镜帖花黄"，这是一个汉族女子才有的日常生活和装扮。"爷娘"也是古语里汉族对于父母的称呼。"出郭相扶将"说明木兰的家住在城外。古代的城一般是用来军事防御的，城里是人们居住的地方。"郭"是城中区域人口居住不下，在城外扩建的居民区。防御措施与城相比就简单了许多，也或许没有，更可能是一些带有一些简单防御设施的乡村。因此木兰家住在城外的乡村，主要以务农为主。诗中出现的"猪羊"，更说明木兰家是一个农耕社会的普通家庭。

西晋灭亡后，北方胡人进入中原，他们愿意接受中原文化，但这个过程是漫长的，到了北魏拓跋宏时期迁都洛阳才宣布全面汉化。这个汉化的过程是自上层贵族到下层平民的，从政治到语言，再到衣食住行。假如木兰是一个汉化的胡人平民的话，很难想象她如此自然地表现出一个汉人女子的精神气质而不带一点游牧民族的风俗特点。

也有人可能会说，南匈奴人汉化得更早，因为他们在东汉时期就作为汉朝的附庸而存在，木兰可能是汉化的匈奴人。但南匈奴人一般居住在长城以北。从《木兰辞》里看出，木兰从家里到边塞的路线，是自家里到黄河，再从黄河到燕山。很明显她的家在黄河以南的中原地区，因此不可能是汉化的匈奴人。

木兰出发前，从她进城买骏马做出征前的准备来看，她所在时代的征兵制度是征发制的。中国古代的征兵制度一般分为征发制和募兵制，后期征发制演化为府兵制。征发制和府兵制的士兵参加军队戍边属于徭役，一般服役时间是几月或几年，战斗装备的武器、盔甲、战马要自备，基本无军饷。西汉及之前的军队基本是征发制，而东汉时的军队主要是募兵制。

征发制是全民皆兵的，府兵制一般是以均田制为基础设立专门的军户作为兵源。木兰的父亲是在政府注册的军人，但不可能是府兵制的。因为府兵制是在北魏后的西魏才建立的。在北朝时，汉人平民是不可能参加军队的。因为虽然胡人政权接受汉化，重用汉人大臣，但对汉人依旧不放心，军队依旧用本族的军人。东魏权臣高欢曾对汉人说"鲜卑是汝客，得汝一斛粟、一匹绢，为汝击贼"，对鲜卑人说"汉人是汝奴，夫为汝耕，妇为汝织"，一方面总结了北朝时汉人与少数民族之间的矛盾，另一方面也看出府兵制的军户其实是草原民族平民，汉人不能作为军户。虽然后期也有汉族的名门子弟参军，但木兰的父亲只是平民，不可能是军户。

因此可以说明木兰生活的时代不是北朝，而可能是实行征发制的秦汉时期。

再者，从《木兰辞》里木兰代父从军，又隐藏女子身份，也反映出她所在的时代是禁止女子参军的。秦代商鞅变法时曾设立军市，军市是专供士兵贸易的地方。《商君书》上明令禁止女人出现在军市上。连军市都不允许女人出现，更何况女子参军？西汉时汉武帝的军队出征匈奴，更是明令不许女人出现在军队中，也不得带妻妾。可以说除了兵源不足的紧急情况，禁止女子参军是汉族军队的惯例。而少数民族则不同，宋朝时曾记载胡人女子彪悍，曾有胡人妇女到中原地区抢劫盐车，女子参加军队也是很常见的。可以想象南北朝时期北方胡人的军队是可能有女子军队的。因此从女子参加的方式来看，诗中的木兰不是南北朝人，很可能是秦汉时人。

《木兰辞》中称呼木兰的朋友叫"火伴"，火伴是指一个灶台吃饭的战友。在汉代军队实行"五五制"，五人为一伍，二五为一火。木兰的火伴就是一个基层编制里的战友。因此木兰生活的时代可能是西汉。

《木兰辞》中有"燕山胡骑鸣啾啾""关山度若飞"，说明木兰到达的战场应在关山、燕山附近。燕山可能是燕支山，也写作"焉支山"，燕支山是匈奴文明的发源地之一，匈奴有诗歌"失我焉支山，令我妇女无颜色"。关山是关山古道，是丝绸之路的一部分。西汉时霍去病将军曾率军过燕支山攻打匈奴，打通了河西走廊和丝绸之路，大获全胜，以致匈奴人慷慨悲歌。这样我们推测木兰所要作战的敌人可能是匈奴人。

假以更传奇的想象，木兰曾参加霍去病多次北征匈奴的战斗。因为霍去病是少年英雄，在历史上出征匈奴更是千古第一大功。木兰所在的家乡战马应该是容易买到的，符合汉武帝时实施马政的社会特点。霍去病的战斗基本上都以骑兵闪电战为主，木兰就是骑兵，也恰好符合。而且《木兰辞》中说木兰回家，天子重赏。她的功勋很可能是在战斗中建立的，但她不可能是有名有姓的将领，因为那样历史书上一定会大书特书的，她的功勋可能是作为一个普通士兵跟随胜利大军获得的，她的赏赐也是全军封赏的一部分，并非特别。跟随霍去病出征匈奴有这样的机会。如果可以，霍去病将军无论才貌都配得上木兰，只是英年早逝，就算有爱情也是悲剧。如果是这样，木兰的故事可能更加完美。

但这只是我们对于这个故事的热血浪漫想象，《木兰辞》中对木兰着重表现的不是她战斗所获的功勋，而是她对家人的爱和作为一个女子的非凡勇气。

木兰这种临时征发的士兵可能属于"戍军"，也就是杂牌军，而不像朝廷那种常备的"卫军"。她的主要任务大概是防卫边关。她这种义务兵都有一定的服役期限，一般一年到三年不等，也有几个月的。诗中说她服役"十二年"，这可能是个虚数，这是古诗中常用的手法。十二年的意思代表时间较长，不一定真的就是十二年。在服役期间她必须小心翼翼地不让人察觉到她的女子身份，还要参加军事任务。我想她在军队里的任务应该会是一些尽量减少与人接触的工作。比如她可能会在离边塞大营较远的一些"戍所"，负责侦察发警报，或者担任一些更加深入匈奴腹地的间谍任务。

但即使这样也很难想象她是如何在各种日常行为中不暴露自己女子身份的，因为即使再少与人接触也要与人交流。常听老年人讲古代人都很傻，藏在门后头就能让人找不到。木兰那些不识字的士兵火伴可能真的傻，但傻也是一个诚实的象征，容易被表象迷惑。也侧面说明木兰的性格中带着一些狡黠和机警，才能在军队中不被火伴们发现。

在一些资料里，汉朝普通士兵的作战能力很强，加上精良的装备，和匈奴人作战时能以一敌五，相同装备下能以一敌三。除了良好的训练外，还应该有良好的体格。而且西汉士兵，因为多是征发制，没有什么工资，很多东西要自费解决。打仗成了收回成本的机会，因为战争可以带来战利品和朝廷的封赏，战斗力强大概也是这种思想激励的吧。从一些考古发现里得知，古代汉人无论身高还是力量均超过现代汉人，这令人很费解。秦兵马俑中最矮的是 175 厘米，汉代士兵征兵标准应该在这个身高左右。我们可以推测木兰应该有一定身高的，而且是骑兵，个头总不会太矮。也应该有些肌肉力量的，平民家的女儿总要干活的，平时织布和农活也算是肌肉锻炼，至少不会像我们现代女人那样纤弱。

西汉时的女人也远比我们想象的要自由开放得多，这不仅表现在家庭和两性关系上，也表现在社会角色参与上。例如，汉武帝曾封一个叫冯嫽的女子为外交大使。这样的事例很多，但也不能多做赘述。那时的汉族女子虽不至于像胡人女了那样彪悍，但也不至于像后米朝代的女子以病恹为美。也许在那样的社会风气下，木兰的个性应该是阳光开朗的，而不是像某些电影里表现的那样在尔虞我诈的环境里卑微地活着。

这里讨论的不是历史考证，因为没有具体的历史事迹可以考据。我只是在根据《木兰辞》里的故事描绘出一个完整的代父从军的木兰形象。因为她女扮男装出征塞外，在那个时代所要付出的精力远比一个男人多得多。她所表现出的勇气值得我们去浪漫地想象她的故事。

王达品作品[*]

乘火车①

2020年12月11日以后的一天，城市公交将我带到了高铁宝应站。这次去上海访亲，我没有选择网上购票，就是想在宝应站慢镜头地感受一下。

首先映入眼帘的是"宝应站"三个漆红大字，人们说"字如其人"。这三个庄重端正的构架造型，准确地表达了宝应人的朴实无华和勤劳智慧。大理石铺就的站前广场，视野开阔，气势宏伟，每一片大理石都虔诚地沐浴着太阳的光辉，又通过自身的努力制造出热量来，温暖着广场上的每一位游客。

售票大厅的工作人员与购票者之间已经没有隔墙，从小窗洞里求票已成为历史。我一进门，皮肤白嫩的帅哥即从座位上站立起来，透过口罩，我能感觉到他在对我微笑："请问您要去哪里，麻烦您出示身份证和健康码。"他的普通话受过训练，我听得出来，这种普通话里藏着"宝应腔"的底色，在家门口乘火车的自豪感油然而生，售票员是穿着铁路制服的宝应孩子。

测量过体温，办理过安检，我已置身于候车大厅。亮铮铮的座椅，整整齐齐的各就各位，为了迎接宾客的到来，它们似乎准备好了一切。抬头一看，何仙姑飞舞在超大型油画里，她一路洒下的甘露，在宝应的荷叶上已凝成了粒粒珍珠。宝应这个地生八宝的鱼米之乡，如今已搭上了时代的快车，日新月异、蒸蒸日上。

神奇的智能检票系统，根本无须出示车票，只将身份证在它眼前一亮，零点几秒的工夫，它便礼貌地开闸放行了。

站台标有车厢门号的分色地标，旅客只需对照地标号候车，时间一到，列车便稳稳地停靠在眼前了，我对列车驾驶员的熟练技术佩服极了。

---

* 作者简介：王达品，男，生于1954年。1972年毕业于宝应县曹甸中学。1984年起任宝应县建安总公司工程师，并任宝应县建工局驻多地办事处副主任或主任。2014年退休。2018年开始在多家报纸、杂志上发表文章。2019年被聘为《文化宝应》特约采编，同年被扬州市作协吸收为会员。

① 注：连云港到镇江的高铁于2020年12月11日全线通车，经过作者的家乡宝应县。

车厢内窗明几净，一尘不染，简直就是一间移动的茶吧。戴着口罩的乘客几乎都在做着同样的事——看手机。我斜靠在椅背上，眯上了双眼，思绪回到了20世纪80年代的一次常州之旅。

早先，宝应人要乘火车，可不是一件便当的事情，距离宝应最近的火车站，北在徐州，南在镇江。

1985年，和几位同事去常州出差。一大早，从宝应乘汽车去镇江火车站，到捏着火车票排队进站的时候，已是掌灯时分了。检票口排起了4个长队，车站工作人员手持铁皮喇叭喊叫着维持秩序。人们争先恐后拼命往前，不是众人不懂规矩，而是大部分人手里的车票都是无座票，抢挤上车，或许能碰到一个座位，盼座抢座的心态是"挤"的原动力。我是第一次出差，将几本书和几件换洗衣服放在一个柳藤箱里，而柳藤箱的岁数比当时我的岁数大很多，轻轻一压，都可能脆裂散架，一开始排队，就被前后左右的人裹挟其中，我只好双手把箱子举过头，车票叼在嘴上，感觉很累时，就把箱子顶在头上，两只手轮换休息，几次交替之后，被人们推搡到了检票口。一位大嫂检票员，右手握着一把夹钳，左手从我的口中抽出车票，"咔嚓"一钳，车票上角就现出一个方形缺口。我急忙抽出一只手来接"可以通过"的车票，似乎慢了一拍，检票大嫂的白眼和后边的叫骂声同时送我进了站。一路小跑，两名列车员把持住车厢门，下车的往外挤，上车的往里挤，这里已不只是拥挤了。我把箱子顶在头上，不知是自己挤上了车，还是被别人塞了车。火车开动了，我企图往车厢里面挪动一些，谁知道，刚抬起一只脚，那只脚的位置已被别人的脚占领了，我的脚已经无法放回，只能踮着，另一只脚再也不敢动了。伸头往车厢里一看，走道里堆满了人，座椅下插满了人，卫生间里塞满了人。那时我虽年轻，一只脚着地，一只脚踮着，双手和头要共同支撑一个柳藤箱，汗从额头成串地流下，湿了衬衫，湿了裤腰，车一到常州，立即往车外逃。

下了车，几个人在站台上遇齐，第一件事是检查有没有丢东西，一位经常出差的长者，一摸上衣口袋，喃喃自语："真的没有了。"大家不约而同地问他丢了什么，他说："上车前，将一个香烟纸壳折叠成钱叠的模样，又用一张纸包好，放在上衣口袋里，不知什么时候，被梁上君子顺手牵羊了。"

如今，"和谐"号以250千米的时速，很快飞进了上海虹桥站，我一手握着手机，一手提着小包，轻步走上站台，欣赏着身后的列车群，目送着那一辆辆向宝应方向飞驰而去的列车。

她为农家少年系上红领巾

——回忆我的启蒙老师杨国钧先生

我的启蒙老师杨国钧先生，一九二二年冬月廿六日，出生于宝应城里的一个商贾人家。她识文断字，知晓琴棋书画。她的笔下算盘，最让乡下人惊奇不已。日本侵略者从飞机上扔下的炸弹，使她在 17 岁那年失去了母亲……

新中国的乡村教育是在一穷二白的基础上起步的。说开蒙，要先说一下我们进入学龄期的那个年代。

一九五九年下半年开始，刚刚吃上几年饱饭的农民，又遇"三年困难时期"，几乎把家家逼到了无米下锅的窘地。糠糟草根萝卜缨，都是不易得到的食物。人人心悸不宁，个个求食度命。偶有孤寡老弱者，受尽饥饿的折磨，沦为可怜的"路倒"。上级开始救济钱粮谷种，鼓励生产自救，农民可在房前屋后植菜种豆，也可以饲养几只鸡鸭。人们慢慢看到曙光，政府又及时提出了"扫除文盲，普及教育"的战略号召，我的老师是这个号召的热烈拥护者，更是一位积极践行者。

当时的种田人家，七八岁的小孩要提水烧火，扫地抹碗，还要看弟妹，挖野草。谁家都不会惦记着上学的事儿。杨老师起早贪黑，用她那双不大的脚踏着泥泞土路，耐心地给人们分析"睁眼瞎"的穷苦，讲解扫除文盲、普及教育的深远意义，渐渐赢得了大家的共鸣。她从一间间低矮的草房里，牵出了一双双嫩润的小手。

我们这帮散养的活猴，别看个个骨瘦如柴，当有两碗稀粥下肚，立马变得活蹦乱跳，吵着闹着，拽着老师的手指头，闹得老师腰酸肩膀疼。河岸旁边的田野里，就要成熟的稻穗，在太阳的照耀下，发出耀眼的灿灿金光。庄稼人急切地盼望着，那又白又胖的米粒早早睡醒，拜别壳衣的呵护，蹦进芸芸众生的饭碗里。老师牵着我们，看着田野，想着未来，她在思考如何教我们认字、如何把我们培养成有文化的新农民、如何让我们长大后不再贫困。

我们的学校是一排四角硬的房子，山墙和立柱部分用砖砌成，其余墙体用土坯垒成。教室北墙有三樘窗户，分隔窗扇上没有玻璃，糊上报纸，冬天就用稻草塞起来挡风。架在土坯上的木板便是我们的课桌，五六个人趴在一块木板上。木质黑板上有很多的褐色斑点。一、二、三年级在一间教室里上课，那时叫复式教学班。

挂在檐下的半截犁铧刚刚敲响，杨老师已来到了教室门口，她捧着一大摞本子，本子上面堆着教科书和纸质粉笔盒，手里还拿了一根约一米长的小竹竿。这根小竹竿是教我们认字的指棒，假如，有人不遵守纪律，她就会拿小竹竿用力地敲黑板。有时，她会停下来，给我们讲黄继光、邱少云的故事，直到大家都竖起耳朵，坐得笔直的时候，她又会继续教我们认字。

杨老师的儿子和我挨肩而坐，每次写字时，杨老师总是先握着我抓笔的小手，一笔一画地教我写字，然后是后边的同学，最后才轮到她的儿子，如遇时间来不及，她的儿子只能噘着小嘴，独立完成写字的作业。她把伟大的母爱分给每一个学生，最后才是自己的儿子。杨老师热切地希望我们快快长大，成为建设社会主义新农村的新农民，我们睁大眼睛，聚精会神地听着她描绘未来："等你们长大了，用拖拉机耕田，打下的粮食先交给国家，给解放军做军粮。剩下的自己吃都吃不完。将来不用洋油点灯，像城里人一样家家装上电灯。"她苦苦支撑着播种的信念，用智慧慢慢拨亮我们这一盏盏朦胧的心灵小灯。

记得有一年，学校挑选了几个同学，第一批加入中国少年先锋队。买红领巾的钱由学生交给老师，学校统一代购。那天下课的时候，杨老师带我到办公室，和蔼地说："红领巾的钱大家都交来了，只差你一人，学校准备下个星期举行入队仪式了。回家要钱了吗?"我低着头说道："家里人说，我这一批就不加入了，等过些日子鸡子生蛋了再说。"老师好几分钟说不出话来，用手帕揉在自己的眼睛上："就第一批加入。你上课去吧!"俗话说，"养儿方知报娘恩"，那时的我，年少幼稚，懵懵懂懂，不能感悟到师恩重于泰山。几十年后的今天，想到杨国钧老师为我系上红领巾的场景，几次忍不住热泪盈眶。从那以后，我放学回家的第一件事就是解下红领巾，将其抹平，叠成方块形，小心翼翼地放到书包里，第二天上学时，再系上红领巾。后来书包坏了，就把红领巾夹在《算术》书里。这条鲜艳的红领巾，陪伴了我的整个少年生涯，激励我每天做一个好学生。

那时候，生活困难，卫生条件差。有很多小孩患上秃疮，满头不见一根头发，都是白色的鳞屑斑片。不时会散发出鼠尿般的臭味。我们班里就有一位。一天放学后，几个好事的家伙追着他齐诵童谣："秃子秃，砌瓦屋，瓦屋漏，点蚕豆。……"这位同学又气又羞，干脆不来上学了。杨老师了解情况后，起个大早，跑到这位同学家里，哄他继续上学。早读课上，老师将这位同学搂在怀里，对全班同学说："这位同学自从上学以来，个子长高了许多，比你们长得都快。"" 你们都是毛主席的好孩子，要像解放军一样，互相团结，遵守纪律。以后，谁要再说'大树要倒，秃子砸得飞跑'之类的话，老师就把他也变成秃子。"说来也奇怪，之后真的没有人再歧视那位同学了，他顺利地读完小学课程，长大后成了一名手扶拖拉机手。

杨老师白天为我们操心，晚上还要到扫盲夜校教农民识字。她把毕生的精力都献给了乡村教育事业。经杨老师调教出来的学生，大都是心地善良、埋头苦干的实在人。

敬爱的杨老师，半个多世纪以来，家乡的面貌发生了翻天覆地的变化，您所憧憬的新农村也已实现。现如今，家家幸福小康，村村欣欣向荣。这里的建设者，大多数是您的学生，或者是您学生的学生。

敬爱的杨老师，您的慈母形象深深印在学生们的心底，四邻八乡的老辈经常念叨您的慈祥，他们都说您是"送字观音"。是的，您就是送字观音。您的送字恩德，泽被后世；您的音容笑貌，在人们的歌颂中永存。

2021 年 11 月于兴化

恩师岳科长

1976 年，我在宝应县委工作队工作时，被派驻在曹甸公社曹南大队。在曹南大队召开的一次会议上，我见到了前来传达文件的曹甸公社党委组织科岳科长。他身着浅灰色卡其中山装，脚穿圆口黑布鞋，上衣口袋挂一支钢笔，文件和笔记本装在黄帆布挎包里。一位国家干部的形象深深印在我的脑子里：一脸清瘦，两袖清风。会议开始前，一位热心人拆开一包"大运河"牌香烟，挨个儿每人敬一支。参加工作不久的我，便学着年长同志的样，接住了香烟，并接受了点火。吸了几口，喉咙感觉有点呛。顺手把那支香烟扔在了地上，又踏上一只脚，脚尖轻轻一揉，那支香烟立马粉身碎骨了。会议中间的休息时间，岳科长走到我面前，笑盈盈地招了一下手，我随他来到后檐无人的地方。他深情地对我说："小王啊！我不反对年轻人抽烟。"略做停顿后接着说："你刚才浪费了一支烟。你想想，这包烟要 3 角 3 分钱才能买到，人家买这么贵的烟，是用来尊重大家的。你看呢？"" 岳科长，我……""不要紧，你们年轻人要走的路很长，要挑的担子很重，如果不想抽烟，以后有人敬烟不接就可以了。"我像一个犯了纪律的小学童，满脸沮丧。他又慈父般地安慰起来："别往心里去，以后做任何事情都要注意别人的感受。"我感激地低声挤出一句话来："我会记住的。"

从那时起，我对"香烟"现象有了关注。改革开放搞活经济的初期，香烟作为"介绍信"，能拉近人们的距离，撩出相互的话题。名牌香烟受到了前所未有的热烈追捧，"红塔山"成为当时的紧俏商品，软"中华"呈现出季节性脱销。香烟抢在汽车和别墅之前，成了一个人身价的标签。投机分子很快找到了合适的支点，以那根香烟为杠杆，不费多少功力，便拨开了公有资源仓库的扇扇铁门。于是乎，在香烟出没的地方，就出现了著名的劝诫警句："吸烟有害健康。"是啊！吸烟有害身体健康，吸烟有害意识健康。自20世纪80年代起，我在建筑和房地产行业从业三十多年，这类行业吞云吐雾者居多。对于敬烟的朋友本人一律抱拳婉辞，倘若空中飞来一支，秒送其原路返回。

岳科长，一位跟我只有过一次交集的恩师。

曹丽敏作品 *

烟大附中赋

浩浩黄海滨，熠熠明珠畔，有我烟大附中兮。
白杨秀挺参天立，雪松苍苍沐风雨。
旧梁新栋构双基，小学初中两相依。
园丁辛勤播春华，少年英俊开花季。
亦校亦家亦天地，日月晨昏伴我兮。
美哉附中！

开先创校廿载余，似水流年九转兮。
忆往昔峥嵘岁月稠，辉煌坎坷跌宕起。
看今朝书香校园美，教育品牌已确立。
规模声誉雀跃起，捷报频传硕果喜。
壮哉附中！

十年树木百年计，教书育人志不移。
冰心玉壶写春秋，滋兰树蕙育桃李。
尊重自然尚人文，厚积薄发有前期。
巨轮前航破沧浪，继往开来谱名曲。
善哉附中！

* 作者简介：曹丽敏，教师，爱好文学，尤喜诗词，参加过 CCTV 第六季"中国诗词大会"
山东赛区选拔赛。

青玉案·孺子牛

三十四载风雨路，
一方书桌，
三尺讲台。
翩翩韶华谁与度？
莘莘学子，
桃李几何，
杨柳青青处。

赤橙黄绿青蓝紫，
一生光阴，
四季流转。
莫道落红无情物，
桑榆晚霞，
梅花风骨，
只留香如故。

岁月随想
——童年往事篇

童年，是记忆深处的万花筒。真正的美，都是时光雕刻成的。

——题记

一、我上一年级
——人生识字糊涂始

歌声总能引起我们美好的回忆。对于童年，大家最熟悉的莫过于罗大佑的

《童年》，我却对一部中国台湾电影《童年往事》的主题曲颇有体悟：

> 还记得／玩弹珠／蹲在庙门边／还记得／骑新车／经过同学前／还记得／
> 打瞌睡／罚站了半天／弹指间／都变成／遥远的从前／为什么春去秋来／人
> 事也跟着改变／我的童年／我的童年／就这样消失不见／那时只当它寻常／
> 今天却无限怀念／往事虽好／往事虽好／不能重过一遍／还记得／多少事／
> 仿佛在眼前／弹指间／都变成／遥远的从前

我的母亲是一名三线工厂职工，20 世纪 60 年代随单位从烟台迁往鲁西南这个叫作泉林的小镇；我的父亲是一名海军军官，20 世纪 70 年代从浙江东海舰队转业到母亲的单位———山东机床附件厂，我就出生在泉林小镇，属 20 世纪 60 年代生人。1974 年，我上了小学，学校名叫"泉林职工子弟学校"。

我人生的第一位老师是我小学一年级时的班主任兼语文老师，她姓吕，叫吕秀梅，操一口浓重的山东文登口音，印象中她脾气很大，对我们非常严厉，极为认真负责。若干年后的同学聚会时，说起吕老师，大家一致认为我们的汉语拼音学得那么好，全是吕老师的功劳。

我们那班同学都属羊，人数比较少，我记得上一年级时只有 17 个人，教室也是全校最小的一间。那时的工人子弟绝大多数都没接受过什么学前教育，刚上学时显得笨头笨脑。记得刚开始学拼音时，同学们（包括我）怎么也弄不清那几个字母有什么区别，有一次听写时，吕老师是按倒序念的，我们却连顺序也不知是什么，都按学的先后顺序写成 a、o、e 了，吕老师一气之下都给了我们 0 分，只有一个受过学前教育的同学（其母是老高中生）得了 100 分，这大概是我人生中的第一次考试吧，所以印象格外深刻。

还有一件事也记得很清楚。算术课上学写数字，我那不听话的右手怎么也写不好"7"这个数，写来写去写成了个拐杖的样子，现在想来是多么稚拙可笑，不知那时我在老师眼里是不是个笨丫头。

但小时候的我极要强。作业写得不如别人，得了"乙"而不是"甲"，我回家后直蹦高，为此没少挨我妈的打骂。寒暑假的作业总是在放假头三天里完成，然后第一个在同学中显摆。我的学习天赋也很快在同学中显现出来。从一年级到三年级，每次期中、期末考试我都是双百。三年级时有一次学校发红榜，贴在父母上下班必经路旁的墙上，看着第一名的自己名字后边那两个惹人注目的 100

分，我知道了什么叫骄傲和自豪，也许这样的表情也挂在父母的脸上吧。从一年级到八年级我不记得我考过第二名，初中毕业时，我作为班里唯一一个考上高中的学生，直接进了县一中。

小学时，一年级下学期我当了班长，一直到三年级。四年级开始当学习委员，一直到八年级初中毕业。我记得我是班里第二批入少先队的（第一批只有两人），戴上红领巾后那种激动的心情无法言说，像一只快乐的小鸟一样飞跑回家向父母报告，以后我戴上了"三道杠"，成为子弟学校第一任少先队大队长。初二时，我又入了共青团。

就这样，在那个年代里，我成了学校里"又红又专"的典型。

初中时代的我曾做过一件"惊天动地"的大事。那时的工人子弟都不怎么知道学习，学校管理也很松散。我们这一届因为人少班少，上初一时从上两届留级下来很多调皮捣蛋的大男生，他们不是把教室的门锁眼用火柴棍堵死，就是把破桌子腿劈了点炉子，弄得满教室乌烟瘴气，老师气得直摇头，但也管不了这帮青春期的坏小子。那是初二上学期的冬天，有一天早晨，教室里乌烟滚滚进不去人，又上不了课了，我生气了，一个人直冲进校长办公室拍了桌子，告诉校长"我们要上课"，要求学校管管这个全校最乱的班，结果很快我们班换上了全校最严厉的男体育老师张立荣当班主任，自此班里的风气才大为好转。到了初三，班里那些大男生陆续下学进工厂就业，我们班才肃静了不少，安静地上了几天课。一个黄毛丫头怒闯校长办公室的故事也在全校师生间传了开来。

我的求学之路从一年级开始，聪颖敏感、好学上进、品学兼优的我不知从什么时候开始心里有了将来一定要上大学的想法，但争强好胜、不甘平庸的个性也使我日后费了不少周折，吃了不少苦头。上了高中后我偏文学理，后又弃理从文，最后以离大学 11 分之差考了个师范专科学校，读了中文系。

二、我教一年级
——长大后我就成了你

毕业后我考进烟台大学子弟学校（后改为烟台大学附属中学），像吕老师一样成了语文老师，在教了二十几年初中语文（其间也教过两年小学语文）、距离我上一年级三十七年之后，我也成了一年级的老师。

我教一年级的经典诵读课。这是我当年不曾学过的课，人到中年的我深知经典和传统文化对儿童的教育影响深远，我决定给我的学生补上这一课。从我的童年走过来，现在又面对学生的童年，我知道我也会成为孩子们童年往事中的"吕老师"，吕老师教会了我汉语拼音、识字、写字、读书，我又该给我的学生留下怎样的童年记忆？

一声"老师好！""同学们好！"，我这个改行的经典诵读课老师上场了。上课时面对的是五个班吵吵嚷嚷、东倒西歪、懵懵懂懂的刚上学的顽童，可不要认为能教初中大孩子就能教一年级的小孩子，一节课光组织课堂纪律就能让你吼破嗓子，我得拿出当年私塾老先生打手板的威严让他们守规矩、养习惯，我得使出当年吕老师教我 a、o、e 的严厉领他们读"人之初，性本善。性相近，习相远……"。

有现成的校本教材，但一本通用并不适合所有年级和学段。怎么办？自选自编。我找来能找到的典籍和一至八年级所有的地方课程———传统文化读本，反复比照钻研，渐渐有了思路。从《三字经》（节选）开始到《百家姓》（节选），再到《千字文》（节选），最后整本的《弟子规》都读了下来。我曾不知自己的曹姓排在第二十六位，但可让学生追溯一下自己姓氏的源头；我没读过"天地玄黄，宇宙洪荒"，但可让学生从"海咸河淡，鳞潜羽翔"中体会语言文字的精练；我也不曾读过"弟子规，圣人训"，但可让弟子们知道几门课必修：首孝悌，次谨信。泛爱众，而亲仁。

我知道朗声诵读、熏陶渐染是最好的诵经方法。孩子们现在理解力尚不强，但记忆力好，一年级又是大量识字的发端，读的经典也许现在理解不了那么深、那么透，但能读下甚至背下日后再做理解践行方是可行之道。每周每班一节课的读经之余，我还会挑出课标中的"小学生必背古诗词 70 首"适合一年级读的唐宋诗词领孩子们赏读，在"举头望明月，低头思故乡"中体会中国人特有的思乡之情，在"至今思项羽，不肯过江东"中了解历史文化的沧桑，在"小时不识月，呼作白玉盘"中激发孩子们天真的想象……

一节节课上下来，我口干舌燥、身心疲惫，上一节经典诵读课可不比上一节初中语文课轻松！但一节课融汇了语言文字、习惯品行、思想感情、历史文化的教化熏染，我觉得教学相长的收获还是蛮大的，从没有路的地方踏出路来，我发现了新的志趣，并乐在其中。

当一个个孩子戴上了红领巾、小脸红扑扑地回到教室，坐在座位上兴奋不已的时候，我对他们说："今天是你们终生难忘的一天，你们戴上了红领巾成了少先队员。"此时我仿佛看到了几十年前的自己。当孩子们见了我这个厉害的半老太太争先恐后地说"经典老师好！"的时候，那一双双亮亮的眼睛使我如同望见了星星的梦幻……

三、来生为树
—— 岁月与性情

岁月不停流逝，生活之树常青。坐在一年级办公室的新写字台前，扭头便可望见楼前草地上那几排高高的白杨树。

已是深秋时分，这些白杨树早已失去了春夏时的葱茏茂盛，往日油绿的叶子也已变得或黄或褐，纷纷从枝头随风飘落，有的树的叶子差不多掉光了，细高的干枝显得萧条而毫无生机，接下来它们将要经受漫长而肃杀的冬天。

我对这些白杨树充满了感情。记不清哪年哪月，在楼前这片不大的空地上，我和同事们亲手种下了这些树，在寒来暑往的岁月里，这些树悄然长高变粗，每当在"春风吹又生"的日子里，那些哗哗作响的树叶似乎在诉说着过往那些稠密的日子……

十年树木，百年树人。是啊，眼前这片片落叶不正是绿叶对根的情意吗？落红不是无情物，化作春泥更护花！即使"零落成泥碾作尘"，也要"只有香如故"！在附中这片园地里，从红花到绿叶再到春泥，不过是生命的自然规律，当生命之河从春夏流到秋冬，对于人生，对于教师这个职业，我又有了更深更新的理解。

我相当喜欢三毛的一句话，她说："阿拉伯人饮茶必饮三道。第一道苦若生命，第二道甜似爱情，第三道淡如微风。"坐在一年级办公室的工作台前，望着窗外高高的白杨树，我品着淡茶，若有所思，心中似有微风轻轻吹过，一缕幽香氤氲心间……

2012 年的正月初六，我们小学、初中同学毕业三十周年聚会，之后去拜访了我们人生的第一位老师———吕秀梅老师，我已经快四十年没见过吕老师了，当我代表大家紧紧拥抱住已经六十六岁，满脸的皱纹笑成一朵干菊花的吕老师时，我闭着眼睛，泪水无声流成两行，我仿佛又看到了四十年前跟吕老师读 a、o、e 的那个笨丫头，而眼前的吕老师，就是二十年后的我自己……

冥冥之中，我只觉得佛来到了我心中。佛说："人有三生。"我不知我的前生为何，我知我的今生为人为师，而我的来生———愿化作一棵繁花嫩叶的树，在这个忙碌拥挤的世界上，长在你必经的路旁……

一个美丽的约定

周政阳是我的一个马来西亚籍学生，我只教了他一年，他还有个妹妹叫周文妃，我也教了她一年，算来兄妹俩都是我的学生，但教的时间都不长。

周政阳是上初二那年从马来西亚来到烟台的，我记得他刚来时的样子：个子不高，皮肤黝黑，典型的马来人样貌，但双眼很黑很亮，很有精神。教他时间不长，我就发现他汉语功底不错，说话、写文章都很流畅，人也很聪明，就挺喜欢他。后来教他妹妹时也有这种感觉，而且能看出来兄妹俩有较好的家庭教养和教育背景。

周政阳刚来时，学习还是很认真的，但时间一长，他和班里的同学混熟了，加上天生活泼好动的个性，上课就不那么专心了，爱和同学说笑、打闹。学习成绩还可以，但也不突出，我觉得他是个可塑之才，这样混下去可惜了，有一次我在班上严肃地批评了他，并对他说："你可不可以二十年后给我打个电话，让我看看你出息成什么样子？"谁知这句本是我激他的话被他听到心里去了。

教他一年，接着又教他妹妹一年，他妹妹学习可比他认真用功多了，人也很懂事，有时我会问问她周政阳的情况，让她转达我对他的期望，她都做得很好。我教了她一年，又被调到别的岗位上去了。

又过了将近一年的时间，有一天，我在办公室看书，周政阳突然出现在我面前，我一看，他个子长高了，看上去成熟了很多，像个高中生的样子了。他今年初中毕业，参加了中考，接下来他和妹妹要去北京读高中了，今天特来与我告别。我俩聊了一会儿，他突然问我："老师，您还记得咱俩二十年后的约定吗？"我一怔，也想起了两年多前的情景，忙说："当然记得了。"他告诉我，我当年的那句话对他触动很大，从那以后，他开始认真思考自己的将来，开始用心学习，成绩很快有了提高，今年中考取得了优异的成绩。临别时他对我说："老师，您一定记着咱俩的约定，我到时一定会给您打电话的。"

教育有时就是一句激励的话语、一个智慧的期望。我知道周政阳已经有了自己的目标和动力，我期待着那个美丽的约定。如今，他送给我做纪念的宜兴紫砂茶杯就放在我的办公桌上。

后记：本文写完后我发给了周政阳兄妹，他们已回到马来西亚过春节了，兄妹俩说看了本文差点哭了，大年初一晚上给我回了信，周政阳还写了一篇《天使的指引》作为回赠，我看了也很感动，我想，如果当老师的真有一点传说中点石成金的功夫，那真是教育至高无上的追求。

附：

天使的指引

周政阳

迷茫之雾中的一缕阳光，如利剑般穿出，继而洒在我该走的康庄大道上。

——题记

不知不觉，距初中毕业已有半年。不算长，也不算短。关键是，这半年里是什么一直陪伴着我。

良药苦口利于病，忠言逆耳利于行。当有一位老师肯给予你批评，敢毫不留情地"打击"你，要记住，那不是老师的职责，那是我们的幸运，能遇到一名天使的指引。

记忆，如幻灯片般不断闪现在我的眼前……

那是一所学校，不大，一进门就是一幢教学楼。本是普普通通的教学楼，却是那么令我心驰神往……

犹记得，那是我第一年在中国上学。年少轻狂，在学业上不知不觉放松了对自己的要求。那时，我成天上课说笑，下课打闹，不交作业时而有之。时间不等人，考试完结，成绩却不尽如人意。

就这样，身陷迷茫之雾中却不自知……

那天早晨，曹老师把我叫进了办公室。我硬着头皮敲门进去，却没想到平时和颜悦色的曹老师会给我一场暴风雨般的训话，内容已经忘得七七八八了，大都是学习近况和学习态度的点评，可是老师的一句话我依旧记得……

"二十年后，给我打个电话，我倒要看看到时候你的出息何在？啊，别忘了。"

很简单的激将法，却令我觉得恐惧，尤其是对曹老师的恐惧，我生怕老师会说我是孬种，我生怕当时我会颜面尽失，好胜、好面子导致我开始重新认识自己，我要证明我不是孬种。

初二，就成了我的适应期。

初三、初四的奋斗让我从"学渣"跳到了"学霸"。当时我还在想，老师打击我的自尊，我就要以实力去驳倒老师！

中考结束，意味着初中过去了。

站在办公室门外，却发现我有些不敢敲门。回想从初二到初四，也算是一飞冲天了。这一切的缘起，却是当年曹老师对我的训话。

轻轻敲开门，一声"报告"让我不由自主地走向曹老师。那一天我们聊得不少，我想起了老师与我之间的约定，细数下来还有 16 年。于我而言，那是迷茫之雾中的一缕阳光，如利剑般穿出，继而洒在我该走的康庄大道上。

回想至此，忽然惊觉，老师给予我的批评，并不是老师对你的否定，而是天使给我的指引。16 年？不，是一生。

张卉婕作品 *

明月心

晨起，推开窗。但见一轮明月自暮蓝的云层中冉冉前行，心下兀地清透。

来昆明十载有余，我不曾在清晨观赏过月亮。因为时差，江南的卯时不会见到如此清晰的明月。遥远的故乡，此时大约已是旭日东升。

念及故乡，便想起红砖碧瓦的院落，想起月色氤氲下那个女孩清寂的背影。

自小就爱观月，从第一眼的烁烁光华，它便根植我心。皑皑如雪，不染纤尘。

月在云端穿行，赐我满身芳华。翘首而立，寻它神秘浩渺的美丽。

我终究没能寻见心心念念的金蟾仙娥，却在无数个有月亮的晚上添了木樨玉桂的梦境。

那轮丰润的明月慢慢消减，若我年轻的心事，清瘦成弦月。

蔓延的忧伤，在江南的烟雨里决堤。毅然转身，奔赴彩云之南的明媚阳光。

月光如水的夜晚，我踏上这鲜花遍地的城市。花影婆娑，流年清浅。

我站在星空下，看漫天晶莹的星火，天空离我如此之近，仿佛踮起脚尖便可亲吻星光。

微风拂面，路边盛开的桂花在月下摇动满城的清香。我一直记得那晚的月亮，圆乎乎。

春城的阳光温暖了我的孤单，慢慢融入烟火红尘，在阳光下微笑，在露华间流浪。

纤辉如洗，照亮曾经的山高水长。在前行中成长，我宁愿在异乡的月色里独自咽下所有的悲喜。我坚信——唯有成长不被辜负。

婵娟如初，故乡的月牙儿在异乡的流光下慢慢圆满成玉轮。我看见院落池塘里的明月，在江南清风的吹拂下，轻轻分散，再缓缓聚合，圆满如初见。

---

* 作者简介：张卉婕，女，双鱼座。祖籍安徽，现居昆明。行政人员，文字爱好者，多年来随心之所悟笔耕不辍。散文随笔、诗歌、小说皆有涉猎。

原来故乡从不曾负我，我亦不曾负过故乡。皎皎清辉下，我依然可以是那个素简的少女。

窗外的皓月仿佛明了我心中婉转，轻轻一跃，自云中探出笑脸。

青莲

我闭目坐于殿前，
听廊外，梵铃的清音。
渭河的水，
涨起又落下。
那朵青莲，还开在那儿吗？

我是一朵青莲，
独自开在渭水河畔。
一念一劫，桑田沧海。
但我总听见有个声音轻唤：
青莲……

我喜欢唤它：
青莲。
我喜欢看它随风盈动的样子，
皎洁明媚。
渭水河畔的千年时光，
它天空般纯净的蓝，
抚慰了我的孤单。

她看着我的时候，
温柔而忧伤。
起初，我是怕她的，
我怕她背上狰狞的刺青，

怕她颚间的獠牙，
但渐渐地，
我爱上她眼里的疼惜，
我想，她是懂我的。

我每天都去看望青莲，
就这样静静地远远地看着它，
看它在风中舒展自由，
我背上的刺青已经
慢慢长成青莲的模样。
期限已到，我必须离开！

她小心翼翼地靠近我，
眼睛里是抹不开的离愁。
她背上狰狞的刺青，
竟然幻化成我的模样，
我惊讶地张开花瓣，
一滴泪，便落入了我的花心。

我带不走青莲，
我将我的泪，
藏于它的花心。
我在它耳边低语：
青莲，我走了，我必须走了！

她说她要走了,
我的心忽就恻恻地疼了起来。
我是草木之心啊,
何以疼痛如此?
是因为她的那颗泪滴吗?

我走了,
在天空的另一端。
我在我的园间种满青莲,
但我找不到,
那朵有着晶莹泪滴的——青莲。
我再也回不到渭水河畔,
我要收回我的那颗泪滴吗?

我看着花心里的泪滴,
温柔而伤感。
我记不清它的由来,
那些沙砾般的光影模糊了我的
印记。
慢慢聚拢我的花瓣,

托出那颗泪滴,
它忽然变成了一道光芒,
然后一点一点——消散。
似乎有种远古的疼,
忽地蜇了我一下。

我收回了我的泪滴,
早该如此。
在我的泪滴里,
我又看见了我的青莲。
它迎风而动,
含笑的面容,美丽而圣洁。

那颗泪滴消失了,
蜇痛之后,
我忽然觉得快乐,
我散开了所有的花瓣,
沐浴在阳光里,
那颗如琉璃般璀璨的花心,
也与天地自在地融为一体。

李有义作品*

我的好友曹庆华

我有不少朋友，其中年龄大一点的要数庆华老兄，他应该七十有五了。我俩感情不错，经常来往，如有一段时间没有看到，便会打个电话互相问候。有什么好事会互请喝杯酒，有什么需要对方帮忙的会直接说出口。相聚时总有说不完的话题，对人生和社会的观感差不多，有共同语言，互相聊得来。我俩相见时，我有时叫他老兄，有时叫万岁，这可以说是一种尊称，但称呼时，有点开玩笑的意思。他肚量大，也不在乎。但不知什么时候改了口，这称呼，没再喊了，估摸着是近几年的事。

我俩第一次相见是1974年，在柏林完小。那时我在扬武完小代课，正领着初中二年级的学生参加柏林学区组织的篮球赛，他在柏林完小当民办老师。说是第一次相见，其实只是我看见了他，他是否看见了我，我不太清楚。当时他在做裁判，吹哨子，听到旁人说，做裁判的是曹庆华，我就是这样看见他的。当年的庆华兄，一表人才，真可谓鹤立鸡群，加上他是永兴一中"老三届"的学生，不论他走到哪里，人们的目光总会聚焦到他身上。我俩第一次的相见就是这样，可谓见而不识。第二次相见是在1975年的春天，我俩参加村里下白沙组李孝弱老师母亲的追悼会，互相看见了，说是看见，其实只是擦肩而过。真正相识是在第三次相见，那次真是一见如故，至今仍记忆犹新。1979年，我参加完高考，刚进入郴州农校不久，庆华兄是1978年考入的郴州师专，他和师专的几位柏林老乡特意跑到桥口去看望在农校的几位柏林同学。我清楚地记得，他们在农校留宿了一晚，负责接待他们的是我和马水金同学（他是农作十七班，我是牧医七班）。那次，我们由初见、擦肩而过，步入了相识。第四次见面是在1982年之后，那时，我们都已正式参加工作了，按当时的行话，我俩都吃国家

---

* 作者简介：李有义，男，1955年7月出生，湖南省永兴县柏林镇人。中共党员，大学文化，退休干部。爱好书法、写作，现为湖南省诗词协会会员、湖南省书法家协会会员，湖南省德鑫瑞书画院副院长。

粮了。庆华兄在永兴县华侨中学任校长，当时他在华侨中学下面的公路旁边盖了套小洋房，郭通武领队，还有马和朵（已故）、马水金，我们几位在县农业局平时玩得来的同事到庆华兄家玩了一天，在他家吃的中饭。当时在他家住的还有他年近九十的岳母。那时，我称他为曹校长。这次聚会后，我们相聚的机会就越来越多了。1995 年，我在香枚乡任党委书记，庆华兄大儿子曹安群在香梅乡企业办工作，我们常聚聊天喝酒。1997 年乡镇换届，过了年，也就是 1998 年，我进了城，任永兴县卫生局局长，他在永兴县侨联任侨联办主任，后来他又升任永兴县政协副主席，我俩之间的来往就更多了。在永兴县城，他也算是柏林之精英，时不时会组织在城的柏林老乡聚会。2010 年，我提前内退，移居长沙。他孙子成绩优秀考入了长沙长郡中学，他会经常来看望孙子。通武也在长沙买了房，住在长沙，我们又曾相聚几次。我们每次相聚，都说朋友胜似兄弟，诚然我称他为老兄也就顺口而出了。

庆华兄喜欢旅游。他退休后，几乎每年都会邀几个玩得来的朋友外出旅游。2010 年国庆节期间，他邀我、曹建华、李新林前往重庆游玩。我们参观了三峡大坝、渣滓洞、国民政府办公旧址，赏了山城桥都风景，吃了重庆火锅，游了三峡库区，留下了不少照片，至今仍记忆犹新。

写给二哥的最后一封信

二哥：

你生前我习惯叫你的名字，此情此景，我毕恭毕敬地叫你一声二哥。

在你初中毕业之前，我对你没什么印象，仿佛未曾谋面过。因为在我七岁之前，你在柏林完小读高小，在永兴四中读初中。而我三岁之前在妈妈的怀里，在姐姐的背上。三到六岁，我先后在坑口幼儿园、大树下幼儿园、杜泥上彭家幼儿园托管。你初中毕业后，我开始上小学，那时隐隐约约听父亲劝你给兴红兄当徒弟学铁匠。结果你的第一份工作是打铁，估计那也就是 1964 年的事。后来咱们家多亏有你的这门手艺。

在我读初中时，我常给你打下手。

二哥，你什么都好，就是脾气不太好。你喜欢骂人，骂起人来很凶，说实话，我真有点怕你。我俩讲话虽能在一个频道，但交流机会不多。

你打铁对家里贡献不少。大集体时，一个劳动日不过三五毛钱，咱们家，父亲、大哥和姐姐三个劳动力一年下来，不超支还好。生产队到年底结算，咱们家每年的结余不过二三十块钱。可你后来到柏林铁木社，一个月就能赚上二三十块钱。我读初中和高中的那四年，四弟和满妹也在读书。家里吃饭的人多，做事的人少。每当过完年，家里就会缺粮。父亲隔三岔五就会找你商量，要你拿点钱给家里买粮食。从那时起，家里大事都能见到你的身影。

在我的印象中，大哥憨厚，你有主见。父亲遇到大事都会找你们俩商量。家里建房子，大哥结婚，姐姐出嫁，包括四弟和满妹结婚，基本上都是你领衔主事。

父亲去世，咱们四兄弟商量筹办丧事，你开头就说，我在读书，不用出钱。大哥和四弟立即表态，一致同意不让我出份子钱。

我上卫校、上农校，先后两次读中专，没钱，我多次向你借，你没有一次回绝过我。每次多则 20 元，少则 1 元，共借给我 171 元。我都记在本子上，笔记本现在还在。借的钱可以还，但情是永远也还不了的呀！也是忘不了的呀！

我第一次相亲，是父亲逼我去的，父亲给我的 25 元钱，也是向你借的。

我先后三次参加高考，总是你鼓励着我，有一次，快高考了，你发现我还在外面溜达，便在我的笔记本上写上了"学习不要飘，要心沉意进"。我发现后，倍加努力。

1982 年，我在农校读书快毕业了，马上面临分配。你对我说："今后你还是搞技术，不要搞行政。搞行政，当官风险大，弄不好要杀头。"我知道你受父亲影响太大。父亲被国民党抓壮丁时，差点被杀头。只因父亲不愿打内战，中途逃跑，结果被抓回来捆绑在军营屋柱上待枪毙。父亲命不该绝，幸被前线打仗回营的李顶峰营长（同族人）碰上，他一见就说，前方打仗，你们还在这里杀人。父亲被他救了下来。所以那年你要当兵，父亲死活不让你去体检。我参加工作，你也不支持我当干部，要我搞技术。

1982 年，我参加了工作，你和大哥、老四都结婚成了家，并且你和大哥从大家庭中分出去了，妈妈、满妹还有我一同和四弟一家人生活。因父亲不在了，户主换成了四弟。每当我从县城来看望母亲时，你和大哥一闻信，就会来四弟家坐坐，四弟就会煮几个好菜，拿出土酒，四兄弟随心所欲，边喝边聊，天南地北，无话不谈，开心极了。母亲见了，喜笑颜开。

有一次，弟媳戊凤在她父母家突然生病。因父亲已不在世，你便成了一家之主，你一听说，就邀我和大哥商量前去看望。当时已是深夜，我们三兄弟打着手电筒一同前往新堂背看望生病的弟媳。当时老四和陈家老少十分感动。

有天晚上，大哥在外被人欺负，是你带我们几兄弟找对方算账，结果对方早已躲藏，没找着。如果那天晚上真找着，吃亏的不知会是谁？现在让我说，无论是伤了谁，都不好。处事还是要以和为贵，依法办事。

二哥，有一次你跟我说"兄弟如手足，妻子如衣服"，还把这句话写在了我的笔记本上。其实这话是刘备说的，是得罪人的话，天下人他得罪了一半。兄弟如手足没错，难道妻子就能像衣服一样随便换吗？不！妻子是孩子他妈，换妻容易，换妈难。做父亲的还是要多考虑孩子的感受，这点你做到了。你虽已去了另一个世界，但在我的心目中你音容宛在。我们兄弟姐妹会永远记得你的好！到了阴间，你要邀大哥去拜见祖宗、拜见爷爷奶奶、拜见父亲母亲！代我们兄弟姐妹向父亲母亲问好！

> 情同手足有信兄，
> 聚少离多言辞穷。
> 初中毕业学铁匠，
> 上手你打下吾同。
> 姊妹你是领头雁，
> 家凡大事你有功。
> 如今哥已升天去，
> 三弟含泪赋诗颂。

二哥，以前我给你写过多封信，这是我写给你的最后一封信，等下我会烧给你！

三弟有义泣书
辛丑年（2021 年）腊月十四日晚

赵为孝作品 *

"深情五十年"献词

亲爱的各位老师，各位同学，各位朋友：

丁思逸先生曾经说过："童年是一场梦，少年是一幅画，青年是一首诗，壮年是一部小说，中年是一篇散文，老年是一套哲学；人生各个阶段的特殊意境，构成整个人生多姿多彩的身心历程。"友人是人生旅途中的良伴，同学之间的友情更是陈年老酒，时间越久越是醇香甘甜。

今天，在我们拉开"深情五十年"大相聚帷幕之前，首先，让我们怀着诚挚的心，追思先我们而去的老师、同学和朋友，祝愿他们的灵魂在天国得到安宁和慰藉，祝愿他们的来生更加幸福。

记得元代词人元好问曾在《摸鱼儿·雁丘词》中写下："问世间，情是何物，直教生死相许？"什么样的情会教人生死相许呢？这情是亲情、是恋情、是友情。这友情更多更深的是师生情、同学情、战友情。

记得五十年前，我们的中学时代，那个时候的我们，朝气勃勃，风华正茂。那个时候的我们，在学习之余，聚在一起探讨理想和人生，满脸稚气地指点江山，激扬文字，可说是心高气傲，天低吴楚。每个同学心里都有自己的人生目标和偶像。有的崇拜诸葛亮，鞠躬尽瘁，死而后已，要"知不可为而为之"；有的敬仰岳飞，志士凭栏，壮怀激烈，要"驾长车，踏破贺兰山缺"；有的景仰辛弃疾，登高望远，金戈铁马，要"气吞万里如虎"，真是"沧海横流，方显英雄本色"；更有同学推崇苏东坡，要请关西大汉，铜钹铁琶，高歌猛吼"大江东去，浪淘尽，千古风流人物"，何等的豪气冲天，荡气回肠，难以忘怀；还有的同学推崇柳三变，奉旨填词，浅斟低唱"杨柳岸，晓风残月"，那种似水柔情，使人愁绪满怀，伤感不已！

另有同学命中注定与西方文化结缘，向往贝多芬、达·芬奇、莎士比亚、托尔斯泰和众多星光璀璨的科学泰斗。

---

* 作者简介：赵为孝，江西省南昌市退休教师。

当然，更多的同学像韩愈一样，奉行"达则兼济天下，穷则独善其身"的儒家哲理，淡泊人生。

这就是我们当年南昌七中的中学年代，如诗，如画，如歌……

我们还记得，曾经特殊的年代给了我们特殊的称谓——知识青年。从此，我们进入了一个既充满豪情，又无限迷茫的艰难年代。

这时，同学们成了时代的弄潮儿。

有的参军报国，经过血与火的洗礼，在军功章上镌刻下浓墨重彩的一笔。有的成了生产建设兵团战士，在广袤无垠的红、黑土地上，在一望无垠的大草原上辛勤地劳作，收获之后，趁着月色，围着篝火，跳着"锅庄舞"，唱着《草原之夜》，粗犷热烈，如泣如诉，如痴如醉……之后，有的同学在三尺讲台上，教书育人，呕心沥血。有的成了白衣天使，救死扶伤，帮助病人与死神斗争，延续可贵的生命。有的在神圣的科学殿堂中，肩负使命，为中华民族的崛起殚精竭虑，写下一篇篇科技发展的新华章。有的成了律师，坚守公平和正义，不畏强权，维护法制，敢于抗争。

今天，更让我们记忆深刻的是在座的女老师，女同学，女性朋友们，五十年前的她们，风华绝代，人人俏丽，个个佳人。她们中有的柔情似水，春兰秋菊，各显一时之秀；有的侠骨冰心，英姿飒爽，巾帼不让须眉。她们用自己柔弱而又坚强的双肩担负起社会和家庭的责任，历经岁月的沧桑，把自己的才情和美貌变成了贤妻良母的慈祥和宽容，成就了丈夫和孩子的一番事业，直到今天的白发苍苍，真是"采得百花成蜜后，为谁辛苦为谁甜"了。

众所周知，五十年在人类历史的长河中是短暂的，弹指一挥间。但在个人的人生道路上却又是那么的漫长，特别是每当历史大潮汹涌而来的时候，有风云际会，虎啸龙吟；有悲欢离合，磨难艰辛。当然，其中也不乏风花雪月，爱恨情仇。

啊，友情！纯洁伟大！难能可贵！

所以，友情有时候比亲情更深刻，比恋情更真挚。所以，这是情，也是缘，这是命中注定的，注定在座的我们要成为师生，要成为同学，要成为朋友！

唐代诗人李贺诗曰："天若有情天亦老。"宋朝词人张先也词曰："天不老，情难绝，心似双丝网，中有千千结。"天是无情的，人是有情的。生命是有限的，情是无限的。

今天，当我们再聚首的时候，未了的情也该了啦，了五十年未了之情，大家热烈地拥抱一下吧！未圆的梦也该圆啦，圆五十年未圆之梦，未解的心结也该解啦，敞开胸襟，肝胆相照，解开五十年未解之结！

老师们，同学们，朋友们，让我们以今天的相聚为起点迎接下一个五十年的到来吧！

让我们的友情像长江，似大河，川流不息，源远流长！

让我们的友情像高山，似大海，巍峨深邃，万古长存！

我们的目的会达到！

我们的目的也一定要达到！

虞美人·秋思

秋风秋雨知多少？
秋到何时了！
醉里不知恨和忧，
浊酒千杯销尽万古愁。
梦魂又到识卿处，
最是相思苦。
本是花芳恋春年，
无奈身世飘零误前缘。

苟根作品 *

春耕

　　春耕、夏耘、秋收、冬藏，对现在的许多孩子而言，似乎也不陌生——哪怕是在书报里偶然找见的，在民俗节目里听闻的，又或者是老辈的人还愿意讲上那么几句——但真正经历过春耕的孩子，我这辈往后的，怕是不多见了。

　　已经不记得从什么时候起我不再关注春耕，对其也没了概念，但小时候的春耕让我仍记忆犹新。立春过后，望着地里那些大片的新翻的黄土，春耕的影子就摸上了心门……

　　一场新春的细雨过后，趁着天刚晴，地里头就忙活开了：吊挂在高高的电线杆子上，两个唐老鸭嘴巴似的大喇叭里一声声地喊着"开始打水"的通知，田间地头的人便开始多了起来。干涸了一个冬天的水渠突然像是灰黑色的画板上蓦地安上去了几块玻璃，一下子盈满了碧青的河水，这些水渠里的家伙顺着人们长锹排出来的一道道水沟，雀跃着涌向待耕的泥田里。小孩子们都铆足了劲，趁着河水还没完全灌满遍是麦茬的田地，再最后享受一番撒开脚丫子追逐的疯——村子活了起来。

　　秧母田里自然最是繁忙，一年的收成全在这方方正正般不大的地里。我还很小的时候，约莫记得鲜见什么耕牛，更不消说"打田"的拖拉机了，水一下田里，接下来就全得靠人。父母亲在春耕最紧张的那几天，几乎是不睡觉的，翻耕秧母的进度赶不上大部队的话，这一季水稻就脱节了，那还了得！只得连日连夜地干！我于是经常坐在田埂上，看父母亲犁地，有时一看就是一下午，晚上，直到夜深了才牵着他们的手慢慢回家。脖子酸到不行，而父母亲却还依旧觉得兴奋，用他们的话说，这一天忙过去了，秧盘就能早点下了。

　　看父母亲犁地，虽然觉得累却也很有趣。下午早春的暖阳流淌在刚刚过脚

---

　　* 作者简介：苟根，中学教师，文学学士学位。"思源大语文"创始人，深度阅读倡导者，中国纺工联特约记者。主持召开阅读、创作及学业规划类讲座十余起。积极参与乡土散文的创作，致力于传统文化的传播发扬。

踝的秧母地里，父亲便挥舞着钉耙一绺一绺地扒出黄黑色的泥土，每一下都充满着踏实而坚定的力量，每一声砸进泥里的"笃笃"都是在向成功宣誓。阳光随着他举起又落下的胳膊闪现着，仿佛镁光灯下定格的不朽剪影，那略带古铜色的刚健身躯，是我童年引以为傲和无惧于困苦的资本。母亲紧随着父亲，在犁出的一绺绺田埂的脉络里，细细地寻找未完全敲开的土块，再用小锹迅速拍开，整个秧母地若是俯视下来，一定像是铺开了两层地毯——一层是父亲大耙耕出的粗块土黄色防滑毯，又一层便是母亲用小锹拍出的细腻灰黑色羊绒毯——交互错开、相得益彰。

母亲偶尔还能在这片羊绒毯里找到几颗野生的芋头，有时候是荸荠，回到家里，把它们刮干净切成一片一片的下到半锅煮开的汤中，撒一点盐花和葱末，给站在一旁眼巴巴地望了半天的我盛上一碗，是那个年代难有的鲜美。若是运气好，还能碰到蛰伏了一冬天的黄鳝，那天深夜厨房里飘出的炊香，是如今大概再也享用不到的人间美味了。

即使等不来美食，田埂上也足够我享受的：把吃剩的糖果丢在杂草里，看蚂蚁们忙忙碌碌地来回搬运；捉两只个头相当的蚱蜢丢进玻璃瓶里，可惜从没见过它们斗起来；扒出灶膛口冬藏的老山芋，在地头挖个坑烤着吃；揪两根狗尾巴草，做成二弦琴慢慢地拉一场音乐会……对于我来说，在春耕的田埂上，总有数不尽的玩具。

然而最开心的事还是跟着父母亲下田"做秧母"，我们方言叫"磨田"，就是把犁得细碎的土地和上水打磨平整，为秧苗的孕育打造一块舒适的地盘。一块长有两米多的平滑的窄长木头平平地躺在待磨的秧母地里，木头两端缠着粗重的桩绳，父亲在前头会把桩绳紧紧地夹在臂弯里往前搜，母亲则在后头拿钉耙死死地摁住木头中间，为的是让木头紧紧地贴向混着水的秧田，在两处力的作用下把田磨得平整光滑。而我尤其喜欢磨田的原因，是一项特殊的"待遇"——我可以光着脚卷起裤腿站到磨田的木头上以增加木头吃水的深度。小孩子天性都爱冒险、爱幻想，这项"游戏"恰好都满足了。我站在长长的木头上，想象着自己正驾驭指挥着一艘巨大的战船，秧母地里那些碎土、麦梗、杂草都是海洋浮游生物，在这艘巨大的战舰面前闻风丧胆！想到那磨过去的平整如镜的水田也有我的一份功劳，突然很想扬扬自得地冲着手上玻璃瓶里的两只蚱蜢傲视群雄般喊出一声：看，这都是朕给你们打下的江山！

春耕，是一年梦想的初始，是一生航线的起航，纵然那童年斑驳的记忆早已远去，但在经历了岁月洗礼的生命中，那些印记无法磨灭，这印记关于日出而作、日落而息，关于奋斗不止，关于梦想，关于勤劳，关于亲情，关于爱……

流逝的端午时光

外婆的粽子包得好，远近的人都知道：糯，却糯得不粘牙；甜，也甜得不腻人。盛夏时节，左邻右舍都爱讨几颗带回去或给牙口不好的老人打牙祭，或给刚刚长牙的小孩尝个鲜。外婆也因此每至端午便出奇的忙。

外婆包的粽子，小巧、精致，殷黄色的稻草紧实地缠在三两片煮成了墨绿的粽叶周身，四个尖尖角恰到好处，可说是件极具艺术审美的把玩。而村里人不懂什么艺术审美，只说"漂亮"，漂亮既是值得看，又是值得尝。外婆说，裹粽子同上学堂一样，里子面子都要讲究，才漂亮。

在外婆年轻的时候，"女子无才便是德"仿佛还有施展的空间，因此，外婆目不识丁，大门不出二门不迈，也裹了小脚。我因此常常看着外婆挪着小脚走路的背影，似乎跌跌撞撞得有趣想笑，又颤颤巍巍得心酸欲哭。外婆自然是没有进过学堂的，但外婆能讲出裹粽子和上学堂之间这样的关系，我想，那大概是她心底的梦吧。里子该是学进腹中的墨水，而那面子，应当是外婆千针万线为我纳的千层鞋底、刀刻剪修为我勾勒的绣花棉裤、折印缝纫为我打造的单肩书包……

艾叶燃起的独特清香弥漫在房间的每个角落，这是端午的习俗，驱除邪气。我们一家人也围在泡水的粽叶旁，一边回忆外婆包粽子的模样，一边卷叶、添米、缠线，每一步都小心翼翼地，仿佛手里的和心里的加在一起，就是此刻世界上最重要的。

外婆包粽子的材料是极讲究的，一只大开口盛满温水的搪瓷盆、一个洗得发白的竹篾淘箩、一小碗各式各样混在一起的豆子，外加一方矮矮的木板凳，一坐便是一下午，一包便是大半天。粽叶也需精挑细选，过宽过窄都不行，泡水还需注意别一不小心折断了，那样包出来的粽子"漏气"，香味自然就裹不住；豆子、蜜枣、花生也需放得将将好，多了少了必会影响口感；而那颗颗粒粒晶莹透白的糯米才是至关重要的，需得才收上来的饱满的新米，淘洗后略带水分，这样做出来的粽子便紧实、香糯，裹挟着粽叶的植物芳香，是真的"漂亮"。

光有好的工具材料，若碰不上一双巧手，那糯米便还是糯米，粽叶便依然是粽叶。

洗净双手，外婆落座后，打左手边的搪瓷盆里拣那肥厚等宽的青绿芦柴叶，宽的两三片、窄的三四片依次叠好，右手熟练巧妙地在左手掌心里打个旋儿，奇怪，那几片"绿宝剑"就乖乖地蜷曲着身体，舒服地摆成个倒圆锥状，任凭白花花的糯米流淌进其腹中。糯米刚刚填满圆锥尖头的时候，外婆会从小碗里拈出几粒花豆丢进圆锥里，那些豆子的颜色至今我还记得，有大红、酱紫、翠绿、鹅黄……我偏爱的是一种被称为"雀斑豆"的，豆子浑身都是不规则的纹路，被包裹在团团的糯米粽里，吃起来别提多美了。倘若是裹蜜枣粽，外婆还会挑出两颗大红枣，斜斜地嵌进糯米当中，有时是在正中心，有时又蓦地躲在旁边的尖角处，让人一口咬下去竟有着无尽的憧憬和惊喜。

最难的环节莫过于"收口"，粽子有好形状全在这里。外婆会把手里的粽子移到糯米淘箩的上方，食指和拇指轻轻在收口的地方抹一下，那些余下来的糯米便顺着粽身滑落在淘箩里，包口处的糯米多不得少不得，这个中的门道便都在外婆布满皱纹和皲裂的手上了。一封、一捏、一拉、一绕，一个灵巧的糯米粽便神奇地翻滚在外婆手心里了。抽来两根稻草秸拦腰缠住裹好的青绿色粽子，末梢打上个疙瘩结，剪去多出来的稻草尾巴，宛若雕塑大师在精心完成自己细细雕琢的作品一般，一件艺术品就完成了。经外婆的手裹出来的粽子，任凭你在大铁锅里如何翻腾它，也是绝不会丢漏一粒米出来的。

直到今天，逢端午的光景我们都还会包粽子，水乡江南的粽叶宽厚肥大，超市里上架的顶级糯米香软酥甜，粽芯也是换着花样的层出不穷：鸭蛋黄、咸肉、蜜枣、板栗……定时的高温隔水蒸箱也科学化、标准化、流程化地严格锁住了粽子的清香、口感、营养价值。只是那童年大铁锅揭开后扑鼻的垂涎香味，不知何时已消失了。这传统节日里的活计莫非就要默不作声地流逝淹没在时光的长河里了吗？外婆那灵巧的布满皱纹的手，那里子面子的漂亮……似乎都悄悄地躲藏着。

躲藏着，顽皮而倔强，倔强而无奈。

吕彦坤作品[*]

婚姻致辞

婚姻如同人生路上的结伴而行，需要互相关心照顾。婚姻需要相互体贴磨合，磨合的过程也就是互相适应和愿为对方有所改变的过程。婚姻需要包容和迁就，包括性格、生活习惯、人生观和价值观等。

茫茫人海，两个人能携手，即为机缘。漫漫人生，两个邂逅并渐次靠近的人，通过婚姻走到了一起，家，从此便成了所有成员需要共筑呵护的核心。

家如港湾，是个不可或缺也无法被替代的地方，家更是根，是能令你永远魂牵梦萦的缠系。

病中有感

前注：这原本只是一篇病中笔记，不想写着写着，联想到妻子多日来对自己无微不至的关心照顾，不禁生发出许多感慨。从而率性而为地改写成了这篇杂感，借以感念自己的妻子——我生命中的至亲之人。

2018年5月7日，一个再平凡不过的日子，原本约好了当日上午要去龙湖与诺然装饰公司举行花屿墅装修开工仪式。不想早上五六点醒来后，便觉得头昏沉沉的，勉强坐起来，越发觉得头晕恶心、浑身乏力。只有躺下才稍好，坐立则不支。虽然妻子一再提议上医院就医，但固执的我却坚持不肯。直扛到下午四点前后，因见好无望，这才勉强就近去了一家中医院就诊，遂于当晚被安

排住院治疗。一开始仅凭 CT 检查结果制订的用药方案效果似乎并不明显，直到 9 日核磁共振有了初步结果并据之重新调整了用药方案后才不再觉得恶心。当然也只是程度减轻而已，症状则远未消除。专业的病症定性我虽然不懂，只是综合起来讲，似为小脑区域血管栓塞，造成了脑供血不足从而形成症状与不适。

说起来，借助文学创作的表达模式自己也并非完全不能，但至少在目前，我还是更习惯以平铺直叙的抒情说理为秉承。好在此次劫难，我的思维能力并未受制。躺在床上辗转反侧的时候，我最由衷想表达的便是：老妻至宝，老妻比母！也遂以微信形式发给了妻子。我并愿就此前对妻子的种种不是，向她表示深深的歉意和由衷的忏悔。我甚至暗自发誓：在自己的有生之年，一定要最大可能善待老妻，尽可能使她的生活自得又幸福。我甚至开始对自己之后也能使她的生活开心不孤寂，进行了具体的设想与安排。

我平生之所好，向以房院为最。自从龙湖落子烟台以来，我即持续关注。而花屿墅的适时推出，于我而言，正所谓："众里寻他千百度，蓦然回首，那人却在灯火阑珊处。"真是恰逢其时，再理想不过。花屿墅的户型适中不大不小，距离孩子不远不近，近 90 平方米的下叠庭院尽可充分发挥想象空间。期待中，小桥流水悠悠环绕于庭前屋后，亭台廊榭依稀掩映于叠翠之中，老来得以生活在这样的环境里，能够修身养性，颐养天年。置身于静谧恬淡的环境氛围中，恍若世外桃源，那该是何等的舒心美妙，令人意趣盎然。想象中，秋冬春夏，一年四季，景随时令而变幻，一幅如诗如画般的美景怎不令人心驰神往，流连忘返。

的确，在我的印象中，龙湖的景观园林几近极致。特别是景致布排上的辽阔疏落，不拘俗套，确有其独到之处。平心而论，我之所以坚持购买花屿墅，不仅是为了满足自己，同时也是为了了却老妻的一桩心愿。说到房子，我坚持认为，真的不必多么气势恢宏、高大奢华，只要能为己所爱并最适合自己的即为理想。

在我的印象中，妻子的一生，观念传统、感情专一、心地善良、相谈中肯，易于与人相处，心直口快、秀外慧中，率性而为、洞悉人心。处事果断反应快，生活不拘小节，性格泼辣洒脱，大事有主见不糊涂。能得这样的老妻相伴在侧，实乃己之福分。

我在处世信条中也曾感慨道："人的一生首先应为自己而活，努力奋斗只为活好自己的人生，能近同于己者，唯有与自己相濡以沫大半生，且已互为牵绊融为一体的配偶，他人（其中也包括父母、儿女）尚在其次。"

无须讳言和自谦，我以为自己向以探究人性心理见长，处事周全缜密，未雨绸缪，空间想象力强。行一步须见三步的我，多年前已认真思考并想象过这样的问题：渐近晚年的我们，身边谁最可依可靠，孩子们再好，却难免会有他们自己的生活与不得已。人可是要生活在理性与现实当中的呀！曾经的叱咤风云又如何，风华绝代又怎样！有什么能及老夫老妻相互扶携而行来得踏实。那感觉有如面对盛宴，菜肴不可谓不丰盛，即便再色香味俱全，却似乎总不如自家的粗茶淡饭来得实在，个中滋味总能进入你的心里。因为很多时候，金钱未必能带给你真正的心灵抚慰，它似一种烟幕，会遮蔽人们辨别真伪的眼睛。

所谓"少时夫妻老来伴"，一个"伴"字，不仅道出了婚姻的真谛与归宿，更得数十年的岁月浸润方能体会与感悟。正因为有了这个"伴"字，你才敢弱敢病，敢依敢靠。世间老夫老妻之间的那种互为支持与情感缠绻更非他人可比！

以前我一直不是很清楚该如何评判一个人的人生成败，但如今我觉得，夫妻二人已同为一体，彼此已能心领神会、心照不宣，能够同甘苦、共忧患而心感坦然，休戚与共而不离不弃，不失为衡量标准之一。至于别人的荣华富贵，外在的风光无限，只不过是过眼云烟而已，真不值得太艳羡。

在我看来，人之一生，成龙成凤固然好，成虫成蝶也不错。各得其乐、各具其妙而已。凡事不能只看表象，更重要的是内在的本质。人生如戏，或帝王将相，才子佳人，或贩夫走卒，下里巴人。命也好，运也罢，各司其角而已。命运本无常，至于各自扮演什么样的角色，就看各人的修为与机缘造化了！

感念老妻，自然少不了发表对婚姻的感触。在我的认知中，婚姻如同人生路上的结伴而行，需要互相关心与体贴照顾；婚姻需要磨合，磨合的过程也就是互相适应或愿为对方有所改变的过程；婚姻需要包容和迁就，包括性格、习惯、人生观和价值观等；婚姻还很脆弱，所以要懂得细心呵护。婚姻如酒，愈久弥醇；婚姻如书，还要善解与会读。茫茫人海，两个人能携手走来，即为机缘。漫漫人生，两个邂逅并渐次靠近的人，通过婚姻走到了一起，家，从此便成了所有成员要共筑呵护的核心。家如港湾，是个不可或缺也无法被替代的地方，家更是根，令人永远魂牵梦萦。

夫妻之间，以一贤一能为好，以互相欣赏为妙。所谓相知莫若夫妻，新时代下，已不局限于谁主内谁主外，只要是对方善适于己，不妨予以大力支持和积极配合，此为智。

问世间情为何物，直教人生死相许。人世间唯爱恨情仇，有时真的很难以传统的道德观念和简单的是非对错来评判。人非草木，追求幸福乃人之天性，但即便为真爱却不等于一定就要占有。夫妻之间，若为真爱，是否愿为对方的幸福而学会放手，互道一声"珍重"足矣！

在我住院期间，与我同一病室的还有一对定期前来调养的老夫妇，已被我认下的高姐姐，令我由衷地钦佩。高姐夫妇在多年前一次回乡下老家小住时，不幸煤气中毒，虽经全力抢救，姐姐得以康复，但姐夫却昏迷至今。多年来，姐夫全倚仗姐姐的精心照顾。姐夫虽然口不能言，但却依然可见其面色红润，精神矍铄。我深知其间的付出与个中辛苦绝非常人所能想象。所谓久病床前亲情淡，若非姐姐天性善良，尽心伺奉一时尚可，日子久了，却是想装也装不来的。我还在想，何谓伟大，未必一定要做得多么感天动地、轰轰烈烈，它也许更体现在无怨无悔、尽心尽力的平凡付出当中。高姐膝下一儿一女，女儿我未得见，只知其工作很忙。儿子我却几乎天天能见，其对父母的体贴孝顺，在如今已是难得一遇。无论他再累再忙再晚，稍得闲暇，必到病房接替母亲。多年的历练，早已内外兼修，生儿如是，德莫大焉！

我是在 5 月 21 日前后，几乎是与姐姐同时办理出院手续的。我和妻子与她相约，等花屿墅的房子装修完工之日，一定要邀请姐姐前往做客。

感谢上苍赐予我爱妻，还要感谢我的主治医师张大夫。感谢所有曾给予我关心帮助的人。住院期间，妻子因为不放心，坚持设法找到毓璜顶医院的有关专家，两次听取他们的研判意见。还要感谢人类医学的发展进步，使得自己的病况在医院休养近一个月后，已明显好转。当然，目前仍在持续康复中。

能否讨个好老婆，嫁个好老公，一定是人生最重要的抉择之一。长路漫漫，居家度日，其间虽不免会磕磕绊绊、吵吵闹闹，一旦认准了，便不可轻言放弃。夫妻之间，更应互为珍重，要把对方看得高于一切，唯一心一意只为对方所谋所虑，非他人可比才是。因为彼此的一切，早已互为牵连不再独享。只要彼此真心相待，福报必为水到渠成之事。也正因为如此，真正的关爱对方，还应包括首先要学会照顾自己，爱惜自己。

同时还要明白，有许多东西，不要等到失去了你才明白，它于你原来是多么弥足珍贵，所以在你拥有它的时候，就要懂得珍惜，不要使自己抱憾终生。人的生命历程中，难免会遭遇许多的岔路口，你可以彷徨与迷茫，也可以年少轻狂，甚至可以犯错，但一定不可以迷失自我。

此次病症，事后想来，不可谓不凶险，有时候也不免令自己暗生后怕。其实，人之一生，无论高低贵贱，无论是否已临成精成仙境界，即便已能"我欲之何，即可之何"，又怎样。在生命与健康面前，人都有着同样的脆弱甚至不堪一击。人生无常，唯生老病死与旦夕祸福最难知难料，各安天命而已。因为，不管你愿意与否，人活一世，都只不过如草木一秋。人生舞台终有曲尽幕落之时，所能留下的不过是一些支离破碎且渐行渐远的残存记忆而已。

冯丙玉作品*

劳动的开端
——第一次深山打柴

　　二十世纪八十年代以前，我们当地人做饭还是烧柴火。柴火的来源，一部分是生产队分的棉花秆、玉米秆和麦糠。可这些柴火烧不了半年，其余多半年的柴火就要靠自己想办法了。好在我们这里离嵯峨山很近，山上又有取之不尽的柴火。每年到了冬季，地里农活少了，村里的男人们便成群结伙地进山打柴，每家都要打一个大大的柴垛。嵯峨山有一条主沟道，长达几十里，沿途又分布着无数小沟道，这里就是人们打柴的主战场。近处的柴打完了，战场就不断地向深山延伸。由于路途遥远，人们早上进山，下午才能打一担柴出来。每到傍晚时分，周围村里的老人、妇女和小孩，就会推着独轮车到沟口接自己进山打柴的家人，场面很是热闹。

　　那一年我刚上初中，寒假期间也加入了打柴大军。由于年龄小，父母不让进深山，我只能和小伙伴们在浅山割一些茅草，挖点秃拨和枣刺①什么的。看着人家挑着两捆比人还高的梢子柴②大踏步地从沟里出来，我羡慕极了。和人家那梢子柴一比，我背着那茅草都觉得丢人。不行，我也要进深山打梢子柴。和我同岁的田娃也有此意。第二天一早，我俩便结伴出发了。在村口遇到了比我俩还小的二牛，他也跟着要去。快要进沟时，我们追上了同村的何叔，便和他结伴进山了。

　　我们三个都是头一次进深山，对一切都感到好奇，追着何叔问这问那。走着走着，一道石坎挡住了去路。石坎高约一丈，上边呈水槽状。不知何年何月何人在石坎上凿了一行脚窝，人们便踩着脚窝上下。何叔介绍这叫"石码头"。过石码头走了不远，一边的岩石凭空突出来，好似一排房子，因此被称"三间

---

　　* 作者简介：冯丙玉，陕西省泾阳县人，农民，中共党员。劳动之余喜欢读书写作，在省内报纸及电台发表文章数十篇，被省电台评为"说法明星"。

　　① 秃拨和枣刺都是生长在浅山的一种植物，也可以挖来当柴烧。

　　② 梢子柴是生长在深山的一种灌木。

房"。出了三间房，一个半人高的大圆石头横在沟中央。噢，这就是人们常说的"馒头馍"。还真像一个巨大的馒头，只可惜咬不动。过了南北沟，一边的山崖变得笔直陡立，仰头都看不到崖顶。何叔告诉我们，这里是"黑鹰崖"。我仰头望去，空中真有一只鹰在盘旋。过了五只窑，一道坡挡在面前。抬头看去，坡又高又陡，坡顶矗立着一个巨大的石头堆。原来这就是有名的"好汉疙瘩"，据说不是好汉就爬不上去。我们三个初生牛犊，争先恐后手脚并用地向上爬去。当我们气喘吁吁地爬上坡顶，登上高高的石疙瘩后，都兴奋地大喊："我也是好汉！"走过银洞沟、富昌沟，过了烂车厢、夹破脚，一道石坎又挡住了去路。石坎不是很高，但很险要，一边是崖，一边是沟，只有一脚宽的地方可以通过，稍不小心便会掉下去。人们走到这里，都会情不自禁地喊一声："我的爷呀！"因此人称"叫爷坎"。过了扭头沟，原来东西走向的沟道变成了南北走向。何叔说："不敢跑太远，就在这里打吧。"

　　这个地方叫"齐胆沟"，朝里望去，沟深坡陡。我们稍做歇息便开始行动。何叔叮咛我们，别跑远了，打得差不多就赶紧下来。我们一边答应一边向上爬去。这里的柴可真好呀，都是一丛一丛的梢子。我拿过斧镰，一手抓住梢子柴，一手用镰背在其根部猛砸，一般两三下，一根梢子就断了。打完一丛，我擦擦汗站起来，发现上边的柴更好，便继续向上爬去。我们几个就这样边打边向上爬，不断寻找更好的梢子柴，不知不觉就跑出很远。饿了就啃几口锅盔，累了歇一会儿再干。不知过了多久，也不知打够了没有。忽然间，隐约听到何叔在喊我们，让我们赶紧下来准备回家。我抬头一看，哎呀，太阳都落到山梁背后啦。我们一边答应，一边收拾自己打下的柴，一趟一趟地往下转。等我们把柴都转到沟底时，何叔因等不到我们已经先走了。我们趴在沟底那混浊的水洼边喝了几口水，就赶紧整理打捆。这才发现，打得太多了，可能背不完。想丢掉一些，又舍不得。一咬牙，把柴都捆上，哎呀，比牛腰还粗的一大捆。我试着背了一下，竟然站不起来。在同伴的帮助下勉强站起来，摇摇晃晃地走了几步就不行了。看来不得不忍痛割爱了。取出一些柴后重新捆上，试了试，还是有些沉，但又舍不得再丢。一狠心，心想："我就不信背不回去！"相帮着背上身，我们开始往回走。走着走着，我感到越来越沉，简直像背着一座山，肩膀勒得火辣辣地疼，脚下直打晃。前边就是叫爷坎，这样子根本过不去。我们只得又取出一些柴丢掉。小心翼翼地过了叫爷坎，我们继续往回赶。这时，不断有人挑着担子从我们身后超过。有个人看我们走得慢，还对我们喊道："这几个娃还不快走，等着黑天啦喂狼呀。"听得我们心里直发毛。我们也想走快点，可柴捆太沉了，根本走不快。等走到富昌沟时，实在走不动了。这时天色已暗了下来，后边也不再有人赶上来。看样子我们三个是掉在最后边了。这时，我们彻底慌了。天色晚，柴捆沉，路才走了一半，前边还有个好汉疙瘩，这走到半夜也回不了家。况且天一黑，背上柴就没法走。望着黑黢黢的群山，想起刚才那个人的话，我的头皮直发麻，恐惧涌上了心头。我知道山上真的有狼，曾咬死过生产队的羊。不行，保命要紧。我们一商议，干脆把柴扔了往回跑。扔下柴捆，我们撒腿就跑。跑上好汉疙瘩，又从另一面连滚带爬地跑下去，连栽了几个跟头。顾不上擦伤的胳膊，爬起来继续跑。这时天色已经很暗了，山上传来不知什么动物的叫声，路边一只被惊扰的鸟扑棱棱地飞起，让人毛骨悚然。我和田娃只顾跑，忽听二牛哇地大哭起来，吓得我俩头发直竖。原来他被我俩落下一段距离，被吓哭了。我们只好拉着他继续跑。路已经看不清了，我们跌跌撞撞，深一脚浅一脚地连跑带走，只盼着早点出沟。过了黑鹰崖，跑过南北沟，过了三间房，下了石码头。忽然间听到前边有人喊我的名字。是父亲的声音，父亲找我来啦。我眼泪一下涌了出来，连忙答应一声，一屁股坐在地上，再也跑不动了。

晚上躺在炕上，浑身像散了架一样难受，可怎么也睡不着，老是惦记着扔在半道上的那捆柴，要是被别人捡走了可怎么办。真是的，当时就该找个地方藏起来，明天再去背回来。唉，现在后悔也晚了。不行，明天一定要早早进沟，绝不能让别人拣了去。第二天天还没亮，我就爬起来，跑到田娃家的窑背上喊他。他妈告诉我，田娃和他爸早就走了，现在大概都进沟了。我知道田娃也怕柴丢了，就叫上二牛赶紧往沟里赶。当我们气喘吁吁地赶到富昌沟时，田娃和他爸果然在那里，我们的柴也还在。

在以后的日子里，我还是天天跟着大人们进山。有了第一次的教训，以后再也没有发生过丢盔弃甲的惨状。我也逐渐从背捆变成了挑担，还到更远的水川坡、双梁沟等地去打柴。望着门口的柴垛不断增高，我感到很自豪，进山打柴也不觉得累了。这段经历，也是我，一个农家少年劳动的开端。

母亲的心愿

每当我打开水龙头，看着那清亮的自来水欢快地流出时，眼前仿佛又出现了母亲那企盼的目光。久远的往事，犹如一幅幅画卷，在心头渐次打开……

　　我家住在泾阳县北部的嵯峨山下，这里塬高缺水，自然条件很差。居住在这里的人们，祖祖辈辈饱受缺水的煎熬，人畜用水全靠水窖。从我记事起，家门口就有一口水窖。水窖是父母亲一镢一锨挖成的。窖口以下一丈左右像井一样垂直，再往下向周围逐渐放大，到一定宽度后又逐渐缩小，整个窖体呈纺锤形，这样既能存较多的水，又不会垮塌。窖挖成后，父亲又从山上挑来暗红色的定窖土。这种土和成泥后黏性很大，用它在窖壁上抹上厚厚的一层，用特制的定窖棒槌反复捶打，使其牢牢地附着在窖壁上，起到防渗漏的作用。水的来源全靠下雨。尽管母亲抢在下雨前把收水的土路扫了又扫，窖水依然很混浊，有一股腥味，上面还漂有柴末和羊粪蛋，因此，外乡人都笑话我们吃的是"羊粪豆豆水"。时间长了，水中还会生出一种红色的小虫子。那时家里常备有白矾，用它来沉淀窖水。笊篱更不能缺，上面盖块纱布，以过滤水中的杂质。到了冬春季，窖水干了，就得到六七里外的冶峪河里去挑水。人们把水看得很金贵，一点也不敢浪费。洗菜的水用来洗碗，洗碗洗脸的水喂牲畜。衣服脏了，攒在一起拿到河边去洗。母亲常常叹息："啥时候才能敞开了用水呀？"

　　二十世纪六十年代初，国家在冶峪河上游修建了水库，把河水引到了嵯峨山下，干渠就从我们村口通过。这一下，人们不但告别了"羊粪豆豆水"，还把一部分旱地变成了水浇地，粮食产量成倍增长。每天清晨，水渠边人来人往。大伙都说早上的渠水最干净，都趁上工前把水缸挑满。中午，妇女们在柳荫下洗衣服，孩子们在渠里游泳、打水仗。母亲常常念叨："多亏了毛主席，才给咱送来了这么好的水。"

　　好景不长。从二十世纪八十年代开始，冶峪河上游先后建起了造纸厂、水泥厂、化肥厂等企业，大量污水排进河里。渠水逐渐变黑发臭，再也不能食用了。吃水难，重新摆在了沿山一带人的面前。于是这里又兴起了一个新的职业——卖水。一些有小四轮车的人，用铁皮焊成大水罐，从七八里外的井里买来水在村里卖，生意非常红火。买下一车水要有地方存，而旧水窖早已废弃。于是，家家户户又都用水泥修起了新水窖或蓄水池。雨水也重新收集起来。买来的井水主要是做饭和饮用，而收集的雨水则用来喂牲畜和洗衣服。大哥在城里工作，常接母亲去住。回来后，母亲羡慕地逢人就说："看人家城里，一拧龙头水就来了，咱啥时候也能用上自来水？"

　　党和政府并没有忘记我们这里吃水困难的问题。二十世纪七十年代初，县上曾在我们村里打井，可连打几眼都没找到水。二十世纪八十年代渠水污染，政府又拨款扶持群众打窖修池蓄水。但沿山一带群众的吃水困难始终没有从根本上解决。为水熬煎了一辈子的母亲，临终也没在家里喝上她企盼的自来水。

进入二十一世纪，伴随西部大开发的脚步，终于传来了好消息。县上在我们临近的蒋路乡山脚下，打出了一口深水井。据测定，完全符合饮用水标准，水源也很旺。县扶贫办决定免费把自来水管送到沿山一带的每个村子。喜讯传来，人们欣喜若狂，奔走相告。不用动员，男女老少齐上阵，管道很快埋设完毕。世世代代吃"羊粪豆豆水"的人，终于用上了干净卫生又方便的自来水。通水那天，村里像过节一样，人人脸上都洋溢着喜悦。一位经历过旧社会的老人激动地说："这在过去是做梦都想不到的事，还是中国共产党好，社会主义好啊。"我接了满满一碗水恭恭敬敬地摆在母亲的遗像前，心里默默地说："母亲，请您尝一口咱们自己的自来水吧，您的心愿终于实现啦。"

自来水的开通，不但彻底解决了人畜饮水，还促进了生产的发展。由于水源有保障，村里涌现出了一批养殖专业户，还有人建起了大棚。随着国家惠农政策的进一步实施，群众已看到了小康生活的曙光。母亲若地下有知，一定会含笑九泉。

电话的故事

一阵悦耳的音乐响起，电话铃声响了。正在地里干活的我拿起手机一看，是女儿打来的。她在电话中关心地问我身体咋样，嘱咐我要注意休息，别太累了。放下电话，我的心里热乎乎的。虽然相距遥远，但一个电话，让我觉得儿女就陪伴在身边。

我的家乡地处嵯峨山下。这里塬高坡陡，交通不便，信息闭塞。在过去，传递消息全靠人跑，要打电话得到十里以外的邮电所去。那一年，姐姐到部队探亲，我的父亲突然病重。我跑到邮电所给姐夫的部队打电话，可电话始终打不通。父亲临终没能见姐姐一面，姐姐也为此悔恨至今。

二十世纪九十年代，电话光缆架到了嵯峨山下。在外工作的儿子要给家里装一部电话。那时装一部电话要一千多元，得几亩地一年的收入。我不让装，咱庄户人花钱装那玩意干啥。可拗不过儿子，电话还是装上了。还别说，有电话还真方便，不管有什么事，距离多远，一个电话就搞定了，这钱还真没白花。特别是儿女隔三岔五的嘘寒问暖，让我时刻感受着浓浓的亲情。

当时，全村就我一家装有电话，乡亲们都感到很新鲜。有人想来打电话，我说行啊，咱装电话就是为了方便嘛。于是，村里人要打电话就上我家来。打给亲戚的，找人的，联系买卖的，回传呼的，有的外村人也来打电话，每天你来我往好生热闹。村里在外打工的人很多，家里人常给他们打电话。打工的人也把电话打回来，让我给他们家里传话。我家的电话成了村里的公用电话，我和老伴也成了义务通信员。开始我很高兴，为能给乡亲们带来方便而自豪。可时间长了，我也有点不耐烦了。刚锁上门要上地，邻居来打电话，我只好放下锄头陪着。有时正吃饭，电话响了，一接，是给村里人传话的。有些人的事还耽搁不得，只好放下碗筷跑一趟。有时我传话还没回来，老伴又跑去了另一家。冬天晚上，刚把被窝暖热，又来电话，是叫人接电话的。尽管心里百般不愿意，可还得爬起来出门去叫。有的人过意不去，要给我报酬，我谢绝了。咱装电话是为了自己方便，不是做生意。顺便给乡亲们帮个忙，咋能要钱呢。老伴有时也发牢骚，我劝她说："乡里乡亲的，人家求到咱头上，这忙能不帮吗？咱这是学雷锋做好事，积福行善哩。"

一年多以后，来打电话的人逐渐少了，打回来的电话也不多了。原来，国家加大了对农村通信的投入，电话光缆连接到了村组的每个巷道，初装费也降低了。进入新世纪以后，又逐步取消了初装费。加上群众生活的改善，电话得到了普及，几乎家家都装上了电话。我家的这部"公用电话"就逐渐"失宠"了，我和老伴也先后"下岗"。

这些年，农村通信的变化真是日新月异。座机电话普及没几年，手机又出现了。刚开始那像砖头一样，被视为财富和地位象征的大哥大，被更小巧的手机所取代，令人仰视的奢侈品成了寻常物，几乎人手一部。又没过几年，普通手机被智能手机取代，更是将人们的生活向现代化推进了一大步。连我这个年近古稀的老头子，现在出门也一分钱不带。坐公交、逛超市、进饭店，甚至在路边摊买水果，拿出手机，微信一扫，立马搞定。过去向媒体投稿，是邮寄的纸质稿件。现在通过邮箱发送，既快捷又方便。

自从有了手机，我的座机就更受冷落了，一个月也响不了几次，最后干脆打不通了。原来手机普及以后，座机逐渐没人用了，电信部门无奈只好停用了这里的座机通信。我恋恋不舍地拆下座机，擦干净，端端正正地摆在客厅。作为我们村电话一族的元老，它可是有功之臣。虽说现在它的使命已经结束，可我仍然舍不得丢弃。它曾经历和见证了农村这几十年来翻天覆地的变化，我要它继续见证新时期农村的新面貌和那些意想不到的新事物，和它一起走向新时代。

家乡的土戏台

黄土垫成一米多高的平台，三面用土墙围住，前面挂块幕布，上面露着天。这就是我记忆中家乡的土戏台。这恐怕是世界上最简陋的戏台了，但它却承载了那个年代家乡人的欢乐和对美好生活的向往，也深深地留在了我的记忆里。

我的家乡坐落在嵯峨山下。这里塬高缺水，土地瘠薄，交通闭塞。艰苦的环境造就了家乡人坚忍豪爽的性格。昂扬激越的秦腔成了人们的精神寄托，受到大伙的喜爱。早年间，乡亲们常常在劳作一天后，徒步数十里，摸黑到镇子上去看戏。田野里，常常能听到那粗犷悠扬的唱腔。过红白喜事，更是少不了自乐班的助兴。听老人们讲，中华人民共和国刚成立那阵儿，一伙年轻人还自发组织起来在村里演出，人们戏称其为"胆大社"。

在我的记忆中，家乡人唱戏最红火的时候是二十世纪六七十年代。那时每到冬季，大队都要组织一伙秦腔爱好者排练节目，以便在春节前后给乡亲们演出。土戏台就是在那时修建的。当时条件很差，乐器都是演员自带，搬张桌子就当道具。可演员们热情很高，排练演出都很认真。我印象最深的是黄秀玲与何灵娥合演的《三世仇》选场"卖女"，那可真是催人泪下。一段"怀抱着小兰女肝肠哭断"，令台下多少人呜咽失声。

最让我们家乡人自豪的是那年演出秦腔《江姐》。泥腿子要演大型本戏可不是一件容易的事，可凭着对秦腔的挚爱，这些"胆大社"的后人还是勇敢地敲响了排练的锣鼓。巧的是，我们村一对夫妻在青海某剧团唱戏，因"文革"回家避风，大队便请他们做导演。夫妻俩很热心，对演员手把手地教动作，不厌其烦地纠正唱腔。老师教得认真，学生学得刻苦。每天晚上，大队部的土窑洞里汽灯高挂，亮如白昼，排练的锣鼓一直响到深夜。

正月初一那天，人们早早吃过饺子，扶老携幼，汇集到土戏台前。连不少外村人也赶来了，小小的土戏台下挤得水泄不通。一阵开场锣鼓响后，大幕拉开。随着一声尖板"晓雾茫茫晨光掩……"，江姐出场了。端庄、优雅而又坚毅的造型，赢得一片掌声。随着剧情的发展，各种人物相继登场。看到自己的家人或邻居在台上演戏，大伙都感到特别兴奋，掌声、叫好声不断，现场气氛达到了高潮。首场演出一炮打响，连演几场，观众热情仍然不减。其他大队也纷纷邀请上他们那里演出。春节期间，演员们顾不上走亲戚，几乎把周边村子演遍了。我们一伙儿半大小子，跟在"剧团"后面，拉大幕，搬道具，忙得不亦乐乎，俨然一伙编外演员。那次在口镇街道演出结束后，主人做了一锅烩面招待演员，我们这些"编外"也跟着咥①了一顿。

到了二十世纪七十年代，"农业学大寨"运动热火朝天。土戏台上演出的都是宣扬大寨精神的节目和样板戏选段。小小的土戏台，在那个文化生活贫乏的年代，给乡亲们带来了欢声笑语。

进入二十一世纪，家乡人在物质生活不断丰富的同时，文化生活也发生了巨大变化。现在，人们坐在炕头上就能欣赏到国内外明星的演出，电视上的文艺晚会和各类综艺节目令人眼花缭乱，可我再也找不到当年挤在土戏台下看戏的感觉了。虽然过去了几十年，可那小小的土戏台，还常常令我怀念。

---

① 咥，是陕西关中、河西走廊一带的方言土音，意思是"吃"。

黄陈作品 *

追梦

时光漫长也不漫长，值得等待故值得遇见。

在人生这条大道上，有些人步伐大所以走得快些，有些人步伐小就走得慢点，但只要是在正确的行进路上，就是一个好的开始。

记得很早的时候在书中看到过这样一句话："万水千山的跋涉，终是为了内心的破茧而出。"只有一直行走在路上的人，才会知道自己想要的世界是什么样的。这些足够勇敢的人，总是能为自己的某些想法而说出对应的话，并且拼了命努力达到。一个简简单单又小小的梦想，就能让人生变得有趣和充满阳光。即使有时候实现得有点晚，那也总归比未曾到达要好很多。

我曾稀里糊涂地数着日子，懵懵懂懂地过着生活。每天都千篇一律平淡无味，活着像一具失去了灵魂的躯壳。可某天某刻某人的一句不经意的话却点醒了我，人生在世，如果连自己想要什么都不知道，那不是白来这个美好的世界上走一遭吗？这些话，大约和周星驰的喜剧之王里所说的"人如果没了梦想，那和咸鱼有什么区别？"有着异曲同工之处。

于是我便忽然想起了那年独自在武当金顶看到的日升日落，就趁着这炎炎夏日和着冰镇西瓜细细地品味一番。那一路上的美景及那辛勤的挑夫，还有老道临别的寄语不停地盘旋在脑海之中，让我越发地坚定起来。相信在以后的路上，还会有更多这般值得去欣赏的事物在等着我们去遇见、去发现。因为这些让我们初见时感动不已的美好，都会成为日后照亮我们的光芒，不断地指引着前行的方向。

有人说："难得人间走一趟，就要去看看人文和地理。"我亦深以为然，那么天空也应该去仰望仰望，记得在高山上遇见的那片银河，温暖了我后来的梦乡，还有山川湖海，也要多去看看，这样才不负那以梦为马的年华。同是这风

---

* 作者简介：黄陈，笔名"影星尘""张星落"。生于 1985 年，作家。写过两本网络小说，著有《星尘诗集》。大奖没有，小奖蛮多，文章偶见于书刊。

景，不同的人看去，总会有不同的收获和感悟。所以那些热爱这个世界又喜欢行走的人，心里装的大概都是所到之处的美好吧。

我走过的每一条路，都在形成"我自己"。这个"我"不一定是最最勇敢的，但却是最最真实的。

寻梦而流浪，他乡是故乡，

光明照耀于身上。

寒来又暑往，山高且路长，

怀着初心去远方……

卜算子·念秋

零落尽婆娑，诗酒扬州梦。

本是寻常恐易残，声绝金瓶冻。

锣带腊前花，风雨黄芽动。

何用惜春小有春，芳草知谁共。

如梦令·窗外

窗纸幽幽潜动，

檐玉无声欢颂。

一笑满芭蕉，

天淡云闲何用。

风送，

风送，

花下苍苔如梦。

云开雾散

等到云开雾散
我要爬那座山
那座用水墨勾画出来的黄山
从小道拾级而上
看山下花开盛艳到山上古松凌傲
立于山巅
吼一嗓子"五岳归来不看山"
等到云开雾散
我要去过一条河
那条被誉为南北分界线的淮河
从湖北缓缓向南
看五千年的沧海桑田和盛衰兴废
立于河畔
吟一首名为"淮河春"的诗篇
等到云开雾散
我要去游那座镇
那座古色墨香的三河镇
从东街往西边走
尝一口酥脆的米饺喝一口甜甜的米酒
立于船上
唱上一曲"夫妻双双把家还"
等到云开雾散,我要与你
共游祖国大好河山

李耐春作品 *

满江红·庆百年华诞

烟雨蒙蒙，南湖畔、红船记忆。
星火燃、照燎南北，长征游弈。
荡寇中原持久战，
安邦华夏除强敌。
建国业、吾党引前旌，江山立。

峥嵘路，泥鸿迹。①
辉煌史，贤能集。
牢记使命在，世纪勋绩。
恒久初心终不忘。
因循信仰无遗力。
砥砺行、党庆百年程，生光熠。

2021 年 7 月 1 日

注：

①泥鸿迹：雪泥鸿迹。同"雪泥鸿爪"。鸿雁在雪地上留下的爪迹。比喻往事遗留的痕迹。宋苏轼《和子由渑池怀旧》诗："人生到处知何似，应似飞鸿踏雪泥。泥上偶然留指爪，鸿飞那复计东西?"

---

* 作者简介：李耐春，诗词爱好者。大专学历。65 岁，已退休。

七律·清明之革命烈士陵园

绿柳青山霁雾朦，
春丛萌动又清明。
陵园肃穆埋忠骨，
墓志追思慰霣灵。①
先烈捐躯酬壮志，
万民造就享安宁。
缅怀烈士丰功伟，
慰祭英魂伴永生。

注：
①霣灵：[yǔn líng] 逝者的灵魂。

李瑞作品*

烟花江畔

深夜的寂静总是在霓虹的疲惫之后愈发苍白，风，苟延残喘地吹着湖水的乱发，几片枯叶轻轻划过，擦出季节变换的痕迹，轻描淡写，却也是轮回的见证。烟花江薄雾弥漫，给世界一个模糊的记忆。

新的环境总会给人一种新的心情，无须争辩是激动或是失落，人总是要面对新事物的诞生，人也总是要接受新心声的传染，人，总会变的。十五年青春碎了一地，能捡起的，又岂不是泛黄的残缺不全的片段，犹如烟花江畔，潮水淹没抚平的何止是一个个足迹，岁月，就是这样无情地燃烧着。

你是否和我一样，在无数个子丑寅卯的钟声响起的时候，守候着一颗单纯而脆弱的心，花开花谢，造物总是会弄人，来来往往的人最终变成了匆匆的过客，蓦然回首，背影已只剩下背影，唯有记忆，失落的时刻才能安慰失魄的心。

你是否和我一样，在东南西北迷失方向的时候，守候着一片宁静而湛蓝的天，潮起潮落，烟花只愿留下永恒，悠悠荡荡的心最终在起起伏伏中坚持，天南地北，多少酸甜苦辣、多少悲欢离合，沉淀在岁月这杯陈酒中，呛得你泪眼婆娑。

让方向找回自己的罗盘，让天地扭转命运的乾坤，这是天意而不能违。让风吹过眼前漂泊的云，让雨浇透捧出的花，这是人为乃没出息。一个不懂感恩的人，在他眼里每个人都应该帮他；一个不懂珍惜的人，在他心里每个人都亏欠他；一个不懂拒绝的人，在他思想里全世界都是对的。人，悲哀的就是只活在没有自己思想的世界里。

我无法衡量对和错之间的比重，我却可以看懂得失之间的天平，然而又不能判断来去之间的徘徊，这是无奈，也是无助，更是无心。有些事，一旦做错

---

* 作者简介：李瑞，男，1977年生，安徽省太和县人，曾任安徽省《太和周末》报社特邀记者，作品《青春的节奏》被中国当代作家作品陈列馆收藏。现任浙江省嘉善县慈山第四小学里泽校区校长助理一职。

了只能吸取教训，有些人，一旦看错了却要遗憾终身。

失败是成功之母，失望却无法容纳希望之光，烟花江畔五彩缤纷，烟花江水却只能清澈透明，谁能拯救我们遗弃的岁月，命运也是无奈摇头，时间可以轮回，人世却不能再重复，现在所过的每一天，都会被历史无情地翻到昨天，珍惜，惋惜，爱惜，最终沦为可惜。

望望前方，大雾弥漫，烟花江畔犹如迷蒙之地，似解也解不开的谜题。幽幽弯弯像是画中画，薄雾半掩面纱的脸，看不清，分不明。就这样，嚼着昨天，去追寻。朋友，趁青春还在，握紧岁月，书写精彩的人生吧！

让书香净化灵魂

歌德说读一本好书，就像是和许多高尚的人谈话；托尔斯泰说理想的书籍，是智慧的钥匙；高尔基说书是人类进步的阶梯……确实如此，读书能修身养性，读书能陶冶情怀，读书能净化灵魂。

一本好书，就是一个导航，它能让你在青春的十字路口找到人生的目标，它能让你不偏离人生意义的经纬，它能让你在得失与苦乐中品味生活的定义；一本好书，就是一杯清茶，它能驱逐你平淡中的滚滚红尘，它能沁入你波澜起伏的心灵，随之芳香四溢，它能尘封你隐约的风声、窃窃的私语、喃喃的抱怨；一本好书，就是一片蓝天，它能包容你歇斯底里、苟延残喘的绝望和挣扎，它能涌动你物质文明与现代精神文明之间的青春祭坛和梦想神话，它能唤醒你沉睡的心灵、懵懂的青春、执着的脚步。一本好书，一世挚友；一本好书，一生真情；一本好书，一方净土！

读一本好书，你会有充实感，它能给你心灵上的慰藉，让你心灵没有被侵蚀的寂寞和无聊，让你没有浮躁的空虚感；读一本好书，你会有真情感，它能给你感情上的调节，让你没有意识感情被扭曲的压抑和束缚，让你没有感慨的罪恶感；读一本好书，你会有人生感，它能给你灵魂上的净化，让你没有遗憾灵魂被玷污的稚真和纯洁。读一本好书，交一世挚友；读一本好书，动一生真情；读一本好书，拥一方净土！

品一本好书，你会感知荒谬世界里唯一的真理和单纯的笑，你会理解绝望的泪水、等待的奇迹和黑暗的历史，你会消化阳光的灿烂、彩虹的七色和天使的善美；品一本好书，你能憧憬梦想神话和象牙塔，你能接纳耶稣、安拉和释迦，你能绽开深沉激昂的太阳花；品一本好书，你能在青春的镜子里找到属于自己的脸，你能在泛黄的记忆里寻觅年轻的容颜，你能在风蚀的面具里面辨别隐藏的虚假。品一本好书，懂一世挚友；品一本好书，留一生真情；品一本好书，爱一方净土！

悦读书香，品味人生，净化灵魂，共享文明。

刘建昌作品*

祖国礼赞

　　九州同贺祖国好，万水千山风光美。百花争艳春蕾新，五湖四海共欢腾。南腔北调话和谐，东风西进开新篇。长治久安黄河清，励精图治长江颂。巍巍昆仑展雄姿，万里长城揽九天。泰山日出千古情，岳阳楼记话风流！此生长愿中华强，雄略天宇揽星月！神州日晓天外天，阅看火星风玄云！踏月潜海创新知，飞驰高铁博世纪。凌架天桥通天涯，一带一路连广宇！海天壮阔银鹰飞，英姿昂扬海防军。共同富裕人民福，中华雄起正当时！大国重器铸国威，万里江山锦绣添。科技引领新时代，振兴崛起在今朝。醒狮威傲立盛世，华夏荣光天地长！

世纪中国

　　中国！世纪沧桑轮回，在无畏的民族英雄信念中重生！奋发图强，尽展爱国护国英雄情怀！我爱您：世纪中国！您的博大豪情引领世界潮流，勇于担当，和世界人民共克时艰，拥大爱无疆，筑世界人类命运共同体！我华夏英雄儿女爱您：世纪中国！烽火狼烟，肃远战伐，铭记英雄，砥砺前行！中国，我们为您自豪，为您祈福！与时俱进任重道远，振兴雄起乘盛世，光辉荣耀永繁荣！

---

　　* 作者简介：刘建昌，农民，诗词爱好者。

韩传芝作品*

修身正心

《大学·中庸》第八章,我认为非常值得一读!推荐给大家,希望朋友们有时间看看是否对我们的心灵有所触动。现在虽然有手机和电脑,但我认为有时间还是抽出一点时间看看我们的国学经典,四书五经的精华,细细品读,毕生受用!摘抄如下:

所谓修身在正其心者,身有所忿懥,则不得其正;有所恐惧,则不得其正;有所好乐,则不得其正;有所忧患,则不得其正。

心不在焉,视而不见,听而不闻,食而不知其味。此谓修身在正其心。

译文:之所以说修养自身的品性要先端正自己的心思,是因为内心有愤怒就不能端正自己的思想,心存恐惧也不可能端正,心里受喜好的影响也不能端正,心存忧虑也不能端正。

心思不能端正,就好像心不是自己的一样,虽然你一直在看,却仍然看不到什么实际的东西,虽然在听,却好像听不到声音一样,虽然嘴里吃着东西,但食不知味,根本不知道是什么味道。所以说,要想修养自身的品性,首先要做的就是端正自己的心思。

解读:

正心,是继诚意之后,自身修养更上一层的阶梯。

诚意,是意念真诚,不自欺欺人。但是,只有诚意是远远不够的,因为诚意很容易被喜、怒、哀、乐、惧等情绪所支配,使你成为感情的奴隶。

所以,"诚其意"之后,最重要的就是"正其心",也就是要学会端正自己的心思,驾驭自己的感情,保持平和的心态,这样才能集中精神,修养自身品性。

这里需要注意的是:理与情、正心和诚意不能对立,要做到融合。有人说

---

* 作者简介:韩传芝,1965 年出生,在黑龙江生活了四十七年,现居山东莱阳,喜欢读书写作,从小就立志要成为一名作家。作为家中长女的我刻苦学习,始终是父母的骄傲,也给三个弟弟做了表率。退休后又重拾儿时梦想,每天坚持读书写作,成就更好的自己。

过：喜、怒、哀、乐、惧等都是人心中必备的感情因素。但是，一旦我们自察不及时，任凭其左右自己的行动，便会失去端正的心态。在正心的同时，我们不应该摒弃自己的情欲，也不需要绝对禁欲。只要学会用理智来支配、驾驭自己的感情，使自己的心思不被情欲所控制，就能做到情理和谐地修养自身的心性。

所以修身正心不是件容易的事，在这里我引用书中的章节，也是我的所思所想，我毕生都在修身正心，因为人虽有七情六欲，不可能断，但要学会理智的控制。希望我的分享能让大家从中受益！

真诚要做到"慎其独"

读书改变命运，读书改变世界，读书改变一个人的思想观念！人这一生从牙牙学语，到独立生活，不断学习成长。从古至今，有些观念，是真理，是应该传承和发扬光大的。

我喜欢文学，喜欢我们的传统文化，古代的大家、圣人，学者、诗人、词者，真是智慧，其思想至今让我们后辈很惭愧，让我们意识到原来自己的思想境界是如此的狭隘，我通过读《大学·中庸》见识到了先人的智慧。

下面就真诚最大的考验是"慎其独"，摘录如下：

所谓诚其意者，毋自欺也。如恶恶臭，如好好色，此之谓自谦。故君子必慎其独也！

小人闲居为不善，无所不至，见君子而后厌然，掩其不善，而著其善。人之视己，如见其肺肝然，则何益矣。此谓诚于中，形于外。故君子必慎其独也。

曾子曰："十目所视，十手所指，其严乎！"富润屋，德润身，心广体胖。故君子必诚其意。

译文：使自己意念真诚，就是教育我们不能自欺欺人。要像厌恶腐臭的气味一样，或者像喜爱美丽女人那样，所有的思想都要发自内心。所以高尚的人即便是独处，也要小心谨慎！

品德低下的人在独处时往往无恶不作，与那些品德高尚的人相遇便自惭形秽，躲躲闪闪，为了掩盖自己的坏行为而自吹自擂。殊不知，别人看你，就像能看到你的心肺肝脏一样清清楚楚，再做过多的掩盖又有什么用呢？这就叫作内心的真实想法一定会表现到自己的外表上来。所以，那些品德高尚的人哪怕是独处的时候，也必定小心而谨慎。

曾子曾说："十只眼睛盯着，十只手指指着，这样的状况难道不令人畏惧吗!"财富可以用来装饰自己的住所，品德却可以修养个人身心，使心胸宽广而身体舒泰安康。所以，要想成为品德高尚的人，就必须使自己意念真诚。

解读：所以说，要想做到真诚，最重要的事情同时也是对人最大的考验便是"慎其独"，即一个人独处时能够做到小心谨慎。总而言之，就是在人前人后能够一个样，人前表现得真诚，人后也能真诚相待，所有的事情都发自肺腑，出自真心，真实无其。

俗话说得好："若要人不知，除非己莫为。"自欺欺人，掩耳盗铃的事情，终归会有东窗事发的一天。真诚待人处事，时刻审慎自身言行，才能活得坦荡潇洒，一身轻松！

大家从中悟出来了吗？生活当中，你是不是正在经历着呢？所以要做到真诚不容易，表里如一，更不易！让我们以诚相待，尽量也"慎其独"。

我想推荐一本书

我是一名退休工人，平时闲暇喜欢看书，记读书笔记。有时间就看几页，在"喜马拉雅"（一款读书 App）上读了快十本书了。我比较喜欢励志、口才、历史方面的书籍。我购买了三本市面上比较畅销的书——《口才三绝》《修心三不》《为人三会》，我都喜欢！尤其《口才三绝》，我想推荐给大家。

正如它的前言所述：日常交际中，说得最多的话、听得最多的话、用得最多的话，就是赞美话、幽默话和拒绝话。赞美话和幽默话给人带来喜悦和快乐，拒绝话关乎人际沟通过程的成败。本书是一本生活中必备的口才书，用浅显易懂的文字和贴近生活的小故事列举了语言的运用方法和艺术特色，让我们在感受语言的高超智慧的同时提升了自己的交际能力和说话水平，学会赞美、学会幽默、学会拒绝，说出让人爱听的话，说出让人开心的话，说出拒绝却不伤人的话。它包括九章内容，阐述了各种口才技巧。好口才让你一生受益，是一种无形的宝贵财富！

所以我强烈推荐朋友们去读一下！毕竟，这个社会越来越青睐高情商、善于沟通的人。

井源崔骏作品[*]

念

　　小小的眼睛，花白的头发，扁平的鼻子，胖胖的肚子，淡淡的眉毛。咦！这不是我的老奶奶吗？怎么出现在了我的脑海中？可能是我太想念她了。

　　老奶奶特别有趣。听妈妈说，在我小的时候，老奶奶想和我玩，但我睡着了老奶奶想把我摇醒，又害怕我哭，一会儿她就想到一个我醒来不哭的办法——在我睁眼时给我一个毛绒玩具。这个办法真管用，我不但没哭还笑个不停。老奶奶也开心，说："骏骏笑起来真俊！我抱抱吧。"说完，就把我抱了起来，嘴角都咧到太阳穴了。现在我还经常想起老奶奶的笑脸，映着阳光，让我心里暖暖的。我想念老奶奶的爱。我想念她。

　　老奶奶特别爱我。每次老奶奶去吃席回来准会给我一把糖，她告诉我，这是专门留给我的，不给弟弟妹妹。后来，我上小学了，不常回去了。但老奶奶每天晚上8点都会给我打个电话，不会变时间。天冷了提醒我加衣服，天热了提醒我多喝水，而且每天必说的一句就是："骏骏，老奶奶给你留了好多好吃的，啥时候来吃啊？"我总会高兴地说："周末就回去。"老奶奶说道："好嘞！我在家等你，到时给你做好吃的。"我想念老奶奶做的饭菜。我想念她。

　　老奶奶特别的"烦"。每次我回去，老奶奶都会一直重复："多吃饭，多喝水，多穿衣服，多休息……知道了吗？"我总是有些不耐烦地说："我知道了，您说的这些我都能倒背如流了！"虽然我会烦，但我知道这是她爱我的表现。我想念老奶奶的"烦"。我想念她。

　　在我四年级的一天下午，老师让我快点收拾书包，说我的老奶奶生病了。我一听，心中便像压了一块大石头一样，我飞快地向校门口跑去。刚到门口，就看见妈妈正在焦急地等待着，见到我，二话没说，立刻带我去了医院。到医院后，我看到奶奶哭着恳求着医生，但我看到医生的表情心里就明白了。过了

---

　　* 作者简介：井源崔骏，是泺口实验学校（初中部）的学生。兴趣爱好广泛，喜欢跳舞、画画、下棋等。学习成绩名列前茅。是一个独一无二、充满个性、充满理想的女孩。

一会儿，医生宣告老奶奶死亡，我的泪水一下子涌了出来："老奶奶你快回来，我不嫌你烦，快回来……"我听不清大人们在说什么，只看到他们每个人都在哭，我知道，悲伤弥漫在我的家……

老奶奶已经过世两年多了，但她的样子在我的脑海中是那么清晰。望她在天堂能够快乐，我会好好吃饭，健康长大，不要总担心我，你最爱的骏骏已经长大了。

老奶奶，我想念您。

未来的世界

我时常会想象，未来的世界到底是什么样子。有一天夜里，我正在做一个甜甜的美梦，忽然闪出一道金色的光。刹那间，天地犹如白昼，我被这万丈金光照醒了。我睁开蒙眬睡眼，看到金光中走出来一位神秘的人，他对我说："走，我带你去看看未来的世界。"只见他随手画了一个大圆圈，我的身体轻轻一跃，穿过这个大圆圈，我们俩就来到了另外一个世界。

远远望去，太空中飘着好几个一样的地球。每一个地球的表面都有一个绿色的大气层。这个大气层更像一层玻璃罩，在阳光的照射下散发着迷人的色彩。"未来没有了战争，科技高度发达"，神秘人说到，"随着医疗水平的不断提高，人类寿命能达到 200 多岁。不断增加的人口，快要把地球资源耗尽了，人类不得不寻找另外的家园"。看着这美妙神奇的景象，听着神秘人认真而严肃的讲解，我更加惊异于这奇幻的未来太空。

看到我惊讶的表情，神秘人接着说道："未来，人类掌握了时空穿梭和时空运输技术，到达想要去的星球简直轻而易举。如果人类发现这个星球适合居住，就把它改造成新的地球。每个地球都有一个防护罩，它可以将阳光转化为其他能源，为地球提供源源不断的动力；如果这个星球有丰富的矿产资源，这里就会建起工厂，矿产资源被加工好后会运输到地球上。因为宇宙中有无数的星球，所以人类就有了源源不断的资源，人类就会绵延下去。现在让我们一起参观新地球吧。"说着，我俩从太空中飞到了其中一个地球上。

这里到处都是高楼大厦，每个楼房都有 200 多层高，地下还有 100 多层。大楼的玻璃都由特殊材料制成，特别坚固，可以充分吸收阳光转化为电能，还可以自动调节光线与温度，绿色环保无污染。每家每户都有机器人保姆，负责日常家务。每个家庭还有一个神奇的衣柜，是个小小的衣服加工厂，人们想要穿什么样的衣服，衣柜就可以根据季节和天气显示不同的花色、面料和款式，瞬间就能做出一套衣服。这种衣服还能智能调温，防寒、防水、自动消毒杀菌。如果不用了，再放回衣柜，材料回收，重复使用。人类的装置更神奇！每个人手背上都有一个芯片按钮，这个就是未来的手机，也是万能的遥控器。只要一按，就会出现一个立体全息的大屏幕，人们可以通过它来进行视频通话，连接互联网以及机器人、汽车、衣柜等智能产品。芯片上还有个人详细信息，身高、体重、血型、饮食爱好、身体状况等，当人们去就医的时候，医生手里也有一个芯片，双方自动连接，医生就获知了你的信息，再用手扫描一下全身，就知道哪里生病了，也不用进行复杂的检查。

不止未来的住房、医疗、交流方式令人喟叹，未来的交通更让人拍手叫绝！

新地球上虽然住着很多人，大街上却不见拥挤。人们把地下交通修得四通发达，汽车除了在地下行驶之外，还可以进行 200 米以下的低空飞行，出门之前通过手机提交申请，地球内部的超级计算机会马上安排出路线或航线，不会堵车，安全出行。汽车也是由特殊材料制成，不再消耗汽油，而是接收地球防护罩输送的太阳能。防护罩在超级计算机的控制下，不但能保护地球，净化空气，还能为整个地球提供大部分环保能源，真是了不起的发明！

"丁零零，丁零零"，一阵闹铃声把我从梦中叫醒，好神奇的梦啊，我又闭上眼，禁不住还想再看看梦中的一切。"起床了，起床了"，妈妈的催促声传来。好妈妈，让我再躺一分钟吧，我还在回味着梦里的经历，我们的未来呢……

我虽然只是一名小学生，但我坚信，好好学习，奋发向上，梦里的一切将会成为现实。起床奋斗了，少年！

谢天任作品 *

错爱

把颠沛流离风餐露宿的影子
默默地录入眼里
化成心中沧海桑田后的那份美丽
让曾经的坚持与努力
结出幸福的果子
给真爱一个完美的诠释
这样
兴许就不会
不会让我看到
看到你纠结幽怨的样子

我不是你手中摇曳的风筝
我只是悄悄溜来的徐徐清风
你是那桌边悠闲品茗的茶客
我却是桌上那杯幽香的咖啡
缘分的距离
说是在伸手之间
却是那么的遥不可及
错开了
也就翻篇了

如随手撕掉的那页皇历

即便我和你
是空间的两条直线
少了该有的交集
但渐行渐远的背影
却是你我留下的
青春印记
那份隐形的记忆
永远地
留在了光阴里
成为时间的秘密

过往
就像一本
一本写满编年史的笔记
偶尔
也会被轻轻翻起
感慨地放下

* 作者简介：谢天任，在国有企业工作过。1991 年大专毕业。1993 年辞职去深圳做工具销售业务。现居深圳。二十几年的摸爬滚打，感受着沧海桑田般的社会变迁，修身齐家动中取静，触摸传统文化的博大精深且迷醉其中。

何必勉强

不是所有的打扮
都能赏心悦目
不是所有的祝词
都来源于真诚
不是所有的美景
都能泛起回忆
不是所有的疼痛
都能终身不忘
不是所有的隐忍
都叫卧薪尝胆
不是所有的坚毅
都称得上血性

我只是大海舒卷时
激起的那抹浪花
努力绽放自然的形态

即便没有掌声
也不会感到萧瑟
因为
心有大海般的情怀
我只想
只想活出胸中的那份淡然

我就是湛蓝天空中
缓缓飘过的白云
追求自由自在的洒脱
即便常被忽略
也不会心存芥蒂
因为
怀揣天空般的高远
我只想
只想活出心中的那份悠然

鼻音

海风
轻撩发丝渐露隐约苍白
也许
高大上的理想
会渐渐蜕变成畅想

生命尚在春夏秋冬中缓缓流淌
信念也依然随波起伏跌宕
坚韧挂在心墙上
闪着激励的光芒

所有决定都写着不改初衷
让真诚录下胸中的坦荡
悄悄知会你
曾经那年复一年的努力
别让失望误解的目光
委屈经年的汗水
还记得吗
火一样的青春
为了你
心中的那份美丽
也曾汗流浃背过

如果
这一生
只能予你
一份平平淡淡的恬静
如果
这一世
只能予你
一份真诚到老的相伴
能否让我看到
彼岸花开
那份许久的期盼

为你喝彩

当别人还在为你
为你鲜亮的外表赞不绝口之时
透过华灯的璀璨
我仿佛看到的却是你
是你闪亮身后的一脸疲惫和倦意
以及
以及那鲜为人知的勤奋和努力
显然
起初的青涩和矜持
已然被春风涤荡的毫无踪迹
取而代之的是
自信阳光大方得体

音乐响起
一路披荆斩棘
你在前行路上是如此坚毅

又怎能让我 hold 住
hold 住这迎面扑来的洒脱和欢喜
避无可避
宛若节日夜空炸燃的烟火
每一次爆燃的瞬时
都能带来不同程度的视觉冲击
我要把这份惊喜
悄悄地写入时光的硬盘里
让它化成
化成沧海桑田后的谈资
每当有人
有人随手翻阅这岁月的笔记
也依然会啧啧称奇

王楠作品[*]

情书

未必在最好的年华初遇，未必有姣好的面容，也未必有不可抗拒的人格魅力，但就是很自然地在眼神交汇处，两颗心奇妙的碰撞，友情抑或爱情、亲情……

那时我们都还年少，却也并不如大人口中的那般无知。作为中国式含蓄教育的受众者，关于青春懵懂时的众多疑问，我们总有自己的方式去寻找答案。而今，我总愿意将世间一切复杂的人类情感，皆化为笔下的一封封情书。

致父母：

一声啼哭初相遇，两句爸妈惹人怜，三步蹒跚携手度，四季轮回庆余年。没有商榷就果断地选择，冥冥中一切自有安排，于是，用尽一生去成就彼此，为人父母，为人子女。即使命运多舛，也从不曾让岁月伤我分毫。无法像恋人般将爱挂在嘴边，也无法用拥抱亲吻去代替道歉，但我们都深知，世间再无他人，能如你这般爱我，亦无人如我这般爱你。直至时光沉淀，两鬓斑白，才意识到：原来我们也曾将爱常挂嘴边，也曾相拥而眠，只是那时，我初雏，你正年……如今，再道一声：我爱你，但愿为时不晚！

致闺蜜：

肆无忌惮，没心没肺，不加粉饰……我愿把所有能想到的足够张扬、足够自在的词语，全部用在你的身上，我们不用在乎彼此的社会价值，不用苛求本身的美，不用设计相见的节点，一起蓬头垢面地傻笑，一起烂醉如泥后谩骂，一起赤裸裸地假装嫌弃，只要足够疯狂，随时随地。嘿，在哪呢？突然有点想你了！

---

[*] 作者简介：王楠，90后二胎全职妈妈，文学业余爱好者，情绪捕捉记录者。生活如人饮水，冷暖自知，不想踏破铁鞋，也不可能不费工夫，若不成文，也必成章！

致老公：

当初你说我的眼睛比常人的更为清澈，这样的女孩应该是单纯善良的。当初我说你的心思比常人细腻，这样的男人应该是温柔孝顺的。就这样我们带着对彼此的暗自欣赏走近对方，怀着对未来的一半未知一半憧憬步入婚姻，直到现在，把应该变成了肯定。幸运的是，9 年后，在这喧嚣嘈杂、充满诱惑的社会，我们依旧深爱着对方，且把这份爱延续到了两个可爱的孩子身上。此刻，不再去感慨过去的悲喜，只愿往后余生，三餐四季皆与你，喜怒哀乐皆为你。

致孩子：

感谢你们生命之初的选择，生命之中的喜乐，生命之末的陪伴。作为父母，虽不一定能给予你们优越的人生，但会尽全力教会你们正直与善良、坚强和自信。可是，在你们身上，我是自私的，自私到将春日生机、夏日凉风、秋日硕果、冬日暖阳赠予你；将蓝天白云、雨后彩虹、浩瀚星空、辽阔海洋也赠予你，恨不能将这世间美好，毫无保留都赠予你。请你也不要吝啬你的微笑，你的坦然，你的理想，你的热情，向爱的终点展望，往家的起点回眸。

未必在最美的年华结束，未必有圆满的轨迹，也未必终其一生没有遗憾，但就是很自然地在眼神交汇处，两颗心奇妙的碰撞，友情抑或爱情、亲情……

关于你

无须回眸，我们就在命运的驱使下相逢了，一开始便是一辈子……

从第一眼的对视，第一次的亲吻，第一回的托举，到无数次夹杂着期许、愤怒、悲悯、兴奋的眼神，直到时光让我再也无法将你举过头顶，直到我开始一次次面对你的背影，直到我们告白的方式只剩微笑，直到开启千里之外的电话聆听，直到岁月都苍老，我已青春不在，而你风华正茂……

本就是个追求浪漫之人，随着身份一次次的叠加，这种追求变得尤为贪婪，贪婪到枕边人不足以让我为之满足。闲暇时，喜欢注视你的双眼，它是那么纯净清澈，我知道，此刻你的眼里有且仅有我，仿佛连睫毛的缝隙间都透露着这个讯息，也正是它，总能让我从烦闷中抽离。我不禁感叹生命的神奇，已然忘了是如何孕育出这般可爱干净的灵魂，也许即使记得，也无法言语吧。

对于你，我并非一无所求，以至于苛刻到每一次"一闪一闪亮晶晶"的哼唱，都希望你用上扬的嘴角回应，当然许下的每一个愿望也都是关于你。而你的日渐成长，也成就了我每日的幻想：那个看着我慢慢变老的人，那个收藏点滴欢声笑语的人，那个在长椅上与我畅聊理想的人，如果都能是你，那我将何其幸福！

不管你是否愿意，把线放在你的手里，高飞也好，低落也罢，放下即是回家；把舵也交予你，近游也好，远航也罢，停驻便是归港。路很长，风和日丽，电闪雷鸣皆是风景。可以教你咿呀学语，可以带你蹒跚学步，却无法代替你直达终点。引领，你未必跟随；建议，你未必听取；叮咛，你也未必在意。恨不能将毕生经历过的美好都赋予你，让所遇到的磨难都规避你。这一切都只因为，我爱你！

这大概就是天下所有母亲的独白吧！

刘崑岭作品 *

小品三折

一、我的"伊甸园"

这时居住在北京朝阳弘善小区，新楼盘刚刚竣工，入住率很低，闹中取静，心情甚好。

秋高气爽的假日，和煦的阳光悄悄地照射在我的脸上，今天又是自然醒。

窗外的鸟儿早已开完了晨会，它们一边欢快地歌唱着，一边拍打着翅膀忙碌地穿行在花间树丛。

我刚到阳台，一缕清风豁然扑面而来，我微微闭上双眼，让清爽的微风尽情地吹拂着我的周身，直到吹开我的全部心扉。返回室内用喷涌出的冷水冲去了我不该存留的一切，包括记忆中的所有不愉快。

没有早读，只是冲上清茶，打开电脑便进入了我的"伊甸园"。

人生下来都是赤裸裸的，不久就穿上了衣服，从被动的包装到自己最终学会了主动。此外，人从吃奶时就会献媚，挤出个笑脸以便得到宠爱。直到进入社会，献媚就更显得重要了。根据索取，越成功的人献媚也越多。只是难为了那些从骨子里就不会献媚的人，到老了也混不出个样来，最后落得没有主动登门的亲戚和多少能靠得住的朋友。人们每天都像戴着假面具出行，互相流露出不信任的眼神，更有卑鄙的小人，毫无遮掩地表现出"恨人有，笑人无"。也正是在这样的背景下，每个人的心灵都希望有一块"净土"。

记得还是 2007 年，我在荒凉的"腾格里沙漠"学会了使用 QQ，之后不论是谁劝我使用 MSN 或其他什么我都觉得很不习惯，我虽然也开了微博，但都疏于浏览，只因我比较恋旧，终还是于同年的 12 月 29 日，在 QQ 空间开辟了我的"伊甸园"。

* 作者简介：刘崑岭，1958 年生人，职业画家。北京典藏画苑文化传播股份有限公司监事会主席。国家一级美术师。国家特殊人才库成员。国家非物质文化遗产传承人。中央国家机关美术家协会会员。中国工业合作协会国策智库专家委员会专家。北京宣和书画研究院会员。《中华瑰宝》杂志"翰墨丹青"专栏撰稿人。

　　我的"伊甸园"里没有蛇，有的都是我心灵的故事，我用我心脏泵出的血液营养着我的大脑，然后从那里延伸出一条蜿蜒曲折的河流，使它升华为甘泉，清澈见底，它滋润着园中的万物，使得各种花草树木，郁郁葱葱，所有的生命树上都结满了善果。使每个进我园中的人都能得到营养，从而变成天使，扑打着洁白的翅膀对我说话，对我歌唱。使我的空间到处都充满了清新的空气，飘散着野花的芳香。这一切使每个进过我"伊甸园"的人都能获得童真，使人们的生命更加充满活力。

二、生日没有蛋糕

　　我的生日很好记，腊月二十三过小年，我生在小年头一天。

　　这还是我学龄前自编的一句话，大概是四五岁吧。我这句话的使用率很高，都快说一辈子了。记得那时一进腊月门，小心眼里就开始盘算着过年的事，家里都能吃上什么好吃的，能有多少鞭炮可放，能有多少压岁钱进账，再就是我的生日怎么过了。

　　记得刚上小学时，每年的腊月二十二，家里都开始忙着大扫除，还要粉刷房子，搞得每个房间都很乱，一进家门就心里发烦又不敢表现出来。好在妈妈一大早就先给我煮好了鸡蛋，那时我们虽然早已放了寒假，但多数学生都要参加护校，我便偷着把煮好的鸡蛋带到学校，在教室里的众目睽睽之下把鸡蛋拿出来享用。教室里有一帮和我要好的同学们，他们围拢来，羡慕地看着我拿出鸡蛋，仿佛在祝贺我的生日。虽然那时的孩子都不懂应该唱"生日快乐"，但自己还是为此而深感自豪的。

　　我们班有个小女生，她是混血儿，她的妈妈是二战时期被日本人遗弃的孤儿，后来嫁给中国人生下了她。她的年龄比大家小一点，特别聪慧，长得又非常可爱，光滑的脸蛋好像是涂过了奶油，一对大眼睛配上上下两排蒲扇似的睫毛显得非常卡通。她的声音如风铃般清脆动听，她爱哭、爱笑，非常活泼，她在我的心里一直就像个芭比娃娃。

　　那时我家有别人家很少有的独门独院，院子里有三棵果树，一棵叫"铃铛果"，另外两棵叫"秋子"。爷爷爱养花鸟鱼虫什么的还给我搞了个秋千。这些对孩童们极有诱惑力，这个芭比娃娃似的小女生更不例外。她经常在放学后偷偷摸摸地跟随着我，等我不在家时就以找我为借口然后在我家院里玩。她有些怕我，我每次呵斥她时她就要大哭，只要她一哭我心里就发慌，就赶快满足她的要求。还常记得她刚刚哭出的几滴泪珠在脸上没流多远又挂在了像花似的笑脸上。

我在班里吃鸡蛋的事当然也离不开她，她会主动要求给我剥蛋皮好像也能借此沾上光似的。

现在和那时人民的生活物质水平相比，实在是天壤之别。

我们童年的那个时代，多数孩子在家根本就没有地位，生活极其困难的家庭不可能吃饱饭。就更是交不起三元钱的学费了，老师整天像讨债公司的员工一样，上课之前先讨要学费。

家里普遍孩子多，再加上有老人，双职工的家庭又比较少，一些家长每月的工资能用到月底就算不错了，有几家邻居月底到我家不是借钱就是借粮，根本没有多余的钱可供学生读书。所以有的家长也经常被老师催讨学费。我班里的同学有这样境况的不在少数，凡是这样家庭的孩子整天不是挨骂就是挨打，都成家常便饭了。

回忆起那时，我在教室里细细品着鸡蛋，身边的同学各自倾诉着自己的心愿，有的说："我妈说等我过生日也给我煮鸡蛋。"有的说："我妈说了，等我过生日那天不打我，还不用我干活……"天知道真的假的？在那个年代过生日是没有蛋糕的。

说来也怪，不知道是从什么时候开始的，大人、孩子过生日都要订上一个蛋糕。而且越来越大，当然这几年我也不例外。随着营养学的进步，人们开始提倡低糖，一个甜美的大蛋糕只是被人们象征性地吃上一两口就不再吃了。这样一来我看倒不如从俭一些的好。

明天就是中国人的小年了，儿时外面早有零星的小鞭炮作响，而今却一片哑然。还记得我学成后曾向知情的同学打听过那个"芭比娃娃"同学的下落，知情人说她的爸爸去世了，她和哥哥随妈妈回了日本。

北京的冬天再冷，对我来说永远都是暖冬，今天又是我的生日，餐桌上依然没有蛋糕。

三、隔空对话

亲爱的小宝贝儿，估计两个月后我们才能见面，所有人都猜谜似的，等着你的到来。不管别人怎么猜，无论是男孩，还是女孩，在我心里，我都爱你。所以画这幅画留给你，希望你和你的弟弟妹妹们，还有你未来身边的小朋友都能喜欢。告诉他们，这是中国的老人画的。我不驳斥也不信仰宗教，只信仰"天道"，得道多助，失道寡助，是这个多维空间颠扑不破的真理。

理论上讲，几年以后你才能知道我是谁，但深层次的思想交流，估计需要二十年后了。说不定在这世上我们只不过擦肩而过，我并不遗憾，毕竟我等到了生命的传续，有了结果，为此可喜可贺。

我顺便可以留一些话给你，不算是什么嘱托，更不是因为我有什么想要做的事没做好交代给你去做，只是平心静气地关心一下而已！

希望你长大后读书尽量学理科，因为无论到了什么时代，天体运行规律、科学定理或计算公式都无懈可击。

中国是世界四大文明古国之一，作为中国人，要为祖国拥有几千年延绵不断的历史文化感到自豪。

我那个时代，史无前例，受高等教育时却没有自己的教材。后来到了科研所，只能去图书馆找俄文资料。有一次外国科学家代表团来访，所里派了两名世界知名的科学家接待，当介绍说一位是留苏的，另一位是留美的时候，对方代表团只是与留美科学家握了手，用英语交流。从那以后我就开始自学科技英语，后来中日友好我又准备选修第三外语，日语。其实磕磕绊绊什么语也没学好，如果强调客观，就是那时课题组比较忙，而且当时能读懂外国资料的经常被怀疑成特务，找补习教材就像找天书。啰里啰唆的很热闹，不知道的人还以为我一直都在努力拼搏，其实不过尔尔，也就现在这样的结果。

你的时代就不一样了，天时、地利、人和都倾向你这一边。所以只要肯学就尽量学好理科，将来做一名有成就的科学家，像科学家钱学森那样，做人做事要有大格局，"背负青天朝下看，都是人间城郭"。

中国历史悠久，人多，故事多，所以很有意思。可能全人类都没有十二生肖，按传统，你的生肖应该属牛，民俗说牛马年好耕田，今年又是一个好年景。所以我留给你几幅有牛的中国画，其中有一幅是临摹中国明代画家唐伯虎的，唐伯虎是明代人，他那个时代的知识分子政策也不好，所以唐伯虎一生都是很不幸的，但是他的个人天赋是不可磨灭的，比如他创作的《桃花庵歌》和他的画作在整个中华民族文化的历史长河中都是首屈一指的。

业余时间可以学一点文艺，比如绘画就很好，可以打发时间，陶冶情操，当作职业就没有必要了。因为大部分艺术都是无法科学量化的，是否有机遇或条件进入有重量级人物的朋友圈是很重要的，否则要想得到投入产出的公平很难。一位真正好的艺术家，就没有时间参与社交，能参与各种场合社交的往往也没有办法去好好利用自己有限的创作时间。比如参加各种笔会、酒会，然后互相歌颂，散会时合影留念，久而久之，人会慢慢变得浮躁，还能全身心投入到艺术创作的艺术大家不多，事实证明，很多大艺术家都沉默寡言，性格孤僻，朝不保夕，所以就字画大艺术家而言，生前默默无闻，死了以后才被世人悼念的例子古今中外比比皆是。

另外，艺术服务于大众不是去迎合大众，倘若对路人进行采访，估计一百个人里没有多少是对艺术感兴趣的，但艺术对个人修养的提高确实很重要。

发现母亲的爱

母亲就像一块"海绵"，完全地包容着孩子们的喜怒哀乐。

我过了觉头就很容易失眠，已是半夜 12：30，依然毫无睡意，本想找些书来助眠，又好像我的书堆里没有哪个能使我耐着性子去翻阅。只是开着灯，呆呆地坐在那里目不转睛地看着墙上石英钟在咯噔、咯噔……辛勤地跳动，也只有这时我才意识到这钟还是妈妈老早从哈尔滨家里带过来的，说来也有好些年了。

自我 2002 年来到北京之后，妈妈便游走在京、哈两地，每每都不辞辛苦地来回交替带东西，每次从哈尔滨站上车都要有几个哥们跟着送站才行。她随身十几个丝袋做行李，这绝不是夸张的事。其中有过重的丝袋竟要两个人提，每次给她买的车票都是软卧车厢的下铺，她却把她的软卧铺上下摆得满满的，搞得其他铺的那些款爷没有一点脾气，有人不得不无奈地另投它厢去了。

北京这边都知道老太像个老交通，爱带东西，只好提前开车进站等待。司机都没想到车里也险些不能容纳老太随身的行李。到家后搞得所有人啼笑皆非，可老太并不介意，反倒很有成就感。

我首次来北京还是 1973 年，那次初到北京我还没有买房子。是在哈尔滨那边在网上租好了房子才过来的。到北京之后才感到北京的房子与哈尔滨的房子有很大的差异，虽然简陋些但设备还算齐全，就是样样都没有我家里的东西大件。房子的外墙壁也没有哈尔滨的厚重，单门单窗的好像是住在简易棚子里。说话也不隔音，还好，如果有想学北京话的倒是容易了。

我初到北京，本来就是创业人士，也就不计较居住条件了。有条件要上，没有条件创造条件也要上。当我们要把妈妈从家里拿来的石英钟挂在墙上时却为了难，不知去哪里才能买到钉子。妈妈说："我这里有。"于是在一个做了记号的袋子里取出了钉子。司机说："没斧头怎么钉呀？""也有。"说着又从另一个丝袋里拿出了斧头，搞得大家哄堂大笑。忙到了中午吃过饭后都说纱窗也要钉的。可是当时北京松榆里的农贸市场有午休的习惯，去了市场中午是关门的。

我妈忙问："你们还找什么？"司机说纱窗需要按钉。我妈接着又从口袋找出按钉，又惹得大家一阵大笑。我却从此再不敢藐视妈妈万宝囊似的口袋们了，就现在来说，有很多东西在北京要去寻买，不跑个几十千米的道也是很难买全的。

时间转瞬过去，我看着那悬挂在高墙上的石英钟，指针正抖动着，我依然还在发呆。妈妈病了，不会再来北京了，留下的万宝囊似的口袋们早都在买过新房的装修之后，完成使命不知去向了。如今只有这块石英钟还不离不弃地跟随着我。平时我只是看看时间，时间久了偶尔给它换块电池，它准确无误、一直在规范地运行。石英钟的工作并没有引起我的重视，在我看来这不过是它应当应分的事。我从没有像今晚这样对它产生过如此浓厚的兴趣，可能是因为今夜的寂寥才使我与它的情感如此贴近。仿佛是它拉近了我和母亲的距离，引起了我对母亲的思念。是它使我在这寂静深沉的夜晚里发现了母亲那无可比拟、宽泛和永远都无怨无悔的爱。

咯噔，咯噔……石英钟默默地陪伴我走过了这个不眠之夜。我径直地看着秒针、分针与时针在抖动着向前。我猛然间醒悟了它们的抖动将会使我失去什么，我不由得想起了母亲在我有记忆时，默默做过的一切，隐约眼里滞留着几滴叫作眼泪的东西。

老二奶

村中间的枣树是谁家的？什么时间栽上的？谁栽的？不得而知。

树下有一圈石头，大小各异，色泽杂乱，共同的特点是表面光滑。

吃过晚饭，乡亲们接二连三聚到枣树下，坐在留有余温的石头上。

月光不是很好，人的面目看不清，但谁说了话或是咳嗽一声，大家就知道坐着的是谁了。

老二奶住得离枣树最近，听见有人说话，她把开关绳一拉，虚掩上门，抬起那"半解放"的脚，不紧不慢地挪到了树下。

石头上坐满了人，听三爷说："宝，给老奶让个座。"

有个孩子起来，扶老二奶坐下。老二奶坐稳了，又听三爷说："坐一会儿就回了，你咋还把灯关了。回去黑灯瞎火的，可得慢着些。"

"自己家里住了一辈子，摸着都知道哪儿是哪儿，没事。"老二奶说，"我这辈子没想到还能用上电，咱得省着点"。

三爷扭过头说："一村人不在乎你省的那点，您老没事就好。"

听说老二奶有个儿子，中华人民共和国成立前被抓了"壮丁"再没回来过，是去了台湾，还是不在了，没有任何音信。

她三十多时丈夫去世了，有人劝她再婚，她说儿子还没成人，怕受欺负。儿子被抓了"壮丁"后又有人劝她，她说不能走，走了儿子回来去哪儿找妈。

几十年的日子，熬掉了她苗条的身材，熬得她满头白发，佝偻了背。

她住的窑洞比一般的要长，可能是村里最早的窑洞。除了现住的这些老窑洞，村里别处再没有发现住过人的痕迹。究竟老窑洞有多少年，村里没人能说清。

* 作者简介：曲建波，又名金石、金水河，男，1966年生人，河南省三门峡市陕州区人。三门峡市作家协会会员。小说、散文、诗歌散见于报纸、期刊、网络。出版散文集《不死的村庄》。

村边上有棵老槐树，六七个人拉着手才能抱住。有人说，这棵老槐树是先人在此落脚时栽下的，应该和老窑洞同岁。

老二奶的门口有棵葡萄树，树干有胳膊粗，藤蔓缠在搭的木棍上，把门口罩得很严。冬天阳光还能穿进来，夏天树上的叶子把阳光挡在外面。树下有个烧火做饭的小灶台，灶台上放着一个小铁锅。她说，天好时要在外面烧火，屋里熏人。

葡萄是老品种，很少有人能叫得上名字，我吃过很多次，个头不大却很甜。谁偷偷摘了她的葡萄，她会骂人的。你去问她要，她嘴上说不让你吃，身子却动了起来，抬起头看着树上，嘴里小声念叨："叫我看哪个熟透了给你摘。"摘下来就坐在树下，看着我们这些小娃吃，笑着说："都是馋猫。"

谁不小心把一颗葡萄掉到地上，她捡起来，用手擦擦，送到自己嘴里，还要说："这娃吃个啥没成色。"

老二奶吃馍时不是拿着，应该叫抓着，五指把馍抠得很紧。她说人老了牙口不好，馍花总往地上掉，这样就不会了。不过馍花还是有掉下来的，她便捡起来塞到嘴里。

我们说不卫生，她说有啥不卫生，都是土里生土里长的东西，饿你几回就知道了。

农忙时，大多数人都下地忙碌了，老二奶独自走到村头那块大石头跟前坐上去。她坐的那块石头有五六百斤吧，她总说这块石头是从天上落下来的。然后就盯着通向沟底那条蜿蜒的路，路上并没有人。夕阳有些刺眼，还有些扎心……

桃花红

春踏着最后那点雪起步，攀上河岸的柳，柳摇曳出一片嫩的绿黄。尔后，春天相继在七零八落的田野吐艳，该绿的绿了，迎春花、油菜花开使大地多了一道金光。苍老的冬已经完整地死去，被斑斓的春彩掩埋，春以兴奋的姿态跳跃在无限生机之中。

三月中旬的一场雨，桃花谷新生了，枯燥无味的山坡被野桃树上的凌乱的花朵盖在下面。粉红色的花朵确实娇艳，少女面颊般的娇嫩，让人不敢抚摸，生怕划出一道血丝伤了不该伤的娇娆。

山桃花娇艳美丽的花形、清幽如缕的馥郁、灿若烟霞的色彩，那些杂小株矮、颜色单一的花无法与其媲美，它们缺了桃花的奔放和高大的舒展。人们对它的爱似喷涌的熔岩般炙热强烈，"桃花春色暖先开，明媚谁人不看来"。

山地脊梁兴许没有完整地赤裸过，桃树在秋风扫走最后一片叶子后，赤裸裸步入冬，历经肃杀严冬压抑，就为一春的桃红，那时心里的苦涩就为这一片浓情。

山野里的桃花，看不出半点的野性。仰起头，接受阳光，接受风雨，接受世人的目光。此时的繁华不再是羞涩的面容，怒放的生命沾染了春光的灵性，孕育世间更多的葱茏。

三生三世太久，三五个春秋十里桃花就红了。何止十里，从平的田地爬到梯田，一眼望不到头。整齐地排列，规规矩矩，有点偏差也被罩在其中。

种植的桃树，花期已到下旬，光照更加充足，气温升高，花色嫣红。田野里的桃花与人相触，行走树下惹一身春色，多了几分怡情。

轻舞枝上，芳容含笑，痴情与明媚，还有那渴望已久的清新，桃花这仙子有了自己的天空。

"千朵浓芳绮树斜，一枝枝缀乱云霞。"田野里层层叠叠的桃花成了花海，花海如潮。千万枝条，万千花开，行走花世哪敢独秀，化进去，自己一样是最美的云彩。

醉不归去，"白白与红红，别是东风情味"。情味没有完全参透，领略不出桃花的心境。与水长流，在岁月的峥嵘里梦回桃花，会有别样的风景。

很想看江南的桃花红，北方的山水阻隔，脚步迟缓会怠慢花期。不看也罢，留着梦去续写更多的灿烂。

任天翔作品[*]

古今人物对话——李白篇

我是滔滔，古今文化交流大使。今天我们要见的人，是一位伟大的诗人——李白。

……

看着眼前这个谪仙一般的人物，或许是因为想要问的太多了，竟不知从何问起。

"哈哈，小兄弟，喝酒吗？"李白醉醺醺地举起酒葫芦对我说道。

我接过他的酒葫芦，饮了一口，赞道："好酒！"

"哈哈哈，君不见黄河之水天上来……"

说完李白拔出身后佩剑挥舞了起来，剑影飞快，晃得我眼花缭乱。

"十步杀一人，千里不留行。事了拂衣去，深藏功与名……太白兄剑法果然不同凡响。"

李白负剑而立，说道："前路漫漫，吾当如何？"

我看着他的眼，说道："太白兄不是已经有答案了吗？"

"你写的诗中，剑这种东西出现过好多次了。"

"哦？小兄弟还数过？你怎么对我的诗歌这么熟悉呀？"

我苦笑一声，摇了摇头，说道："我不仅数过，我从小到大都在背你的诗。"

"啊？这么惨，说实话，我都不知道自己写过什么了。"

看着李白那醉醺醺的样子，我摇了摇头，心想："就你现在这个样子，能想起来才怪。"

为了不显得尴尬，我转移话题道："太白兄一直有一颗从政的心呀！"

"是啊，只可惜我是商人之子，不能参加科举，不然这区区科举……"

我看着李白眼中流出一丝遗憾的神情，但也只是转瞬即逝。

---

[*] 作者简介：任天翔，各种类型的知识均有涉猎，但十八般武艺样样稀松。平时更偏好文史类的作品。目前是一名非正式的小学教师，立志成为一个学富五车的智者。

"太白兄，可是心中有些遗憾？"

"天生我材必有用，千金散尽还复来……"

"是金子在哪里都能发光！"我笑道。

"唉，只可惜……"

"只可惜，你只是皇帝用来找乐子的一个工具人。"

李白听我这么一说，不禁拿起酒葫芦猛地灌了一口酒。

"安能摧眉折腰事权贵，使我不得开心颜！"

"不过，你现在不也给永王当幕僚吗？"

我说到这里，李白开始有些清醒了，他白了我一眼，说道："你懂什么，你知道前线战况吗？现在前线战事吃紧，我等愿将腰下剑，直为斩楼兰。"

"太白兄好志向，不过这永王……"

李白听我这么一说，仰天大笑道："小兄弟不必担心，我自问还是有点话语权的，我一定会劝动永王讨贼的。"

我听到这里，不禁长叹一声，说道："只是不知道你的话，永王能听进去几成，只怕他辜负了你的一片报国之心呐！"

看着我的神情，李白若有所思。

"太白兄，你不适合从政……"

"我也发现了这个问题，但，我一直有一个梦想，就是功成画麟阁，独有霍嫖姚。然后斩杀倭寇，还我河山。"

看着李白斗志昂扬的样子，我感到一丝无力感，想要去改变什么，却什么都改变不了。

"太白兄既然这么决定了，那我便不打扰你了。"

"哈，慢走！有机会再来喝酒……"

看着李白还能如此的潇洒，我不禁有些恍惚。

"人生在世……总应该坚持些什么，不然，活着将会十分空虚吧！"

古今人物对话——辛弃疾篇

我是滔滔，古今文化交流大使。今天我们要接待的穿越者，是南宋一代词宗——辛弃疾。

……

眼前的男子肤硕体胖、目光有棱、壮健如虎，活脱脱一武将形象。他的身材让他身上的文士袍显得极其的突兀。

"来者，可是幼安大人？"

"正是辛某。"

我笑了笑，坐在椅子上，说道："辛弃疾，这个名字我上学的时候老是记不住。"

"我祖父崇拜汉朝名将霍去病，希望我可以成为一代名将，便给我取了一个跟霍去病极为相似的名字。"

"原来辛弃疾这个名字是这么来的，有人还说你是霍去病转世呢！去病，弃疾……甚是押韵，同样的少年成名，一个英年早逝，一个终身坎坷。"

辛弃疾叹了口气，说道："小兄弟说得不错，我这一生，多不如意。"

"你本来应该是那驰骋疆场，奋勇杀敌的猛将，却硬生生被逼成了词宗。"

辛弃疾看着远方，对我说："小兄弟，你是怎么看我的？"

"南宋版的'战狼'呀，连追义端和尚三天三夜手刃叛徒；五十打五万，活捉叛徒张安国，还能全身而退。非武功高强且胆略过人者不可为之呀！"

辛弃疾笑了笑，继而又露出一副惆怅的神情。

"幼安大人可是在感慨……"

"是啊，身为一名将领，却无法领兵打仗，朝廷整日给我安排一些文职，这不是我想要的……"说到此处，辛弃疾拿起腰间的佩剑，吟道："醉里挑灯看剑，梦回吹角连营。八百里分麾下炙，五十弦翻塞外声。沙场秋点兵，马作的卢飞快，弓如霹雳弦惊……"

"了却君王天下事，赢得生前身后名。可怜白发生……幼安大人一生都怀才不遇，《美芹十论》《九议》，无一不是军事巨著。怎奈那皇帝偏要使明珠蒙尘。"

"那些在米缸里泡着的文臣们整天只贪图享乐，歌舞升平。不想如何收复失地。那些宋人整日饱受胡人的欺凌，他们居然视而不见。"说到此处，辛弃疾眼眶微红，双拳紧握。

"他们安逸太久了，见不得你这样整天喊着打打杀杀的武人。"

"一个个连袋米都扛不动，倒是一个个牙尖嘴利。"辛弃疾坐在石凳上生了闷气。

"凭谁问，廉颇老矣，尚能饭否？幼安大人一生都在想着杀敌报国，临终前都喊着'杀贼'……"

辛弃疾端起酒杯，一饮而尽，脸上的表情有说不出的悲戚。

"小兄弟，我大宋……"

"朝代更迭，大势所趋，既成事实，幼安大人又何必介怀。"

辛弃疾长叹一声，说道："有心杀贼，却又无能为力，这写词并非我之本愿。"

"但你是最高产的词作家，文比苏轼，武比岳飞，可能也是老天爷见你太过完美，看不下去了吧……"

辛弃疾缓缓抬头，说道："也不知，她怎么样了……"

"你说的是你的妻子吗？听闻你还会医术，曾经给留守在家的妻子写了首《满庭芳·静夜思》，九十四个字里有二十四味中药名……"

辛弃疾没有回我，他缓缓地向远方走去。

蓦然回首，那人却在，灯火阑珊处。辛弃疾婉约风格的作品不多，那灯火阑珊处的人，应该正是让这个硬汉变得柔肠百转的真正原因吧。

王晋平作品*

特殊缘分

一、初识王民杰

人世间有许多事总是阴差阳错。人与人交往，有时候也是这样，对面相逢不相识，重逢只因缘而来。王民杰是高平什善人，与我岳父母是同一个村，三十多年来，我每年都要往岳父母家跑好多趟，但一直无缘与他相识。初识王民杰是在今年，算是文友，以文结缘。

个中缘由也很简单。几年前我堂而皇之把自己多年辛勤劳作筛选出的部分作品出版了一本文学专辑《风情长平》。我连襟家的孩子俊峰平时爱读书，他知道后也想看，我就送了他一本。有一次俊峰和我说："姨夫，我有个远房亲戚叫民杰，是个残疾人，就是什善村的，也爱好文学，在高平当地刊物经常发表文章，已小有名气。我的手机微信里有他两篇文章，给你发过去看看。"我说："好啊，发过来欣赏欣赏。"这两篇文章，一篇叫《父亲那把自制的二胡》，一篇叫《心恋》。我反复看了几遍，真是爱不释手。这两篇文章感情之真挚，文笔之优美，深深吸引了我。文中写景状物，活灵活现；乡情乡味，跃然纸上；生活气息，犹在眼前。看得出还是有一定文学功底的。我闲暇时就翻出来看看，愈看愈喜爱。心想再次回岳父母家时，一定要见见他。天不遂人愿，好几次回去都因事匆忙未能得见。其间受他那篇《心恋》文章的感染，也勾起了我的思乡之情。后来就"诞生"了我那篇思念故乡的文章《浩庄乡味儿》，中间部分段落还引用了他文章中的一两处。《浩庄乡味儿》后被收入了长平公司退管中心编撰的文学专辑《醉美夕阳》中。

每年阴历的六月初六，岳父母家一年一度的庙会赶集又到了。除非偶遇特殊大事，不然，这一天我是非回不可的。家里亲戚朋友，老老少少，欢聚一堂，

---

* 作者简介：王晋平，笔名唐祯，山西省高平市浩庄人。1979 年 12 月参加工作，原在晋城煤业集团长平公司就职，现已退休。中共党员，经济师职称，大学本科学历。

热热闹闹。赶集看戏，喝酒畅饮，家长里短，莫须多叙。单说我这次来赶集多住了两日，初七上午无事，油然而生想见见王民杰的念头。我把外甥俊峰叫在跟前说："咱们去见见民杰吧？顺便给他带本书。"俊峰未加思索说道："好的，好的，咱们平时上班都顾不上，这次正好都在。咱们现在就去。"

于是，我拿了本包好的书，跟着外甥过了大街，拐进一个阅阎，又折过一条小街，俊峰指了指前面说："到了。"我抬眼一看，路旁一座三间青砖小屋，虽有些低矮简陋，但还能看得出新修不久。仿佛有些熟悉，只是以前不知其主人是谁。我们刚到屋前，人还未进门，俊峰就喊上了："舅姥爷，在家里忙甚？看谁见你来了。"只听见里边有人应了一声。我们进入小屋，眼前的这位主人公与我想象的有些不同。你看他：身材瘦弱个不高，顶谢发虚有点糟，五官不端容貌差，衣着简朴样不娇，行动迟缓移步艰，唯有精神气色好。真是应了那句古语："人不可貌相，海水不可斗量也。"谁能想到他能写出那样一手真挚动人的好文章，老天却给了他一副这样的身躯和容颜。上天不公啊！

他见我俩已进门，用手撑着身体吃力地从座凳上站立起来招呼我俩。我赶紧扶他坐下，俊峰把我们彼此的关系相互介绍了一番。我说："早已看过你的文章，我们已是'老朋友'了。"他很是热情，感觉又不知如何接待我这位不速之客，连声说道："是啊是啊，俊峰早就提起过你，我这里条件很简陋，你多担待。"也许是心灵感应，我们彼此有似曾相识之感，只是未曾谋面罢了，俩人很快就共同的爱好攀谈起来。

他说话吐字不太利落，但从他的语气中分明感觉到有一种对生活的自信、坚韧和乐观。我们从《父亲自制的那把二胡》《心恋》谈到《浩庄乡味儿》以及《醉美夕阳》，从《丹源文学》谈到《高平文学作品选》，从文学爱好谈到创作体会，从个人的生活状况谈到现行社会变革等。时间仿佛比平常过得都快，一晃就到中午了。他兴致勃勃仍显意犹未尽之意，我也颇有相见恨晚之感。借着在兴头，我便提出借几本他曾发表过作品的《丹源文学》刊物看看，他一副很乐意的样子，随即起身就要去里屋给我找刊物。他腿脚不太灵活，迈步显得很吃力，托着墙边，蹒跚地往前走。

这个时候，我才仔细打量了一下他的小屋。坐北向南，靠东一间与靠西两间用砖墙隔开，东一间里一张单人木床，靠窗户摆一张旧桌，上有一个煤气灶用来做饭，旁边是一些锅碗瓢盆和米面蔬菜。西两间经营一些烟酒杂食类，陈设很简陋。两个透明玻璃柜台内是塑料包装的吃食类，数量很少。柜台上靠墙摆着几样低价香烟，窗户旁支一张破旧折叠圆桌，可能供一些闲人休憩和玩麻将之类，仅此而已。我不禁问他道："你柜台里的货太少了，为甚不多进点呢？"

他解释说："村小人少，买东西的人不多，进多货也卖不了，现在农村里的年轻人都外出打工了，剩下的老人谁舍得花钱买东西。"从他一番话里听得出，他这个小卖铺每天的经营收入之微。不过，又听他说，现在政策比较好，政府把他立为救助对象，过年过节能得到集体的救济，他前几年盖这三间小屋的时候，就是集体给他补贴了一半费用。

这时，他已走到东边一间小屋，想弯腰到那张单人床下找东西，腿脚又似乎支撑不住。我说："还是我来吧。"我顺手撩起床边耷拉的床单，床下堆着许多杂物，看上去没有一件像样的物品。他指着一个落满灰尘又潮又破旧的纸箱子说："就是它，你拖出来吧。"我打开这个不大的旧纸箱，里面零乱地堆了一些书刊，那些书的封面都附了一层油腻和污迹。我按他指点的刊物拿出了四五本，然后又把旧纸箱稳妥地放在床下的原处。我扶着他回到了西边的两间大屋里。他说前两年翻修房子，东西搬来搬去，连书也弄成了这样。

他的生活如此简朴，我心中略生酸楚之感，间或有一种怜悯和同情。不由得叹息，人与人的生活竟是如此不同。他也许不屑于我此时此刻的感受。我思绪略顿，无以名状，翻阅起刊物里他发表的那些带着些许沧桑、凝重、深沉、挚爱而又鲜活的文字来……

俊峰不知几时趁我们交流之机悄悄溜走了。一会儿他打来电话，说要我回去吃午饭。这时，民杰带着一点歉意又不乏诙谐的口气说："不好意思啊，我是一人吃饱全家不饿，不能留你了。"这时我才意识到他现在年过半百还是孑然一身，每顿饭都得自己动手才能填饱肚子。可见生活对他总是严苛的，老天爷每天都在考验着他面对生活的耐性和毅力。临走时我把自己的作品集送给了他，并请他看后多提宝贵建议。他连连点头说："一定拜读！一定拜读！"

这就是我与王民杰的初次相识，共同的爱好和追求使我们走到了一起。但是，看到真实生活中的王民杰，我的内心被深深地触动了。在我们的生活中，有许多残疾人，他们虽然身体残疾，内心却和正常人一样。他们也有喜怒哀乐，也有生活追求。他们的条件却成了劣势，他们的付出往往不被认可，他们的苦痛都被漠视。同龄人过上了该有的生活，自己却无人问津，仿佛与大家并不是生活在同一个世界。他们在煎熬着无奈的生活。世俗中的人们往往过多地关注事物的表象而忽视了它的本质。他们在生活的煎熬中不愿向命运妥协，需要克服比常人更多的困难，才能谋求一技之长，过上正常人的生活。尤其是他们中的那些佼佼者，他们的内心是强大的，是自信的，是非凡的，人生也必定是辉煌的、传奇的，我们怎能不为这些人坚韧不屈的精神投以赞许的目光呢？

王民杰就是这样的人。正像他所说的那样："我是个残疾人，生长于丹朱岭下的一个小村庄，没见过什么大世面，又是个初中毕业生。却不知天高地厚地喜欢上了文学，而且一喜欢就是三十年，而这三十年也让我饱尝了人生的酸甜苦辣。"无论生活怎样艰难，他都没有放弃文学，并享受着文学带给他的快乐。在文学的世界里，他忘掉了生活的烦恼。文学给他的生命注入了新的活力。

他曾在自己QQ的个性签名中这样写道："坚守寂寞，享受孤独，将无奈进行到底！"他说："这虽不能说是我的座右铭，更不能算是我的人生格言，但最起码能看出我的生活态度。也许我这一生注定要孤孤单单走一程，但只要选择了信念，无论它多么艰难、多么坎坷，我都会将那些生活的无奈化作快乐去坚持、承受。"这就是我认识的王民杰，身残志坚、笃行无二。

王民杰已是高平市作协会员，在《丹源文学》发表过小说、散文、诗歌等多篇作品，像小说《老董》、散文《一双未纳完的鞋底》等都是优秀之作。他"在激情的歌唱、生命的颤抖、音韵的旋律中成就了作品的美质和品格。他的作品中确有一些传统名篇的遗风和踪迹，这是最难能可贵的"。因此，他的文章经常受到编者的褒奖和赞赏，诸如，"文创表率""文学天使""心灵的重塑者"等，可谓是高平文坛冉冉升起的一颗耀眼的新星。

我为结识王民杰甚喜，也衷心祝愿他今后在文学的道路上越走越远，写出更多佳作来。

二、莫大的遗憾

戊戌年（2018）的冬天格外的冷，进入十一月，又传来一个噩耗：王民杰走了，永远离开了这个世界。我听到这个消息非常震惊！我简直不敢相信，一股冰凉袭上我的心头。还是盛夏六月去什善村赶集时初识王民杰，当时并没有觉察出他有身患疾病的症状，才短短的几个月，就变故这么大。听说他得的是肝癌，住了一个月医院，病魔就无情地夺走了他的生命。初识王民杰，他给我留下了极深的印象。他既热情又友善，我们彼此推心置腹，有种一见如故之感。他虽是残疾人，但酷爱文学，是文学点燃了他生活的希望之火。他拖着残疾的躯体，用顽强的毅力克服了常人难以想象的困难，写出了很多脍炙人口的佳作，丰富了我们的精神生活。可是他似一颗流星倏然而逝，永远离开了我们。没想到，那次初见却成了唯一的相见，也成了诀别。这是人生最大的无奈与莫大的遗憾！我顿生世事无常、人生无常之感。

他走过了五十三年的人生里程，他用顽强和坚毅谱写了一曲凄婉而慷慨的人生之歌。也许他解脱了尘世的繁杂，回归到了一个自然的王国。他在有生之年完成了他应该完成的事，顺应自然之道，方可安息了。这也是后来同人最期望得到的心灵慰藉。

呜呼哀哉！谨以此文代祭，愿君一路走好！

三晤昙花

一个美好的愿望，在我心中已经深藏了一年，或者说是已经期待了三百六十五天。去年恰逢中秋，我与那株昙花在香滨蓝山巧遇，结下了一段难解的情缘。这中间又应我的文友小百相邀，一定要在翌年之秋一起前往此地与昙花面晤，喜看一年一度的花开时刻。因为昙花素有"难得花开，花开一现"之奇称，又因为没见周围别处有栽种昙花的地方，比较稀罕，所以"巧遇""恰逢"之事都是因缘而来。

今年预计那株昙花在中秋时开花，只是不知哪日了。我心里早在期待着。

一位是昙花使者，一位是相邀约见昙花的友者，还有一位那就是昙花了。你可以想象，三方相聚时刻，金秋美景，花好月圆，情谊融融，那该是一个多么美好的场景和一种令人难舍的情结呀！

三晤，一晤是二十年前有《昙花》，二晤是去年有《又见昙花》，三晤也就是今年这一次了。三晤之前有个交代，我去年与昙花相晤后，由于我家临时从城里香滨蓝山搬到了城区所管辖的一个矿区居住，冬春夏秋，风霜雨露，工作缠身，百般事务，因此，我没能抽时间去观赏那株昙花。正因为这样，我那种迫切去看昙花盛开的心情更加不可抑制了。

今年国庆节、中秋节同天相逢，又是一个长假期，十月四日那天，我有空去香滨蓝山家里取所用的物品，心想：正好顺路多转个圈就能去那株昙花生长的地方，虽然小百没来，我先打个前哨探个究竟，等回去再邀小百一同来观赏。

一进小区，我就迫不及待去探望那株昙花。一边走一边想着它是否还像去年那样可爱娇美？是否正在吐蕊绽放？是否还记得我们之间点点滴滴的缘由情愫？我想它会知道的，因为它是有生命活力的，有生命活力的东西都是有感知能力的。

愈来愈近，我都有点急不可耐了。我瞪着一双近视眼往前探看，还是那片小园地，还是那个角落，分明没有找错地方。

可是，可是……一种莫名的感觉悄然袭上心头，眼前的景象让我不知所措。我踟蹰着走近昙花原来生长的地方，看见那里留有一截萎缩的茎根，周围还有一小圈圆圆的土堆，旁边一棵小树孤零零在秋风里摇动着，好像在招手向谁呼喊着，想述说昙花曾经的过往……我一时愕然，不相信眼前会是如此的景象。怎么了？昙花到底遭遇了什么？是有人把它另移别处，是无意中受人践踏，还是遭受雨雪风霜的侵害而夭折？想询问个缘由，旁边又四处无人，临近的住户房门紧闭，不见人影。我在原地东瞧西望，来回转了几圈，心情忽有那种一下坠入深渊的一落千丈之感。

看不见那株曾经娇艳的昙花，使我一年来的日日期盼一下子化为泡影，仿佛托着的一块精美华丽玻璃顷刻摔在了地上，成了一片碎渣。我不由得感叹，真是世事变迁出人意料，"沧海"似乎瞬间变为"桑田"，让人怅然若失。我默默问自己，那种寄托着美好和情谊的相邀之约又何时能圆？

我在想，我这种一味等待去看昙花盛开的呆笨之举似有"守株待兔"那种滑稽可笑之态，可见巧遇是偶然，失遇才是必然。生活中是不是每个人都有如此类似的"打击"在考验着你对生活追求和向往的那种坚毅和耐力？

我怔怔地站在那里，迟疑了半天，然后拿起手机拍下了三张实地图片。我似乎忘记了去家里取东西，随手给小百发了一条消息，告诉其昙花的目前"遭遇"，并把图片连发了过去。

小百好像手机随时都拿在手里，短信秒回过来："是真是假呀？怎么回事呀？我正寻思着这几天和你一起去观赏昙花呢！一时没和你联系。昨天我还重温了你去年写的那篇《又见昙花》，谁料今日就得此消息，真是太遗憾了！"

我接着回复道："在心中珍藏了一年的期盼就这样悄悄流逝，看来很多事情总是在不知不觉中消失，有得有失是自然法则，只有心中之花才会永开不败。"

过了片刻，小百又发来短信，很有感触地说："缘分天注定，万物不强求。这可能是冥冥之中上天安排的一份有缘而又无法再见的美好记忆吧！"也许老天不想让我们见到昙花，是不想我们会触景生情想到那个美丽酸楚的神话故事给人留下的无奈吧！尘世间一个"缘"字，包含了多少情感，承载着多少遗憾。世上有多少无缘之缘，都只能擦肩而过。缘分是一种天意，只要来过就无憾，只要相识过就知足。

我脑际闪现出一句哲理，马上回复道："是啊！走过四季，叶落知秋，美好也许不是全部的拥有！"

小百短信比我回得还快："昙花让我们都如此感叹！你三晤昙花，次次不同，各有所获。我现在忽然有个想法，想亲手栽一株这久负盛名的昙花，亲自观赏体验一下这'月下美人'花开花落的过程!"

我接着回复过去:"你这一说,我倒有些惭愧!我自称是昙花使者,却见不到昙花踪影,自己何不寻思择一良地,去栽种许多昙花,一来可以邀挚友,二来可让更多喜爱昙花的人们观赏到它娇美的容颜以及感悟它那高洁的品质。"

小百赞许地回复道:"很好!很好!只要心中种下希望,相信美好就会有。"

我很欣慰地说:"那就让我们期待着能够拥有的那些美好吧!"

此时此刻,我已经释然。临走之时,我望着脚下那片小园地,内心为它曾经哺育过那株昙花而致以深深的谢意!

那天晚上,我做了个梦。梦见我游历各地山川,来到一处美丽的地方,周围山峦秀美,风光旖旎。我在那里亲手种植了一大片昙花,凌晨时分,昙花竞相绽放,娇美可爱,蔚为壮观。谁知小百也闻讯赶来,并为这美丽的昙花浇灌呵护,付出了辛勤的汗水。而后我们共同盖起了一座漂亮别致的小屋,在阳光的照耀下,处处散发着金色的光芒。不知何时,此处的盛景传到了天庭,玉皇大帝便派天宫大臣下凡降旨,旨意大约如下:天有所德,地有所载,爱花之深,护花之勤,为人所感,特赐封我为昙花真朴大善使者,赐封小百为昙花兰若小依使者,小屋赐名为阳光小屋。借此,告知天下之人,曾经韦陀与昙花之传说,纯为凡间讹传,不符天规,以清所闻,以正清源。红尘之事,有缘相惜,多自珍重。万事万物,无常有常,天地自然,永世皆好!……我深深陶醉在甜蜜的梦境里,感觉全身上下都渐渐融化在碧落蓝天之中。

我醒来后,回味着梦里的点点细节,遂一一铭记在此。

正所谓日有所思,夜有所梦。这是我心中的一个美好愿望,我想把这个美好的愿望告诉所有的人,愿美丽的昙花为我们的生活增添一份美好!愿爱惜爱恋昙花的人都将成为"神圣"的昙花使者!

踏雪

戊戌年（2018）的冬天，王台显得格外冷。从立冬到大寒，整个冬季吝啬地飘了一两次雪，却慷慨得把酷寒和干燥肆意挥洒在人们生活的犄角旮旯儿。

己亥猪年（2019）已经来临，春节的喜庆和祝福似乎感动了上苍，初三之夜，雪神悄悄来临，铺满了整个大地，田野里麦苗欢喜地盖上了一层棉被，空气变得清新无比，人们阴郁了一冬的心情开始活跃起来。十几厘米厚的雪层使道路泥泞难行，路上的车流一时少了几分喧嚣，人们喜雪的气氛却热闹起来。

公共场所、人行道上陆续有人开始清雪打扫，为人们出行提供便利，为户外凡是能活动的场所增添了许多的乐趣：有在屋外堆雪人的，有三三两两打雪仗的，有健身跑步的，有几人相约外出划雪橇的，有家人带着小孩去玩雪的，还有人在手机朋友圈里晒出各种自制的雪景相册……总之，大街小巷、男女老幼都在传递和享受着有关雪的喜讯。

前几天的雪还未融化，初九又飘飘洒洒下起了第二场大雪，给欢乐的新春佳节更增添了几多料峭。

微信里一首小诗是这样描写的：是冬负了雪，还是雪背叛了冬？你本该是冬的伴侣，却跑来做春的情人。人们该赞美你的热情奔放，还是该指责你的水性杨花？你若与冬同行，或许会更幸福美满些，因为冬用它的温度延长你美丽的生命，你却在春的天地里潇洒飞舞，阻挡了春与雨的恋情。连雪都移情别恋了，这是哪方世界？

这诗写得是不是既有几分俏皮又颇有几分深意？

我午睡起来，坐在阳台上品着香茗，望着窗外漫天的雪花，也抑制不住欣喜的心情，就邀爱人一块去外面踏雪，爱人欣然同意。

于是，我们穿戴好防雪服，蹬上高脚鞋出发了。

迎着纷飞的雪花，出了小区门，顺着公路向东而去。脚下的积雪已经没过了鞋面，我们深一脚浅一脚地相携走着。路旁的树枝树梢上挂满了雪，路边的绿化带都披上了一层厚厚的雪衣。公路上不时有几辆出租车缓慢地驶过，防滑链碾压着积雪发出"嚓嚓"的响声。远处偶尔有几只不甘寂寞的小鸟在婆娑的雪花中飞去，落在电线杆架设起的电线上叽叽叫。爱人陶醉在这雪景中，不时地让我给她取景拍照，口中啧啧赞美："好大的雪，真是一种享受呀！都说下雪不冷消雪冷，今天又无大风，果真不错。不来踏雪赏景，真是太可惜了！"我只是忙活着为她拍照。

越过公路，来到田野雪道上。雪花不时地飘落在脸上，略感一丝凉意后，它霎时就融化了。肩上转眼就落了厚厚的一层雪花，我们一边抖落雪花一边向前走去。前面是一望无垠的田野，地里早已覆盖了一层雪被，麦苗躺在雪被下暖融融地做着来年丰收的甜梦。或近或远处也有三三两两的人影在踏雪，还有一个老者在路上慢跑，冰雪泥滑丝毫没影响他锻炼的热情。我们踏上一个较高的地塄，放眼望去，雪花弥漫了整个天空，漫天舞动着、变换着姿态，使人眼花缭乱。远处已经看不清村庄和山峦，雪雾茫茫连成一片，蔚为壮观。真是："洒洒潇潇裁蝶翅，飘飘荡荡剪鹅衣。团团滚滚随风势，迭迭层层道路迷。……丰年瑞祥从天降，堪贺人间好事宜。"

我们特意寻着无人来过的雪地，踩踏出两行深深的脚印，回头看去真是有趣极了。踏雪的乐趣使我们似乎忘了一切烦琐尘事，心情轻松愉悦了很多。

雪中赏景不像雨中淋人那样的尴尬。雪中赏景的迷人之处在于全身心融入了飞舞的雪花之中，仿佛自己也变成一片片轻盈洁白纯净的雪花，蹁跹飘落，悄无声息浸入那土壤之中，滋润着万物，奉献出了一曲盎然的生命之歌。它的过程是美丽的，它的品质是纯洁的，它为孕育新生命注入了不竭的源泉。

我不由得想起苏轼的诗句："雪花飞暖融香颊。颊香融暖飞花雪。"还有李白的赞雪诗："瑶台雪花数千点，片片吹落春风香。"晶莹的雪花，不仅使人们看到了白玉无瑕的新景，还能使人们感到春天的亲近和新年的丰兆。我也许受诗人的感染，诗兴渐发，酝酿几句，以抒胸臆：漫天舞飞花，洁美似絮纱。飘洒赛鹅毛，迎春到万家。

我们一下午在雪天中尽情玩了个够，真正尝到了踏雪的乐趣……

王玉亮作品 *

五月槐花香外溢

轻风瑟瑟，细雨霏霏，昨夜一场初夏的和风细雨，淅淅沥沥，像款款而至的浣女，将岛城的红瓦绿树再次装扮得分外清新。窗外的空气中，更是添加了些许的纯清与凉爽，而清晨那缕雨后的阳光，穿过潮湿的空气，散发出阵阵迷人的草本清香，煞是诱人。

伫立窗前的我，透过玻璃凝视着外面的世界，也随之迸发出想要放飞的欲望。此时此刻，此情此景，若能约上几个好友，带上悠悠寻美的渴望，或游山或玩水，应该是一个不错的选择，至于要去什么地方，突然想到了曾听一个朋友说过，象耳山公园是个较好的去处。

资料显示，象耳山公园位于青岛市崂山区与李沧区交界处的银液泉路东，原址为枣儿山，李沧区修缮翻建为枣山公园，后改为象耳山公园，是 2017 年竣工开园的，之所以被称作"象耳山"，是因为康有为当年观此山形似象耳，并将其墓穴选址于此而得名，据介绍，公园总面积为 36 万平方米。

我们一行四人刚刚走近公园大门，"象耳山公园"五个石雕大字映入眼帘，看上去特别的大气、张扬。公园里面的景点不是很多，有儿童乐园、国学文化广场、康有为墓原址、康桥、观景楼等，但整体环境相当幽雅，植被覆盖率极高，一褶又一褶，一层又一层，重重叠叠的。

可能是昨夜小雨的缘故，这里给人的感觉特别的清爽又舒心，空气中充斥着的负氧离子，令人心旷神怡。我们边走边聊，肆无忌惮地享受着这"世外桃源"的舒缓与悠闲。谈笑中，时而拾级而上，时而曲径通幽，开阔处不失娟秀，幽静又不失豁然，这样的感觉特别放松、自在。

忽然，随着一阵微风扑面而来，一股淡淡的清香飘然而至，毫无准备的我们不知其所以然，瞬时迷茫，刹那间又有些陶醉，在迅速清思绪后，环顾四周，

---

* 作者简介：王玉亮，山东省青岛市人，65 岁，中共党员，大专学历，山东省散文学会会员。

然那空气中，到处都弥漫着这种味道，淡雅、幽香，沁人心脾，好生惬意。这是哪里呀，传说中的仙境吗？原来，在不经意间我们居然靠近了一片槐树林，这些让人无法抗拒的淡雅清香就环绕在这片林子里，其香源便是槐树上那一串串恰似梨花白的槐花，香熏十里，陶醉其中。

然而，置身于大片的槐树林，尤其还在幽幽清香的环绕中，我竟然也会见异思迁：这突然而至的香风，不禁让我联想到了小时候下海挖蛤蜊时的情景，那时候每到海边，就会飘来一阵阵的海风与海水搅拌着海泥散发出的特殊"腥香"，也是这样扑面而来，也是这样猝不及防，让我如何不陶醉。

槐花也叫洋槐花，它是一道大众美食，蒸着吃、拌着吃均可，而最佳吃法无异于包包子，槐香饶舌，回味无穷。据说槐花还有清热、止血、平肝、泻火的功效。槐花一般多是在每年的四五月开花，花期只有 10~15 天，花期很短，当花期一过，便会自然凋零，从此香消于沙泥中，所以采摘槐花要及时，如若不然，就会错过这道上好的佳肴。

香诱人心，我心飞翔。望着那一串串洁白如玉的槐花，就那么垂吊着，晶莹剔透，左右摇晃，珍珠似的挂满枝头，任你如何的深沉，都不会无动于衷。看那槐花"欲言又止"的样子，似乎在向人们诉说着风雨中的无奈与恐慌，宁愿做一道餐桌上的美味，也好过被枝条抛弃而腐败于荒野。

如此这般的情景，我们不需再有半分矜持，也不管这花是开在路边还是林子中央，只要喜欢，皆收入篮中。由于没有做过多的准备，所以，我们每人只采摘了一小包，享受一顿猪肉槐花大包子还是绰绰有余的，也算是满载而归吧。

当然，吃包子不吃包子，还在其次，重点是邂逅槐树林，偶遇槐花香，享受了过程，收获了开心。而且还欣赏到了这座新生公园的风光，今天也算是不虚此行了。至此我与槐香有个约定，待你来年再烂漫，我们不见不散。

绿色的记忆

时光荏苒，岁月如梭。仅恍惚之念，便被时光的快车带进了花甲之年。人老了总爱怀旧，最近脑海中总是涌现出小时候的一些情景，画面掠过后，翻开电脑，急切地敲击键盘，于是，儿时的痕迹便被逐渐放大了。

四十多年前，我住在沧口海边一个叫炼铁宿舍的地方，像个小渔村，旧时代叫南日钢，就是现在青岛火车北站的坐落地，背靠胶济线，面向胶州湾，全宿舍一共有六百多户人家，分为五个大组，一大片都是老平房，大家共享一个粮店，一个煤店，一个菜店，一个百货店，两个自来水供应点，还有一个理发店。生活虽然平淡却也有滋有味，邻里之间很和睦，老少爷们儿都合群。当时那海边可漂亮了，阳光照射之下，湛蓝色的海水抚慰着金黄色的沙滩，如画境一般。

每到夏天，海水满潮时，我们就可以站在过膝的海水里用自制的鱼竿钓鱼。鱼竿很简单，就是用一根两米左右的竹条子，拴上三米多长的尼龙线（我们叫水线），线的另一端绑上铅坠（若没钱买铅坠就用小螺丝帽代替）拴上鱼钩再挂上鱼食，就这么甩出去，一会儿就有鱼儿咬钩了，急切地收钩提线，一条欢蹦乱跳的小鱼儿，就这样扭动着华美的腰肢被收入囊中，着实其乐融融。

有时小伙伴们在海水里站成一排，每个人都手握一根钓竿，斜背一个网兜，画面十分可爱，又特别滑稽，非常有趣；海水落潮时，又会裸露出一望无垠的泥滩，泥深只到脚踝，可以随意地下去挖蛤蜊，我们叫"下海"。还有香螺、泥瓣、扇贝之类的，偶尔也会有琵琶虾、红蟹等，每下一次海就有颇丰的收获，这些可都是纯野生的。

在那个生活拮据的年代，"下海"不仅能够尝到可口的鲜味，还可以补贴家用，可谓两全其美。如果是夜间落潮，那就更有趣了，每人在腰上绑着一根绳子，后面拖着一块长方形的薄铁皮盘子，我们叫它"轱辘马"，上面放个篓子，手里再提上一个自己焊制的嘎斯灯就可以去"下海"了。

嘎斯灯是一种照明工具，这玩意儿就连70后都很少有人知道，它大概是20世纪60年代末70年代初的产物。装在里面的嘎斯石其实就是碳化钙，遇水就能发生激烈反应，生成乙炔气体，极易燃烧，火苗雪亮，风吹不灭，我们就用它照明挖蛤蜊。

夜色下的海滩上，远看有跳动着的点点灯火，似荧光载舞，近瞧是劳作者的身影，如生活画卷，好美。我们边聊天边挖蛤蜊，同时还"品尝"着微风中夹带着的那股浓郁的海鲜味，那种累并快乐着的惬意让人无法忘怀。

挖满一篓子蛤蜊回到沙滩上小憩一会儿，我们就用嘎斯灯烤蛤蜊吃，那蛤蜊被灯火烤得吱吱作响，特别的悦耳，吃到嘴里那种原始的鲜美味道，至今回味起来都要流口水了，贵在美中带趣，还连带着驱赶疲劳……

遗憾的是，这般无比的美好没有再让我们享受多少年，后来慢慢海边的垃圾就多了起来，再加上相继涌入的污水、杂物等，硬是将美丽的海景糟蹋得面目全非了。我们梦幻般的"绿色家园"被撕得粉碎。沙滩也不金黄了，海水也不湛蓝了，蛤蜊也死了，鱼儿也跑了，一切都变得那么无奈……

随着时代的变迁，社会的变革，往日的不堪已掩面而退，如今展现在我们面前的已是现代化大都市的壮观与宏伟，让人倍感欣慰。

回味儿时乐趣，我们也在思考，保护环境，留住绿色，美，就是你的。

闲游烟墩山

在四流北路南段的西侧，有一个占地 9.6 万平方米，只有 63 米高的小山头，看似名不见经传，但在青岛的历史长卷中是不可或缺的。在那个狼烟四起的年代，它外防倭寇，内抚民心，为青岛的军事防务发挥了举足轻重的作用。而中华人民共和国成立后它又身披彩装，笑迎八方来客，为市民的休闲娱乐与健身提供了一个极佳的活动场所。它就是被青岛市政府命名的老青岛十大山头公园之一的"烟墩山公园"。

烟墩山，亦属崂山余脉，位于李沧区西北部的汾阳路，西邻胶州湾，东靠胶济线，与对面的娄山隔路相望，遥相呼应，俨然一道天然屏障，两山之间的四流北路，那可是当年陆路进出青岛的唯一通道。这个幽静之处，不似其他有名望的公园或大型游乐场那样游人如织，人头攒动，这里僻静淡雅，谦逊低调，由于被现代化楼群所遮挡，是很难被发现的，这似乎是一个被忽视了的宝藏式景点。

有人说，一入秋才知道风景有多美。周末，乘着初秋的清爽，我再次来到了烟墩山公园。进入东大门，首先映入眼帘的是一对可爱的石雕小象，两个小家伙憨态可掬，相对而视，寓意着"吉祥"，愿天下人都能吉祥如意。这里环境优雅，空气清新，几十条古朴的石板路由碎拼石道板、花条石、鹅卵石及四角块等石料铺就而成，蜿蜒俏皮，曲径通幽，行走之上，非常舒适轻松，而掩映在树丛中的共计 4050 米的主干路和游览路，分别从公园的东门和南门经"九曲十八弯"一直延伸到了山的顶端。这里最惹眼的基调就是绿色，就连空气中都充斥着绿色、惬意与悠闲，游客们谈笑之间拾级而上，尽情地享受着大自然赐予他们的勃勃生机，一路上芳草萋萋，绿树成荫，林间那沁人心脾的清香扑鼻而来，不经意间就会涌入人的灵魂深处，让你陶醉其中，不能自拔。

烟墩山，可谓是英雄山，它的历史贡献亦不可小觑。600 年前的明永乐初年，东南沿海一带常有倭寇来犯，为抗击倭寇，即墨（地名）特设"一卫两所"，即鳌山卫、浮山所、雄崖所，在其辖境内共筑烽火台42座，而烟墩山便是其中之一。山顶建有烽火台，并设驻军严阵以待，遇有倭寇来犯时，白日举烟，夜晚燃火，以示"情况危急"。因烽火台俗称烟墩，"烟墩山"故此得名。据说，举烟燃火的同时，还要放火炮，烟火和火炮的数量还有特别的规定：来犯之敌在百人上下放一烟一炮；五百人左右放两烟两炮；千人以上放三烟三炮；五千人以上放四烟四炮；万人以上放五烟五炮，警钟长鸣，坚拒倭寇于"山门"之外。

由于常年战火不断，山上几近荒芜，中华人民共和国成立后，广大群众积极响应政府号召，多次组织上山植树，植被得到了较好恢复。1984年年初，市政府决定封山三年植树建园。由市商业局、园林局联合规划设计方案，由青岛市纺织工业总公司及其下属企业集资承建并承担植树任务，同年三月开工，大张旗鼓植树造林。根据土质分析，以种植刺槐和黑松为主，又自然配置多种花草灌木，使整个山体的绿化覆盖率达到了93.07%。于1986年7月，被市政府正式命名为"烟墩山公园"，同年10月建成并对外开放。

园内风景以青山绿树和蜿蜒小路最为诱人，特别是林间的石阶小路，条条相通，犹如长绢飘逸，好似纱袖飞舞。山上的亭廊景门、石桌石凳、儿童活动场所等，有序地坐落在山体的不同之处，若隐若现，风格各异。在公园南门石阶路顶端的小平台之上，端坐着由青岛市纺织总公司赞助援建的高达一米半的黄道婆雕塑，她垂目凝思，万千遐想。这位黄道婆是我国古代的一位织女，堪称中国纺织业的一代宗师。

而在东南坡的半山腰处，有一个圆形石砌拱门掩映在山林之中，门楣上呈浅绿色的"烟墩山公园"五个大字，与整个山体浑然同色，相得益彰，这是由青岛市著名书法家修德先生题写的园名，并在左右两侧分别题词"烟笼绿荫静，墩辉碧树高"，拱门看上去清淡素雅，文化韵味浓郁，山中的石阶小路恰好从门内穿行而过，一幅"山隐"画卷立刻呈现在眼前，让人瞬间感受到了诗韵之美。

在烟墩山的主峰，当年的烽火台已无踪迹，现建有一个直径6.2米的观景亭，沿四十一级螺旋状楼梯直通顶端，四周敞空，廊柱间以长条凳相连，可供游客小憩。立于观景亭之上，丝丝清风送爽，顿感舒适惬意。抬眼望去，胶州湾波光粼粼，跨海大桥气势磅礴，转身回望，对面就是楼山公园，环顾四周，老沧口地区的景致，一览无余。

其实，这个地方比较适合傍晚时分过来，茶余饭后散散步，手挽老伴，哼个小曲，于林间小道漫步，悠然洒脱，心旷神怡。然后来到观景亭，沐浴着大自然的习习清风，眺望着远处的潮起潮落，欣赏着夕阳那绯红的脸颊慢慢掩入海平面之下，好一个赏心悦目。那一瞬间，你还会有什么不如意吗？什么生活的烦琐与嘈杂，什么世间的纷争与不平，全部被抛到了九霄云外。

如今，烟墩山的烽火已熄灭 600 多年，经过政府的一番精心装扮，一袭红装代戎装，犹如深情女子，默默地守望着美丽的胶州湾，守望着美丽的大青岛。

严慧勇作品 *

急性肾炎

高一时，我迷恋上了打篮球，一天不摸，手就痒痒。这也许是受父亲的影响，他本身就是县医院篮球队队员兼任队长，还曾被县体委看中，做过篮球裁判。由于工作出色，县体委曾奖励父亲一个新篮球作为纪念。而且我所在的家属院里就有一个篮球场，有球又毗邻球场，玩起来自然就方便些。

1975 年，暑假的一天，烈日当头，热浪滚滚，下午三点多，我又抱起篮球出门了。奶奶跟在我屁股后面直嚷嚷："淘气鬼，不要命啦，这么大热天还跑出去干什么哟，等太阳落山了不行呀？"青春期的孩子有逆反心理，长辈越是啰唆，越是反其道而为之，我又好胜，一心想要学什么就拼着命做。也就 20 多分钟吧，我感到尿急便去了围墙边的公厕，解手时，低头看到小便颜色有点不对，像酱油似的，但也没多想。又练了一会儿，还是顶不住烈日熏烤，我只好悻悻回家。

奶奶看到我浑身是汗，心疼坏了，赶紧舀水拿毛巾给我擦洗，嘴里还嘀嘀咕咕一个劲儿地埋怨。都说隔代亲，奶奶特别疼爱我，我调皮捣蛋，受到父亲的训斥，都是奶奶护短。倒也奇怪，只要奶奶一开口，父亲就偃旗息鼓了。我只好撒娇似的对奶奶说："知道了，有太阳就不去了呗。奶奶，刚才解小便尿出来的好像酱油一样，从来没有过的。"这下，奶奶似抓住了把柄，又唠叨了好一阵子，意思是天这么热谁叫你出去晒太阳。

吃晚饭时，奶奶当着父母的面，把下午的事情抖了出来。父亲说："妈，小家伙好动，适当玩玩也没什么事。"母亲冲着我说："听奶奶话，大热天别打球了，你不是喜欢画画嘛，天凉快了再去练吧。"母亲说得有道理，我只好"嗯"了一声算作应付。

---

* 作者简介：严慧勇，男，1958 年生人，祖籍浙江象山。1986 年动笔写稿，迄今已在报刊发表各类文稿约 300 篇。已出版个人文集《给夕阳加道光环》《文峰塔下那片绿荫》。现为浙江省象山县作家协会会员。

父母虽说都在医院工作，但都不是医生。父亲在政工科分管人事和后勤，母亲在挂号室。第二天一大早母亲去上班后，闲时聊天，同事都在谈这个天气，像个大烤炉，母亲不经意笑着说了一句："是哟，这几天天真热，我家小孩每天晒太阳去打什么篮球，他奶奶昨天说，小家伙小便都成酱紫色的了。"说者无心，听者有意。挂号室有位同事和母亲关系比较好，她老公是医院化验科医师。她当即接茬道："老王，天热也不至于小便会严重变色吧，可千万别麻痹大意，最好是现在就去化验一下，反正很方便的，我家老杨今天正好上班。"听到同事这么一说，母亲的心一下子咯噔起来，急忙赶回家硬生生把我拽到了化验室。杨医师知道原因后对母亲说："老王，你先去上班吧，化验结果出来得段时间。"母亲随即表示谢意就走了，我把尿样交给杨叔叔后也回去了。

大约 10 点，化验室杨医师拿着化验报告单，急匆匆来到挂号室，还没进门就喊："老王，老王。"走到门口有点气急："老王，小家伙情况不太好，根据化验结果，孩子是急性肾炎，病情挺严重的，各项指标加起来有 8 个加号，据我了解，建院以来我县得此病的最多也只有 7 个加号……"还没等杨叔叔说完，母亲的脸瞬间变了色，说话也语无伦次："老，老杨，这可咋，咋办啊，孩子还，小，小呢。"杨叔叔安慰道："老王，也别急，急性肾炎来势凶猛，但只要掌握有效的治疗方法，恢复得也快，最主要的问题是千万不能转为慢性，那可就影响孩子一辈子了。"母亲此时更加控制不住，开始抹眼泪了。杨叔叔接着叮嘱说："一是赶紧叫小家伙停止一切剧烈活动卧床休息。二是绝对禁盐，不能吃带有盐分的任何食物。三是立即叫孩子来门诊，医检后打青链霉素，绝不能耽搁。"最后杨叔叔补充道："好在，都是医院家属，有这个条件，老王，孩子每天必须进行一次尿检，千万，千万记住。"

母亲风风火火回到家叫我时，倒也显得十分平静，她怕奶奶受不了："儿子，你小便有问题，赶紧去门诊复查。"奶奶问什么病，母亲说晚上再讲吧。我跟随母亲来到门诊复查，当班医生已拿到了化验单，他也吓了一跳："乖乖，老王啊，白细胞、红细胞、尿蛋白、血红素、血小板等加在一起竟有 8 个加号，打破我们医院历史纪录了呀。"常规检查后，医生开了处方，母亲拿了一大袋药水便带我去了输液大厅。母亲把我安排停当后，嘱咐说："别乱动，我去告诉你爸爸。"

晚上吃饭前，母亲才把我得病的事情告诉了奶奶，奶奶一下子也蒙了，一边拭泪一边说："这孩子命真苦，咋会得这个病哟，这在我们当地农村叫'腰子病'，长大了是不能结婚的。你们俩都在医院，不管花多少钱一定要想办法把孩子的病治好，不然以后怎么交代啊。"父亲劝慰道："妈，你放心，大家都很关心，我俩会尽一切努力的，医生说了，这个病来得快好得也快，只要不转成慢性的，不会影响他以后的生活。"母亲接着又把上午杨叔叔交代的事情告诉了奶奶："知道您心疼孙子，但从今天起，菜要另炒，千万不能放盐，不行就以甜食为主。"老人家似乎明白了什么，难过地点了点头。

每天吃甜食，我刚开始倒也没什么，后来就感觉越来越不对劲，但也没办法，知道这种病的严重性，我也只能听从父母的安排。要命的是，第三天父亲抱回来十多服中药，在家用砂罐熬中药给我喝，怕我嫌药苦有怪味还教我怎么一口气喝下去。起初，咬咬牙我也能喝下去。但这个中药不像其他中药熬成后为清汤，还要在药汤里加滑石粉，汤药像稀粥一样，特别难喝，几次都不想喝了，父亲又拿出他的看家本领，把桌子一拍，眼睛一瞪："不行，再难喝也要喝，不听话要挨揍的。"打针吃药，吃药打针，天天甜食，天天卧床，停学休课，现在想想，我还真不知那段苦日子是怎么熬过来的。

多亏了父亲的严厉，一星期后，化验单上的加号开始减少，这至少说明病情得到了有效控制。但化验室的杨叔叔依旧每天重复那句老话："老王，万万不能掉以轻心。"你说父亲严厉吧，但在我得病这件事情上显得特别柔弱。他曾写信给原农场一位要好的场医，想听听老同事的意见，10多天后父亲收到类似麻袋大的包裹，里面有封回信："老严，得知小孩重病，知道您二位心里挺着急，我也一样，我根据经验又查阅一些医书，上山采挖了一部分中草药，熬水给孩子喝，一定会减轻病情的。"我因长时间没吃盐，身体开始浮肿，父亲又心疼起来，写信给上海的一个老战友，叫他在上海买些食盐的替代品，上海的董叔叔果然寄来了两瓶类似酱油的肾病专用调味品。父亲听人说，茅草根熬汤喝可以辅助治疗，每天又去田野路边拔茅草。

母亲特别善良。记得有天早上母亲陪我打完吊瓶回家，刚走到医院大门口，我突然眼前一黑，一下子失去了意识，人休克了。等我醒来时，人已经躺在了挂号室里。从那天后，母亲就叫我每天在挂号室吊水，她说方便照应，生怕再出什么意外。

其实，父母对我呵护有加，不仅仅体现在这次生病上，我清楚地记得有一次偶然听到父母的谈话，母亲说："孩子明年高中要毕业了，他以后怎么办？"父亲回答说："要不，去当兵？"母亲说："别去当兵，他奶奶肯定也不同意。"父亲接着说："那就让他读大学吧，我去找下公社书记，填个表可以推荐的，这个应该没什么问题，放心。"父亲所说的问题不大，是因为他下放时当过公社副书记。父母亲对孩子的前途如此关心，我当时并不在意，更没有往其他方面去想。计划赶不上变化，高中毕业的第二年便恢复了高考制度，我病愈后一是因为高中分了专业，数理化荒废，再加上因病停学半年，课也落下了，虽然连续两年冲击"独木桥"，但都止步于录取分数以外，上大学成了一个遥远的梦。

在父母和医护人员的共同努力下，我终于转危为安，也没有任何后遗症。病好后，母亲拿着近三百张的化验单，向周围的同事一一报告了结果，脸上露出了久违的笑容。

若干年后我知道了自己的身世，我才知道父母对我如此疼爱，背后包含了不为我知的艰辛一面，也明白了奶奶那句无法交代的深刻含义：原来他们是我的养父养母，我是在 3 岁时被他们抱养的，他们一生也没有自己的孩子。

大水

那是 1975 年。

8 月中旬的一天，学校通知我，去县城北的泉河加固防洪堤坝。天灰蒙蒙的，还时不时夹杂着丝丝小雨。堤岸上人山人海，河水离坝顶已不足两米。我们这一段位置都是中学生，大家在班主任的带领下，干得十分起劲。谁都知道，淮北平原一旦发生洪灾，那可是躲也没处躲，藏也没处藏。可偏偏事与愿违，中午 12 点不到，我们被告知离这段二百米处的堤坝已经决堤，污浊的洪水已经向城区漫延，要大家赶快撤离。

我也不知道自己是怎样一口气跑到了家里。家属院里乱哄哄的，我看见院子里还放着许多像筏子一样的东西，五花八门，奇形怪状。街上的高音喇叭反复广播着要求市民注意的事项，一些不懂事的孩童嬉闹着，在自家的"船"上爬来爬去，嘴里还天真地嚷嚷着："娘，大水还不来呀。爹，我要划船。""天真"们哪里知道，接下去将面临的是一场百年不遇的大灾难。

父亲回来了，和同事也抬着一个像"船"一样的东西，放在了家门口，感觉汽油味特重。我瞅了瞅，原来是在奶奶睡的床板下面绑了两个空的汽油桶。我看着父亲和同事慌里慌张地把家里所有的东西都堆放在房角的一处，把必备的物品放到了自家的那条"船"上。奶奶提心吊胆地拉着我的手："娃，大水要来了，千万不要乱跑，你爹爹忙里忙外，你就跟着奶奶。"正说着，母亲也回来了，手里拎着一袋米。我看到母亲的面色很不好，估计是这几天的疲劳所致吧。母亲是南方人，也没经历过大洪水，看着一家老小，一时也不知怎么办才好。

我清楚地记得，前两天母亲曾向父亲恳求过："你上海不是有一个老战友吗？去他那里吧。"但父亲的表情极严肃，又显得无奈："孩子他妈，我是党员，又是国家干部，在这个节骨眼上，能逃避吗？回来要受到组织处分的。再说，公路、铁路都因洪水停开了，想走也走不掉啊。放心，只要一家人安安稳稳在一起，难关会过去的。"父亲还一再向母亲解释，此次洪水不是像山洪暴发那样可怕，是邻省河南驻马店一带水库溃坝造成的，流经安徽。

下午2点半左右，肆虐的洪水还是从院属的围墙根处漫进了大院。父亲考虑到家人的安全，又把自制的那条"船"拖到院子比较空旷的地方，拴在了一个不怎么粗的树干上。父亲还把"船"的四周绑上竹竿，用塑料膜搭成一个棚子，用以防风遮雨。此时，一家人围坐在一起，我和奶奶坐一头，父亲和母亲坐对面，中间放了一个煤油炉和一些食物，这时候才感觉到，好像与世隔绝了，显得有些恐怖。

下午5点左右，我感觉到屁股下面在晃动，便伸出头看看大院。院内已是一片汪洋，水十分混浊，水面漂浮着一些杂物，顺着水流一会儿到东，一会儿向西。天色渐渐暗了下来，随着风声，除了偶尔还能听到街头大喇叭里广播员沙哑的声音外，一切都显得揪心似的寂静，谁都不知道接下来会发生什么。

奶奶自言自语道："再怎么的，饭还是要吃啊。"其实，我心里明白，奶奶这句话是冲着我说的。那样的情况下，大人肯定是没心思吃饭，奶奶无非是心疼孙子。做饭得用水啊，没办法，奶奶就用洪水煮。也就一刻钟的工夫，奶奶把饭做好了，但父母说不饿，让我们祖孙俩先吃。奶奶盛了一碗给我，我一看，这饭的颜色黄了吧唧的。闻闻，又一股怪味，我嚷嚷着："奶奶，这饭怎么吃啊！"父亲板着面孔："不吃就不要吃，别吵，大人心烦死了。"母亲不依了，眼睛红红的："跟孩子较什么劲，小孩子毕竟是小孩子。"说着，母亲指着"船"中间的一包东西对我说："饭不要吃了，万一生病更麻烦了，随便吃点别的充充饥，明天再说吧。"

夜里11点不到，风渐渐大了起来，雨滴声紧一阵慢一阵。也就那几分钟，狂风便夹着暴雨倾盆大作，伴随震耳欲聋的炸雷声，就像世界末日已经到来。天空一团漆黑，只有急速划过天空的闪电，才能勉强看到周围像流星一样闪过的物体。全家人在那条救命"船"上，左右摇摆，上下浮动，塑料膜已经失去了挡风遮雨的作用，每个人都湿透了。更要命的是，父亲没经验，汽油桶没有灌水，自制的"船"吃水太浅，稍有不慎就要失去平衡，好几次"船"差点翻掉。狂风、暴雨、电闪、雷鸣，我害怕得捂起双耳，俯趴在奶奶的身边，一动不动。不一会儿我又听到了像是爆炸的声音，而且越来越密，掀起的巨浪，不时撞击着我们的小"船"。父亲愁眉苦脸地说道:"那是房子倒的声音,孩子,别怕。"原来,那年月县城所建造的房子,周围用的是砖块,而房内的每间隔墙用的是土坯,大水一泡便轰然倒塌了,整个房顶没有支撑物,也像泰山压顶似的,整体瞬间坍塌下来,加上房内的空气急速膨胀,听起来就如同炸弹爆炸一般。

就这样,约夜里3点后,风才有所收敛,雨也小了起来,我也迷迷糊糊地睡着了。也不知过了多久,母亲叫醒了我。我睁眼一看,天已大亮,周围一片狼藉,倒塌的房子像一座座垃圾小岛,放眼望去,整座县城都浸泡在洪水里。我看见父亲站在齐腰深的污水里,重新整理塑料膜,扎紧,固定,汗珠顺着他那饱经风霜的脸颊,滴在污水里不见踪影。

都说父爱如山,此时此刻才能切实感受"如山"两字的真正含义。在我的印象中,父亲极其严厉,严厉得近乎刻薄、死板,不留情面,我和父亲之间始终有一种距离感。而这次不同寻常的经历,以及父亲所表现出来顶天立地的大爱,让我的想法急速扭转:父亲的严厉,其实也是一种爱。

第二天下午1点左右,我听见天空中传来飞机的轰鸣声,循声望去,两架军用直升机低空盘旋着,机身处红色的"八一"二字清晰可辨。飞机中间的舱门是敞开的,左右各站着一人,腰间拴有保险绳,一只手扣在门框处,一只手按在门中间的麻袋上,哦,原来是要进行食品空投。我第一次看见这么大又飞得这样低的飞机,兴奋得手舞足蹈。母亲似乎明白了什么,语气极为急速:"快!快!儿子,向飞机使劲招手,叫他们朝我们这里投东西。"我应声站在"船"上,挥动双臂,又做喇叭状:"给我们投一包,给我们投一包!"可蹲在对面砖墙上的门卫张老伯摇了摇手,略有所知:"喊是没用的,空投的地点都是有小红旗的,不是乱投的。"奶奶恍然大悟:"娃,快把背心脱下来,对着飞机甩呀!"我赶紧脱下身上那件大红背心,拼上吃奶的力气,一边摇,一边喊,希望飞机上的叔叔能看见,向我们这里投一包。其中一位叔叔似乎看见了我,反复摆手,那意思是不能投的。事后我才知道,飞机空投是有范围的,再说,空投物品不是垂直降落的,有一定的斜度,所以,从安全性上考虑,空投是有严格规定的。这次空投的食品我记得是饼干。

好像是第四天吧,洪水才开始慢慢退下去。说来也是奇怪,大水过后,天气奇热,炙热的阳光照在人身上,近乎火烤。刚经历大水的挣扎,现在又要忍受酷暑的煎熬。父亲为了清理被大水浸了的家中物品,不到一星期的时间,蜕了好几层皮。

年底前,母亲因怕再次遭此劫难,没有任何商量余地,要求父亲调往南方。

父亲拗不过母亲，最后通过他原部队的老战友，我们举家迁往皖南宣城一个地势较高的国营茶场，人称"花果山"。

母亲紧蹙的眉头终于舒展了。

重访海台

羽绒服的袖口有两处脱线，试着拿到丹城看看能不能补一下。走进东风路路边的一家小缝补店，女店主瞅了瞅，说："可以缝起来的。"说完盯着我，忽然想起了什么："哎呀，我认识你，你曾到我们海台村搞过什么工作组，村里上了年纪的可都记得你们呢。"这下距离拉近了，整整 30 年了，我详细询问了海台村以及原村干部的近况，她当即告诉了我现村支委虞开会的手机号。

说起 30 年前进驻新桥海台村路线教育工作组的事，那可是我参加工作以来第一次以组员的身份下乡，整整 3 个月的时间吃住都在村里。海台村依山傍海，地理位置稍显偏僻，整个村容村貌与周围其他村比起来也显落后，村集体收入几乎空白。工作组去时，集中住在村大队部一间矮旧的会议室里，板凳一条，木板当床，被褥洗涤用品全都自带，一天三餐农户家里开灶。我是负责后勤和宣传的，油盐酱醋都要过问，还要不定期在被我称为"南京路"，也是村里人员最集中的地方编写黑板报。也正是这个原因，我先后交了不少朋友。印象最深的是"南京路"边有家小小的理发店，主人叫韩锡贵，从小患有小儿麻痹症，双腿残疾靠拐杖走路。他很乐观、开朗，有一手理发手艺，还是村里有名的象棋高手，所以每天店里都是人来人往的。我和他交往的主要原因是他十分健谈，知识面很广，容易沟通。在三个月的时间里，我也成了他店里的常客，当然，不仅仅是为了理发。工作组临走的那天晚上，村里举行了有史以来最隆重的欢送仪式，工作组虽然为村里做了些工作，但没想到民风淳朴的海台村民这样热情。不大的祠堂里，灯火辉煌，张灯结彩，千人空"村"，现场气氛相当热烈、喜庆，拿现在的话来讲像过节似的。

时间真快，一晃 30 年了，反正现在也退休了，何不再去海台看看如今的变化呢。这不，天凉好个秋，我迫不及待地邀朋友驱车同往。途中我拨通了开会的手机，电话那头传来熟悉的声音："欢迎欢迎，我等会儿联系村支书和村主任，你知道吗，荣林已当村主任了。"韩荣林和虞开会当年都年富力强，特别能干，有年轻人的朝气，是工作组重点培养的村干部对象，现在都当上了村干部。想着想着，不知不觉车子已驶入海台村，在村东首的停车场刚停稳，村主任韩荣林就骑着摩托车来了，他一看到我们，高兴地说："刚才开会给我打电话说你要来，你看，我今天是准备送孙子去丹城上学去的，不去了，陪你们。"说着他指了指旁边的一辆白色私家车，后备厢塞满了日用品。我赶紧上前握住了他的手，深表谢意。荣林说："走，先去村委会，开会可能也下山来了。"

荣林带着我们，沿着村巷的小斜坡，来了村文化礼堂，也就是村委会的所在地。在四楼宽敞明亮的会议室里，开会已经为我们泡好了热茶。30 年不见，当年的两位年轻人面容上也有了岁月的痕迹，鬓角也出现了几缕白发，不过，人的精神状态一点也不逊色，说起话来仍旧掷地有声，快人快语。寒暄过后，他俩简单地向我们介绍了村里近些年的发展变化。百闻不如一见，在我的提议下，还是入村走一走，看一看，眼见为实嘛。

顺着村西首一条混凝土 "C" 字形的环村大道，入口处有一条百米左右的文化长廊，中国传统文化的 "二十四孝" 图文并茂依次映入眼帘。在长廊序言中有海台村简介，其中 "海台" 二字的来历也是我此次一大收获。原来，海台村韩姓占据大半，其祖从台州临海柏树下迁徙于此。因处海边，便在村前围塘三处，其中一塘内有一深潭，久旱不涸，遂称 "海潭"。中华人民共和国成立后因当地 "潭" 与 "台" 口音相同，便误定名 "海台" 沿用至今。

走到被我称为 "南京路" 的村中心，看到原先鹅卵石的小道，路面已经硬化并加宽了许多，路两边大部分为新建房屋。原先的小卖部已挂牌为副食品粮油综合超市。在这里碰到了迎面走来的刚才在村里走访的村支书韩海祥，他握着我的手说："你真有心，几十年了还惦记着我们海台。同样，我们海台上了年纪的人也想着你们当年的工作组呢。"他指着远处的一座水塔接着说："你看，当年你们工作组为我们村解决了自来水，这可是一大功劳，海台人民永远不会忘记的。"

和周围的人一一打过招呼后，荣林主任拉着我走进了旁边一户人家。还没进门就大声嚷嚷："锡贵，看看谁来了。"双方一见面，锡贵笑呵呵不假思索地就喊出了我的名字，我当即心里一阵涌动："记性真好。"仔细端详锡贵，人略显苍老点，面色特好，谈起话来不减当年。他告诉我："房子早已原地重建，因年龄关系，理发也停下来了，我原来的拐杖也不用了，买了一辆电动轮椅，现在出门十分方便。"他忽然又补充道："在工作组时，你负责编写黑板报，粉笔字写得真漂亮，到现在我还佩服你呢。"我赶紧接着："那都是过去的事了，我也一直想着你哟，希望你多多保重身体。"

告别村里，海祥书记说带我们去村后凤凰山果园基地去看看，我欣然答应。车子沿着平坦宽敞的水泥山路盘旋而上，到了果园最高处，抬头远望，环顾四周，迎着微微的山风，令人心旷神怡：整个村庄尽收眼底，风格迥异的楼房，煞是羡慕，正前方蔚蓝色的大海碧波万顷，远处的灵岩山雄姿挺拔，直入云霄。216省道穿村而过，将海台村一分为二，路面已彻底改造，村的东、西两头各设有公交站点。村东首与邻村接壤的地方甬台温复线高速公路向西南穿山而去。荣林说："以前去东溪或新桥等地要走小洋山盘山公路，现在小洋山隧道通了，村民方便多了。"荣林的话倒使我一下子想起30年前，我曾骑一辆半旧自行车翻过小洋山去海丰村粮站买大米的情景，回来再翻越时，累得我直埋怨："这破地方，交通太不方便了。"

凤凰山果园基地占地约两百亩，已经种有柑橘、枇杷、黄桃等经济作物，整个果园都采用现代化大棚自动喷淋方式进行科学培植。开会说："总投资约二百万，再过两三年就会产生经济效益了。"当年驻村三个月我并未上过山，如今登高望远，群山连绵，气势非凡。山顶怪石嶙峋，山间植被茂盛，古木参天，翠竹摇曳，我不禁感叹这后山的风景太漂亮了。荣林则满怀信心地告诉我："有个摄制组曾来此考察过，他们认为这里最适合拍摄古装武侠一类的影视剧。我们也正和新桥影视城洽谈，能作为影视基地一个景点，再搭配农家乐等娱乐项目，那将给我们海台带来更广阔的前景！"

一剪梅

"真情像草原广阔

层层风雨不能阻隔

总有云开日出时候

万丈阳光照耀你我……"

母亲喜欢听费玉清的歌，尤其是这首《一剪梅》百听不厌。谁都没有他唱得这样好听——这几天吃饭时母亲总是这样唠叨。看来原汁原味的东西，总能保持它的生命力。平心而论，我对费玉清"邓丽君式的"音乐并不十分喜欢。

如今，上了年纪的母亲这样迷上费玉清，这足以证明：偶像也并非是小年轻的专利。

母亲的唠叨，使我忽然意识到了什么。可不，父亲已经离开我们两年多了，母亲可能感到寂寞了，我们白天都上班，母亲一个人在家，可不是孤独嘛。记得父亲在时，喜欢听国粹京剧，我曾给他买了一个卡式录音机，也买了一大堆磁带。"咔嚓咔嚓"更换磁带的声音，成为父亲晚年生活的另一种节奏。父亲走后，这个老掉牙的古董已当废品卖了。我们这代人想听歌曲很好办，买个 DVD 加小音箱就行了。可母亲已是八十有一的高龄了，她不会用啊。思来想去，对呀，丹城公园门口不是有卖老年人专用的播放机吗？有的还带有视频功能，这个好，没有烦琐的程序，像收音机一样，一摁开关就好了。

事不宜迟，第二天傍晚，我当即决定买一台带荧屏的播放机。一问价要 470 元，这个价格不能告诉母亲，她会心疼的。机里录有几百首歌曲和地方戏曲，单单没有费玉清的歌。我和老板商量："内存卡我不要，就买个裸机，便宜点吧。"老板知道我的原因后，也挺爽气："行，零头不要了，400 成交。"为了母亲，也只能照单全付。而后，我另买了一个小容量的内存卡，从电脑上下载了费玉清的几十首歌曲，也包括一部分 MV，当然忘不了那首《一剪梅》。如今，我下班走到家门口，远远就能听到费玉清的歌喉。天天如此。

> "真情像梅花开过
> 冷冷冰雪不能淹没
> 就在最冷枝头绽放
> 看见春天走向你我……"

听着这熟悉又优美的旋律，看到母亲每天高兴的样子，又不禁想到时下被炒得沸沸扬扬的一个不是问题的问题：子女要常回家多陪陪父母。就个人而言，我感觉这纯粹是在绑架人世间的亲情。人与人之间的亲情应该是真诚的，纯洁的，毫无杂念的。

20 世纪 70 年代初，父亲响应"广大干部下放劳动"的号召，举家迁往皖北一个封闭又落后的小农村。当时，母亲以农场小学代课教师的身份转为国营职工还差几个月就要转正，如果随父亲一同去淮北，转正就会泡汤，而那个年代能成为国营职工，捧上铁饭碗，是多少人梦寐以求的事情。权衡再三，母亲还是留下来了。我记得那年快过春节的时候，父亲从公社带回来一个包裹。一进门，就高兴地招呼我："过来，儿子，你妈妈给你寄了一件新衣服，快穿上试试。"当时我别提有多高兴了，手舞足蹈，活蹦乱跳。

衣服的料子是当年最流行的灯芯绒，颜色也是当年男孩子最喜欢的草绿色，样子是按军装剪裁的。上了年纪的人都会记得，那年月能穿上一件草绿色的军便装，是一件十分时髦的事情，且在小伙伴们面前精气神十足，让人羡慕得直流口水。

大年初一的早上，淮北平原白雪茫茫，寒风袭人。我穿着母亲亲手缝制的"新军装"，到与父亲一同下放来的叔叔家拜年，他的儿子也是我的小学同学，他家就在我们村庄前面，不足三里地。刚走到村口，突然蹿上来七八条家狗，将我团团围住，"汪汪"直叫。淮北农村养狗是很平常的事情，我并不害怕。如果你不去招惹它，它一般不会攻击你。狗最怕人蹲下来，它似乎知道人一蹲下来就是要捡东西对付它。我当时也采用了这种办法，一直蹲下来与它们周旋。

同学的母亲闻讯，赶紧出来，一阵驱赶才帮我解了围。正当我向她家走去时，冷不防，其中一条狗仍不死心，扑上来在我后背咬了一口，然后一溜烟逃得无影无踪。幸亏冬天穿得厚，不然多少会有伤害的。母亲刚刚寄来的新衣服却遭了殃，后背处已经撕开了一个三寸长的口子，新衣服当即变成了旧衣服。我欲哭无泪，只是感觉对不起母亲那片真情，一连几天都闷闷不乐。还是奶奶安慰道："娃，没事，我给你补上，还是一件新衣服哟。"说得也是，那个年代的小孩子穿带补丁的衣裤可谓家常便饭。这件"新军装"我穿了好几年，直到长身体不能穿了才作罢。这件事情，在我童年的记忆里一直挥之不去。每每想起，总能深深体会到母爱是人世间无法用语言来描述的。也正如歌中唱的那样：

"一剪寒梅
傲立雪中
只为伊人飘香
爱我所爱无怨无悔
此情长留心间……"

括苍山的高度

那天，括苍山并不在我们的行程之列。只是仙居的女主人在联系"神仙居"景点时，被告知"黄金周"期间游客爆满，扎堆游玩可能不尽如人意。再说，景点实行限流措施，客流量达到一定的峰值，会停止销售门票。就这样，热情的女主人推荐我们去括苍山景区。

女主人三十开外，人看上去挺秀气，一袭披肩，略带暗紫色的长发，显得十分飘逸。女主人姓杨，供职于银行，属白领。她很健谈，虽初次见面，给人的感觉却不陌生。她如数家珍似的把仙居的各风景点一一介绍给我们，说到括苍山时，眼睛更加明亮起来，说道："我第一次和同学去时，真是出乎我的意料。先不说它为浙东南第一高山以及那令人心跳的盘山公路，单在米筛浪主峰一天一夜的烧烤，就着实让人远离红尘，远离喧嚣，野营自炊，放飞心情，似乎又回到了青春好时光！"女主人的眉飞色舞，让我们实在找不出不去的理由了！

第二天一大早，我们在约定的地点集合。女主人一身浅绿色的连衣裙，米黄色的披肩，站在她那辆粉白色的本田车旁，显得高贵、典雅。见我们到来，她便指着一辆橘红色的奥迪，满面春风地说："我把邻居也叫上了，他老公路熟，让他带路。"接着她又指了指自家车副驾驶的位置，神秘似的说："这位大美女是我的闺密，今天也被我'充军'了，人多热闹呗！"大美女摇下车窗，微笑着摆摆手："欢迎象山的客人。小杨为了今天的行程，昨晚去超市买了许多烧烤用的东西和食品，你们在括苍山顶等着享口福吧，嘻嘻！"接着，她似乎想起了什么，话题一转："你们这样穿短袖衫恐怕不行，括苍山山下山上两重天，山上可冷啰！"括苍山有那么高吗？我心里嘀咕。

"红白灰"——我朋友现代车是银灰色，红车领头，白车居中，灰车压轴，车队开始向括苍山进发。望着车窗外的景致，我心情放松许多。连绵起伏的群山，一眼看不到边。空旷的原野上点缀着粉墙黛瓦，彰显着现代乡村的日新月异。高速公路两边的花花草草，美不胜收。一列高铁从我们立交桥的上方飞驰而过，车载影音系统正播放着降央卓玛的草原歌曲，如梦如幻。我在心里自言自语："你看，即使不去括苍山，就眼前的大自然美景，也是一次不错的旅行嘛!"

"红白灰"穿过括苍镇,就到了括苍山脚下。首先映入眼帘的是那用大理石砌成的乳白色山门,门额正中央的墨绿色"括苍山"三个行书,遒劲有力,气势磅礴。一条蜿蜒曲折的山路向着山上蛇形而去,仔细端详整条山脉,飞瀑涧流,怪石奇岩,松树吟风,竹海摇曳,山腰中那古色古香的农屋,伴随时隐时现的云雾,更像一颗宝石镶嵌其中。"太美了!"我不禁脱口而出。

"红白灰"向山顶进发。刚开始的几公里,并不能感觉括苍山的陡势和险峻,这显然与路边参照物的多少也有关系。不到十分钟,山势明显不一样了,几乎没有参照物,弯道也多了起来,向外一瞅就是悬崖。与下山的车辆交会时,你能真真切切地感受到什么叫"擦肩而过"。这样的路况一点也不亚于家乡的蚶岙岭,加上括苍山比蚶岙岭的海拔高近千米,"提心吊胆"的时间自然要长得多。这不,自己在心中暗暗祈祷:"快点到山顶吧!"

想快却不能随心所愿。天色渐渐暗了下来,"红白灰"都打开了双跳灯。朋友说是雨雾,能见度不足五米,又顺手摁了下雨刮器。这种情况下,车速自然减了下来。这时,我忽然发现雨雾中还有三三两两的人徒步上山,更令人疑惑的是,还有人骑着单车上山。我真佩服这些登山爱好者的毅力和勇气。像我这体重,根本无法克服地球引力,也许早就打道回府啦。

能见度好像越来越低,"红白灰"像蜗牛似的继续爬升。在连续转过几个弯道之后,路面显得阔了点,我猜测可能快要到山顶了。果不其然,路的左侧停满了私家车,人影也多了起来,有的打着伞,有的穿着彩色的雨衣,多数人正冒着雨雾,熙熙攘攘的。从各个烧烤炉中冒出的缕缕青烟,与空中的雨雾交织在一起,分不清哪个是雾,哪个是烟。而透过这漫山遍野的雾烟,还隐隐约约看到五颜六色的宿营帐篷。

这时,有个四十开外的男人打着伞,为我们引导停车,"红白灰"停好后,我问女主人:"引导停车的人你们认识吗?还是景区的工作人员呀?"女主人漫不经心地答道:"不认识,更不是工作人员,括苍山没有工作人员,来这里的都是游客。到山顶后,大家都像一家人似的,不分你我,谁有困难都会伸手帮一帮。再说,括苍山就一个风景点,是不售门票的。这是与其他旅游景区的最大不同,敞开式的旅游,更能体现旅游的价值所在!"我几乎走遍了我国东南西北的著名旅游景点,印象中不收门票的还真没遇到过。山脚下的括苍镇人却把门票收入拒之门外,这不得不令人刮目相看。

女主人联系好一家烧烤店的摊主,我们着手准备中餐了。由于山顶的雨雾太大,女主人建议取消烧烤,改成大家动手包饺子。原来,细心的女主人早已做了两手准备，昨晚已把饺子馅剁好了，皮儿也买了。一听说包饺子，我当即也来了兴致，自告奋勇道："好，好！包饺子好。我也会包。"其实，我也怕吃烧烤，那玩意儿我只要一碰，第二天我的嘴唇便会坑坑洼洼，火气冲天。饺子不一会儿就全部包好了，但没有锅可下。摊主说："吃烧烤用不着锅，山上有锅的没几家。"摊主想了想："没事，我把不锈钢水桶给你们当锅用。"我不禁哑然失笑："好嘛！就地取材，水桶下饺子一大创举，那味道肯定不一般。"

饺子下好后，大家都围拢了过来。女主人盛了满满一大碗送给了摊主家的小女孩，小家伙高兴得手舞足蹈。小女孩的妈妈也挺客气，随即倒了一小碟花生米回个礼："给你们当下酒的菜。"此情此景，我忽然想到刚才女主人说过的话，可不就是一家人嘛！我用过餐，便独自闲逛起来。透过缥缈的雾气，我看到不远处山头上有一座塔式的建筑，周围还有些许游客。出于好奇，我也踩着石板路走了过去。凑近一看，哟，原来是 21 世纪中国大陆第一缕曙光首照地的纪念碑。这个意外的收获，容不得我半点犹豫，举起单反便要拍照。但天空中随风飘洒的毛毛细雨，让我根本无法对焦。正在为难时，一个五十开外的中年男人帮我撑起了雨伞，和颜悦色地说："没事，你拍吧，别把镜头打湿了。"我一边连声道谢，一边赶紧摁下了快门。后在端详碑文时，谜团终于解开：碑名为"二十一世纪曙光碑记"，写明 2001 年 1 月 1 日 6 时 42 分 54 秒曙光首照括苍山米筛浪主峰。碑上显示括苍山的海拔高度为 1382.4 米，为浙东南第一高山。

括苍山的海拔高度对我来讲已不重要了，括苍山人的精神高度却深深印在了我的脑海里。括苍山的高度不在于海拔，而在于精神。

周凤霞作品 *

夕阳红之旅

3 月的一天，接到姐姐的电话，约我参加由沈阳电视台《直播生活》栏目与大连中华国宾馆旅行社联合组织的夕阳红旅游团。有香港、澳门、珠海、桂林、阳朔、漓江、洛阳 7 个景点，价格合理，时间定于 4 月 13 日出发，其中香港、澳门这两个地方我早就想去，一直没有合适的机会，这次姐姐和我搭伴同行，我欣然接受了，一切手续都是由姐姐代办的。

一切准备就绪，这天很快就来到了，我准备了好多件漂亮的衣服，姐姐准备了好多好吃的（因为要坐 36 小时的火车）。我们准时到达了集合地点，沈阳北站南广场，导游王雅丽准时到达地点接应我们，简单地讲了一些注意事项等，然后安排我们有序地上了火车。经过两宿一天的颠簸，15 号早上我们抵达了深圳，紧张地出关后，来到了繁华的大都市"东方之珠"——香港。香港在我心中一直是一个非常美丽、无与伦比的城市，也就是人们印象中的花花世界，令人羡慕，令人向往，有生之年一定要去看看。今天我的愿望终于实现了，香港地接申导游给我们介绍着香港的各个方面，一路上说个不停，我透过车窗往外看，景色也不是想象的那样，和其他城市没有区别，导游介绍说香港寸土寸金，家里几口人挤在一间房子里，人人都在奋斗，只要有劳动能力就出来做事，除非是丧失劳动能力的政府才给予照顾，没有法定的退休年龄。像我们这样的都要出去做事，自食其力。

在导游的安排下，我们来到了香港迪士尼乐园和海洋公园，我和姐姐选择了一项适合我们的项目：水上极速之旅。既疯狂又刺激，仿佛回到了童年，于是抓紧时间留下这美好的记忆，赶紧拍照。

维多利亚港湾两岸的夜景是世界著名的观光景点之一，入夜后两边的高楼就像星星一样缀在港口两边，熠熠生辉，犹如给深蓝色的海港穿上了一件缀满明珠的衬衫，我终于明白《东方之珠》这首歌的意义了，一边高楼大厦的灯光

---

* 作者简介：周凤霞，1956 年出生，65 岁，初中文化，2006 年退休。

在维多利亚广场两岸相互辉映，美不胜收。

接着导游又领我们来到了黄大仙祠，这是香港最著名的庙宇之一，在世界上负有盛名，建筑宏伟，极具中国古典庙宇的特色。

跟随导游我们又来到了紫荆花广场，在这香港回归祖国升旗的地方，留影纪念。

港珠澳大桥是世界上最长的跨海大桥，也是世界上最长的沉管海底大桥，他将香港、澳门、珠海三地连为一体，让我油然而生一种敬畏，不禁对中国工程师和中国工人建造了如此伟大的工程而赞叹，我们纷纷拿出照相机、录像机，记录下这伟大的杰作，同时也感到荣幸和骄傲。有生之年能亲临这大桥，目睹这宏伟壮观的景象，这不是传说也不是故事，是我身临其境的真实感受，为祖国骄傲，为中国人点赞。行驶 40 多分钟后，我们走下车，抓紧与大桥合影，留住这美好的时光。

澳门是世界三大赌城之一，当我走进赌场时，映入眼帘的是这里金碧辉煌，抬头望去，蔚蓝的天空上白云朵朵，简直不相信这是室内，太美了。这里的人们说，这是人养天哪。抓紧时间，赶紧录下来作为留念，算是不虚此行。

接着跟随导游来到了澳门的金莲花广场，它是为 1999 年澳门主权移交而设立的，如今已成为澳门的一个著名地标及旅游景点。

离开澳门后，我们乘动车前往桂林游漓江，漓江是桂林山水的精华，是祖国锦绣江山的一颗璀璨的明珠，是大自然奉献给人类的秀丽风光。游船开动了，我很兴奋、很激动，看到四周清水环抱青山，向远处望去，两岸层峦叠嶂，再向岸边望去，一座座山拔地而起，千姿百态。山上有好多树木，美丽的桃花，令人赏心悦目。我习惯了把这美丽的风景录下来，分享给我的好朋友。漓江就像一幅美丽的山水画，深深地留在了我的心底，"桂林山水甲天下"，果然名不虚传。

象鼻山公园是国家 4A 级景区，当然也是这次旅游必须去的景点，其山形酷似一头驻足漓江边饮水的大象，栩栩如生，引人入胜。身体前部的水月洞宛如满月穿透山林，清碧的江水从洞中穿鼻而过，洞影倒映在江面上，构成水底有明月，水上明月浮的奇观，游客简直是太值了，不虚此行。

刘三姐，我们都很熟悉，是传说中的壮族歌仙，她以山歌为武器，与土豪莫怀仁进行了斗争，如今，"刘三姐"已成为经久不衰、生命常青的一种文化现象。地接导游姓许，是位帅小伙，嗓音很好，还负责领唱队歌："什么水面打跟斗？嘿嘿嘿，什么水面起高楼？嘿嘿嘿……"我已经完全投入对歌的角色当中了。走出一段时间了，嘴里还时不时地哼着小调，刘三姐影响了几代人呢！

龙门石窟是中国石刻艺术宝库之一，世界文化遗产，盛唐佛教艺术的最高成就，堪称造像艺术典范。龙门石窟的造像雕刻艺术，将佛祖和人表现得惟妙惟肖，栩栩如生，确实令人叹为观止，游客们顾不上听解说员的讲解，我也不例外，拿起手中的相机拍照，生怕错过，这场景实在是太震撼了，我实在是词穷了！

洛阳牡丹花。唯有牡丹真国色，牡丹尤为天下奇，她雍容华贵，国色天香，是美好幸福的象征，让我想起了《牡丹之歌》："牡丹百花丛中最鲜艳……众香国里最壮观……"我完全被眼前的花海所吸引，忘记了自己的年龄，竟和花比美，一阵狂照，然后发朋友圈。朋友们为我点赞，并且点评花美人更美，虽然说的是赞扬的话，但我还是美滋滋的。

时间过得真快，十几天的旅游结束了，导游安排我们 4 月 23 日下午乘火车，次日中午到达沈阳北站，我们一行 35 人，在短短十几天里，已经处得就像一家人似的。在火车上我们谈笑风生，相互畅谈这次旅游的收获，我们都有一个共同的想法，那便是珍惜每一天，好好享受生活，保重身体。现在我们都赶上了好时代，到了这个年龄应该享福了，我现在就很幸福。

2019 年 5 月于大连

我的游轮之旅

我现在的日子过得可谓非常充实了，身边的朋友都非常羡慕我的退休生活！尤其是近几年小外孙也长大了，闲暇之余和老公到处走走，四处转转，生活真是丰富多彩！现在是信息时代，国内外的信息不出家门都可以了解，想去哪里旅游在家里就可以报名，真是赶上好年头了。听朋友说，游轮很不错，所以很想尝试一下，就算有些国家已经去过了，比如说日本，但是坐游轮去还是头一次。

说起旅游，我去过很多地方，比如，日本、意大利、瑞士、德国、法国、泰国等，还有国内的好多城市。旅行的意义不只是放松心情，欣赏沿途的风光，关键是体验一种在路上生活的感觉。

心动不如行动，和老公还约了几个好伙伴早早就报了名，参加国旅组织的由"歌诗达幸运号"邮轮提供的共六天的行程。从天津的东疆码头出发，于是我像个孩子似的天天盼，等待旅行团的最后通知。

转眼间，出发的日子到了，我整理好行装带上几件漂亮的衣服，又精心整理了老公的几件新衣服，一大早和小伙伴们就出发了。辗转地铁，火车，经过一夜的奔波，终于在第二天早上到达了天津站。

由于坐游轮心切，没能在天津长时间逗留，只是在火车站拍了几张照片，之后便匆忙乘车来到东疆码头了。远远望去，只见一艘巨大的游轮停在码头，真是头一次亲眼见这么大的游轮，以前只是在电视里看过，今天如愿以偿了。天津港好大好气派，我和小伙伴们抓紧时间留影纪念。时间差不多了，导游手举 60 号标牌向我们走来，我们的导游叫美娜，中等身材，很可爱，她给我们每人发了一个编号为 60 的胸牌，大家一下子变成一家人了。美娜很快为我们办理了登船手续，大家依次登船，开始了愉快的海上游轮之旅。

我们四位姐妹被安排在一个房间，房间很干净，也很舒适，短暂休息过后，我们迫不及待地来到了电梯旁，头一次坐游轮难免有点发蒙，我们随人流来到了三楼。一进去发现原来是自助餐厅，餐厅中间的黄铜地球仪象征着世界和平，桌面还摆设着航海图，墙壁上挂的是哥伦布画像。光顾浏览美景了，飘来的饭香打断了我的思路。我被眼前的美食深深地吸引了。有中餐，也有西餐：各种炒菜、比萨、烤肉、甜品、沙拉、水果等。所有美食都是分区域摆放的，我们六人已经迫不及待了，大家急忙挑选几种自己喜欢的食物，选择窗边最佳的位置，一边看大海，一边享受美食，那感觉真好！

饱餐过后，导游安排我们到船上演习怎么应对突发事件，想得真周到，十几分钟的练习后，我们来到甲板上，欣赏游轮的外观。这是一艘意大利豪华游轮，名叫"歌诗达幸运号"，被称为"海上博物馆"。游轮长 272 米，宽 36 米，载客 3470 人，共有 14 层，每一层都各具特色，称得上金碧辉煌，光彩夺目。船开得十分平稳，我们一点也没感觉到船已经起航，好像就在陆地上一样，此外船上的布置堪称豪华，让人目不暇接。娱乐设施应有尽有，吃喝玩乐一条龙服务，下面我就挑选几个感受最深的说说吧！

五楼的国王大剧院演出真是不错，节目非常精彩，演员们边载歌载舞边和游客互动，很敬业，节目形式丰富多彩，观众捧腹大笑，掌声不断。其中意大利歌唱家独唱，钢琴家演奏也让人赞不绝口，演出结束后，我和钢琴家握手拍照表示友好。那边怎么那么热闹，时不时传来歌声？过去看看，原来是卡拉OK，唱歌本不是我的强项，我也不会唱歌，但被眼前的气氛所打动，轮到我了就点了一首李玲玉的《粉红色的回忆》，我拿起麦克风，还别说我今天发挥得还不错，唱到一半就博得了掌声，观众太热情了，谢谢大家。

可能今天起得太早了，加上一夜的火车颠簸，我们都有些困了，回去休息养足精神，明天继续玩。回到房间抓紧洗漱，早点休息。不知不觉，我们都进入了梦乡。第二天，我们用过了丰盛的早餐。在这里要说明一下，餐厅的服务员大多数都是外国朋友，我们虽然语言不通，但一点也没有感觉到有语言障碍，他们热情周到的服务让我们很受感动，餐具绝对是消过毒的，拿到手里还有温度，服务员帮你安排座位，热乎的牛奶送到你面前，微笑服务，来有迎声，走有送声。

用过早餐，我们开始四处游玩拍照，看哪儿都不错，眼花缭乱，调换服装互相拍照，千姿百态。争先恐后，生怕错过机会。来到酒吧，这里具有浓厚的历史气息，高贵优雅，四处布满了佳人的纪念照。酒吧的游戏也是不容错过的，极尽搞笑，尽管放松，图得就是一个乐。那边挤满了人，过去凑个热闹，一看，玩牌的，我们虽然不懂，但欣赏他人也是一种乐趣，还真有手气好的。

接下来的两天，我们随导游来到了日本—九州的福冈港口，福冈县位于日本列岛西部、九州北部，是九州岛最大的县，是九州的经济中心、文化中心等。自然环境优美，是享乐、旅游的好地方，渔业发达，渔产丰富。有着"食在福冈"之美名。随着游客来到免税店，大家争着购买心仪的商品，我为小外孙购买了小汽车、小飞机（来时外孙嘱咐我带礼物，他最喜欢汽车、飞机了，见到礼物一定会很高兴）。

美好的时光总是短暂的，还剩两天时间。一大早我们就起床来到甲板上看日出。朝阳冉冉升起，赶快抓拍，我和老公做出手捧日出的姿势，机会难得，老同学为我们留下这美好的瞬间和永久的回忆。拍照过后，我和老公站在甲板上，看那清澈湛蓝的海水在阳光的照耀下泛起了粼粼波光。我们手挽着手，一边呼吸着新鲜的空气，一边欣赏着美景，不禁感慨颇多。时光荏苒，岁月如梭，转眼间我和老公已经携手走过了40个春秋。年轻时，我们没有现在年轻人的花前月下，一天天忙于工作、家庭、孩子，三点一线，还好我们的女儿、女婿都很优秀，小外孙聪明、可爱，老公对我关爱有加，是我一辈子的倚靠和寄托，真的谢谢老公！到了这个年龄我们还能相互扶持，我能想到最幸福的事就是和你慢慢变老，执子之手，与子偕老，此生足矣。

今天是最后一天了，晚餐过后，导游安排我们到五楼的国王大剧院，参加船上的说明会，也就是欢送会。当漂亮的主持人向我们介绍那些台前幕后的工作人员时，现场响起了热烈的掌声。随着音乐响起，屏幕上出现了一张张既熟悉又陌生的面孔。"歌诗达幸运号"邮轮上面有1027名员工，在这短短几天里我们之所以能玩得开心愉快，尽情享受美食和他们的辛勤劳动是分不开的。这些人在平凡的岗位上做出了不平凡的事迹，正是他们热情周到的服务，才让我们体会到了什么是宾至如归，什么是游客之家。友谊不分国界，谢谢你们，再见了朋友！再见了歌诗达幸运号！

2017 年 6 月

陈超作品[*]

遥远的边关

驻守在北疆的官兵都会有这样的体验：用警惕的双眼注视边关的同时，还能站在高高的哨塔上利用闲暇时间尽享大自然带来的美景。因为遥远的边关处在北纬52度线上，这里四季分明，春韵、夏美、秋实、冬寒。我出生在冬天，入伍在冬天，又在遥远的边关真切地感受着冬天，因此在边关轮回的四季中，我更爱冬天。

边关的冬天寒冷。说起边关的冷，你不到此处不知寒。"'四皮'裹得严，官兵把岗站，只露一双眼，忠诚戍边关。"这一首打油诗道出了边关的寒冷。周末静坐，观看窗外飞扬的雪花，让我想起一个真实的故事：在1972年的冬天，驻守在伊木河哨所的一名战士突患急性阑尾炎，大雪封山，陆路不通，时间紧迫，上级派直升机紧急前去救援，结果，直升机在起飞瞬间，螺旋桨由于天气寒冷而折断了，上级不得不派第2架直升机前来。战士脱离了险境，那断裂的螺旋桨却留在了遥远的边关。官兵把折断的螺旋桨挂在连史馆的横梁上，时刻不忘上级领导对自己的关爱，同时断裂的螺旋桨静挂在那里又见证着边关零下57℃的严寒。

边关的冬天漫长。"七月雪，八月霜，十月一片白茫茫。"进入七八月份，当摇摆的树叶不再翠绿，当冷风吹向巡逻战士的脸庞，当战士的衣服由单薄变得肥厚，当来队的军嫂站在寒风中瑟瑟发抖地遥望远方，当第一场冬雪来临，当叮当作响的山泉结成了冰包挡住官兵出行的路……连长告诉我：边关的冬天

* 作者简介：陈超，男，汉族。内蒙古通辽市人，大学学历，中国散文学会会员。从1990年开始发表作品，《新兵班长》曾获首届"华夏作家网杯"优秀作品奖，被收入《军旅小小说选刊》曾入选人教版八年级上语文练习册。纪实文学《北疆尖兵，誉满北疆》收录在《求是》杂志社编纂的《党旗飘飘》文集里。散文《边关的夜》《哨所故事》获得全军政工网第五届军旅文学大奖赛散文类二等奖。参与编辑了《我的军营我的情》《军旅青春别样红》《军旅放歌》军旅丛书。

来临了。直到次年五六月份，拉着给养物资的卡车在六轮车的护送下，翻山越岭，喘着粗气一路奔袭，离连队还有百余公里时，如果不在驻地林业局护林的卡站中转，物资便很难送到官兵那里，当成边的官兵见到团部给养车的那一刻，北疆的冬天才能算勉强过去。此时南方花已至，可谁曾想过北方春来迟。

边关的冬天凄凉。"头顶边关月，身披一身霜，白天飘飞雪，夜晚白茫茫。"雪花轻柔，催生浪漫，成冰坚硬，不免忧伤。北疆的严冬在官兵漫长的等待中一天天度过。远望去，这里方圆百里没有人烟，有的只是皑皑白雪，有人说，这里充满苍凉，有一种超脱自然的美。可是，如果缺少了生机，而只有苍凉你还会认为它美吗？就连小鸟也因这里凄凉飞走了，天空中偶尔有几只乌鸦在盘旋，远方的草地上，几头小牛也默不作声，独自闲逛。此时，只有无言的战友——军犬亨利在这里守候，与成守边关的战士相拥相依。

边关的冬天难忘。正是由于这里的冬天寒冷、漫长、凄凉，所以每一个来到这里的人都终生难忘，不论是成守边疆的士兵，还是前来这里参观的人们。前者以对党的忠诚温暖祖国的每一寸疆土，后者以由衷的感叹带给成边官兵最大的理解和支持。年复一年过，花开花有期，随着国家经济实力的不断攀升及对边防建设投入力度的不断加大，边防大环境也有所改善。但无论这里条件多么艰苦，环境多么恶劣，一代代成边官兵牢记职责，坚定信念——边关总得有人守，岗哨总得有人站。

遥远的边关，漫长的冬天，孤冷的净土，永远的思念。

班长，你在他乡还好吗

身在军营，不难看到新兵，一个个走来走去，见到领导怯生生的。看到他们，就情不自禁地想起我当新兵的时候，想起自己的新兵连时期，想起自己那时傻乎乎的样子，自然而然地就想起了与自己朝夕相处的班长。班长在训完我们这批新兵后，随着复员退伍的大军一同回了锡林郭勒盟老家，掐指算来，从那时分开到现在已经整整十五年了。

往事如烟。

记得15年前的那个冬天，天气特别冷，10多个十八九岁的毛孩子，穿着沉重的"三皮",一个个像个棉球似的滚在雪地里,个个小脸冻得通红,眉毛上挂满了白霜,嘴里呼出的气与脚底下发出吱吱作响的声音和在一起,随着班长严厉的目光,我们排成一列咬着牙跟在班长的身后,班长有意放慢速度,可我们还是跟不上。泪水混着汗水,从眼睛和身体里不断地向外涌,"鬼天气、坏班长",从北京入伍的新兵张振小声嘟囔着,我们担心小张的这句牢骚被眼尖耳明的班长察觉,那可是个大事情!便一边大声喊着"加油、加油",一边推着他继续前行。这时,我们身上的棉衣已经湿透,身体感到越发沉重。前面是带队领跑的班长,不时向我们发出"跟上"的口令,他的声音很低,却坚强有力。终点到了,我们一群新兵喘着粗气,不约而同地抱在一起,泪水再一次喷涌而出,是为我们的坚持,也为我们的战友情谊。班长拿出毛巾为我们擦拭湿漉漉的脸,月光下,班长露出了久违的笑容,那是一张天下最帅的脸庞。此时,我们再也不怕西伯利亚寒流的"偷袭",因为我们已没有一点寒意。这是15年前我入伍后班长带我们长跑时的一个情景,至今记忆犹新。如今,那条沙石路已经变成了柏油路,当初狭窄的路面已拓宽,曾经相拥的地方也已高楼林立,每每当我走过,仍然能感受到马路边茂密的树叶散发着班长身上的气息。

北方的冬天很寒冷,下雪的日子又极多,几乎整个冬天都是白亮亮的。新兵连100多个日日夜夜,就是在这样的日子里度过的。新兵连很苦,所有新兵都有一个习惯,就是天不亮就起床,拿起扫把扫营房,平时看谁得到班长的表扬多,挨班长的批评少,看谁被子上摆的红旗多,插的黑旗少。说实在的,初来乍到都想给人家留个好印象,那是听当过兵的人说的,或是从家来时父母交代的,一句话,就是少说多做。班长也经常把这句话挂在嘴边,一有机会就向我们唠叨:"新兵就要少说多做,我就是从你们那时过来的,你们要把这句话记住。我记住了,并付诸了实践,所以我入了党,当上了班长。小伙子,你还嫩,学吧!"我茫然,无言以对,但事实证明,班长说得在理,先前我遇事总要争个你高我低的,现在竟然变成了另外一个人,有时甚至宁肯受点委屈,也很少流露情绪。

新兵爱扎堆,也愿扎堆,人多,事就多,你一句,我一句,全是新闻。什么张三走队列时迈错了脚,被班长一顿批;什么李四站军姿没出汗让班长给罚站;什么王五背地里学班长讲话被人打了小报告,被处以美声朗诵唐诗300首的重罚等。如果先前谁被班长批,就会被人说"述迷","述迷"次数不能多,如果"述迷"次数多了,会被人看不起。聪明的新兵被人叫一次就会认真吸取教训，没事的时候就会静静地在那里反思：是不是说话声音大了，是不是话说多了，活干少了，是不是班长的话我说了？总之，他要向自己讨个说法，有时还会虚心向老兵请教，直到最后变成"机密"为止。那时，如果得到老兵或班长说这个新兵"机密"，那简直比得一个营嘉奖还来劲。新兵连三个月，我没有被班长和老兵说"述迷"，也没有被称"机密"。日子过得还算平静。

没事的时候，我总爱呆坐在教室里，拿着笔，写写日记，思考一天的感受。这是受哥哥的影响，很早就养成的习惯，直到现在我还依然坚持。一天下午，班长叫住我："陈超，你是不是想考学？""是。"我说。班长不再说话，背着手，轻轻点了点头。"好好干吧，没事多看看书，以后就不要再玩牌了。"走到墙角的他猛一转身对我说。"是！"我答道。班长走出了教室，自此，我失去了牌友，别人也不再找我打牌，复习功课、读书学习占据了我全部的业余时间。

40多天过后，我们被授予了列兵军衔，成了一名真正的边防军人，我心里甭提有多高兴了。一个偶然的机会，我的感受竟深入了班长的心里，那是一次班务会上，班长征求我们对他的意见和建议。我写的一张普通纸条却产生了巨大的魔力。纸条的内容与其说是班长征求我们对他管理新兵的意见，还不如用我给班长加油鼓劲恰当，正是这张纸条，我竟然让班长在十几名新兵面前泣不成声。纸条上是这样写的："我理解班长此时的心情，班长严格的管理是对我们好，如果不能理解，班长严格的管理很可能会成为个别新兵状告班长的理由。"多年以后，每每回想起这件事，我就想起班长拿起我写的纸条时的神情，是感动、是理解，还是什么，当时我搞不懂。散会后，大家都问我，班长为什么哭，我说班长想家了，其他人说道："不可能！"我也在寻找答案，直到我当了班长，提了干，到今天，我也不知道为什么。今天的我想得最多的却是班长经常在训练场上说的那句话："我们是一班，是尖刀班，我们是第一，别的班都向我们看齐，要做就要做最好……"

新兵下连到今天已经十五个年头了。对于人的一生来说，又有几个15年呢？这些年来，发生了很多事，当我有了成绩的时候，我多想第一个告诉我的班长；当我遇到困难时，我多想让我的班长帮我分担，可是这一切只能是空想，到现在一直也没有班长的消息，越是想念，越音信皆无。只怪当初没有留下班长的通信地址，与班长同期入伍的老兵又一个个离队了。尽管如此，我还是能记起班长的模样：他瘦高的个、尖尖的脸、长长的手、小小的眼睛，嘴角的两颗大牙如果没有进行技术处理，至今还应该在外"风餐露宿"。

　　当初的毛孩子，如今都长成了大人。当初一个班的战友有四个人提了干，三名战士转了士官，其他同志回到地方后发展都很好，我们还经常保持联系，但唯一遗憾的是，这么多年来竟然没有班长的音信。回想十五年前的军旅最初岁月，在最困难的时候，是班长拉着我们的手一起走过；在我们无助的时候，是班长有力的身躯支撑着我们；在我们的意志就要崩溃的时候，是班长带我们咬着牙一起挺过。我们这些新兵长大了，成熟了，班长却老了，累了，班长，你在他乡还好吗？

陈广琦作品*

记忆的发现

小的时候和长大了也忘了来过青岛多少次了。心里总是有些骚动，想就去做吧！这次自己没有怎么计划就来青岛了。我小时候有关于这里的美好记忆。来青岛前我告诉了小弟一声，便受到了全方位的跟踪指导，还有他两口子的接站招待。酒足饭饱后的晚上，又走了一些步子，给我联系的旅馆离他家是很近很近的，是能彼此看到的那么近。弟住的这个楼房是我大姨妈一家人的第二套房子。第一套在鱼山路，去不远的前海沿儿是在栈桥的东面。这套房子在西康路，去不远的前海沿儿是在栈桥的西面。这勾起了我小时候来姨妈家住和长大了来看望时的往事……也又想到了我爱的大海。

住下旅馆后，带着酒意，带着童心，带着回忆出去了，是要去那悠久有新意的前海沿儿。自己知道已有些"痴呆"，怕回不到原地，便把"位置"发给了微信上的自己。去看海了。看海，在车上与步行时是不一样的感觉。海风是特殊的，带着熟悉的清凉和腥味。记得以前去海边，短短的一段路就是巨石浪大声响的海边，现在填海多了两段路。汽车行驶的路边有了篮球场，离海边最近的路上禁止机动车行驶，画上了体育场那样的跑步线。晚上9点后的海边，灯光有亮有暗，有骑自行车的、跑步的、打球的、牵着大狗的，最抓人眼球的是有几个少妇，戴着耳麦在陶醉地练着曳步舞。近岸处，一排停泊的游轮在水上不在一个节奏的晃悠。远望去，不知是船还是岛的灯光在闪烁，像在鼓浪屿看金门岛一样的近又很远的感觉。海边的护栏外，有三三两两的男女一簇一簇的，在认真地甩竿钓鱼。还有两个外国人可能是酒喝高了，向大海大声地说着我不懂的话。我轻柔地抚摸着岸边的石阶，又实实在在地坐在上面，捧起海水放到嘴里慢慢品尝着，有腥咸的老味，好似还有一些其他的难以说清的味道。

---

* 作者简介：陈广琦，男，出生于1957年1月，山东省青岛市平度市人，（函授）大学学历。喜读书，力求"征服自己"。因工作参与过报刊供稿发表。个人日常积累有：《杂文集》——写给自己读的字。

在早前的青岛，出门前必须去厕所，还要做好"憋"的准备。哎！到了，敞亮又洁净的洗手间就在眼前。

人啊！应该常出去看看，找回一些回忆和新鲜，尤其是那古老的海味，像是触摸蓝天一样地遐想着——手撕一片白云，织出节节缕缕丝线，绑住回忆做风筝去永远放飞快乐！

睡觉

睡觉，无论是陪人一起或者独身一人，都是一种幸福、一种享受。

白天的折腾，让身体的各个部位有了满足地发挥，夜晚该进入休整时段了。

平静的夜晚里，有不冷不热的房间，躺在松软的被褥之间。

像睡觉，也想睡觉……

这里刺挠、那里痒痒了。

又来了感觉，是"懒散"悄悄地离去，"活跃"蹦跳着上班来了。

先是平躺再是趴着，后是左右侧着，反复地实验着所有能入睡的方法。

怯怯地问："何时游梦乡？"

干脆地答："做梦去吧！"

放下手机吧，里面的花花绿绿有着疯了般的魅力，诱导你向着相思、相爱、相恨一样地扩展着悔悟、等待、期望！——她始终在不间断地挑逗着梦想与兴奋。

对啊，还有一些事情要做呢！从克制到无奈，又妥协了。

回忆。有意无意踩着来路再走回去看看。有了安逸、温馨的童年后，在励志、迷茫、忐忑、无为、无得、无失的路上徘徊着，拒绝着无奈也远离着差池。有少了又少的认同感，又多了很多的讨厌、反感。看到太多失智的私欲抛弃了人性，初心变恶，从天到地，大圈小圈里几乎一地鸡毛！

看书。能把字和字组成句子的是文豪；敢写在纸上、撒到街上、贴到墙上的是学者；会把字页装订成册的是文人；跑马占地的开荒人捡了些弃书异字，便著书、立卷，大谈"三观边界"在哪里的，是被驯化失去野味的土产大货，也成为被自己和同类称"家"的人了；更有狗、猫、鼠"傲世获三胜"，在互嘲也互捧地讲着"猫和老鼠遛大狗"的故事。

翻弄脑子里的内存，匆匆往事随风如烟，有"无诺无悔"的悲伤不悦，也有乐观幸福。

闭上眼睛，睁开眼睛，看看时间。再闭上眼睛，再睁开眼睛，再看看时间……

又拿起书，又看起手机……

到院里吸支烟吧。讨厌夜晚时总觉得它又暗又长，尤其那轮发着寒光的月亮特别招眼，被一些或近或远、或大或小的星星围绕着，一颗颗都在眨闪着诡秘的眼睛。

据老辈人说，每颗星星都是逝去的一位名人，在"梦想成真"圆满结束使命后，飘浮天上永久让人们思念崇敬。遗落地面占地又立碑的，是那些星籍不予接纳的人。

真的赞扬那些有志也励志的人，为"梦"在拼搏着：要么活着，要么死去；要么活着已死去，要么死了还活着。

谁去天？谁留地？当下，谁也不好说。只能由历史说清楚！

继续搜集、积累着脑页里的沉淀。

不能入睡也不能去吃辅助的药，常常调节脑功能会靠近痴呆糊涂吗？

"觉少"是种天赋，有人在青涩的孩提时就有了这个异能。

"夜不能寐"与"失眠"不是一个事，如"大爱"与"被爱"的区别。能让别人"失眠"的，是能把自己的"梦"变为现实的人。

"睡不着就是不困"，这说得非常好，能利用生命的有限时间，大摇大摆地溜达在无限的思维空间。

人啊，睡时醒时都能做梦。有梦就该去追梦！

不理别的，失眠也是一种爱。留恋、把持住自己的所爱就是幸福！

夜还静，想睡觉，也是在清醒地模糊着……

走起

有一个不足 100 平方米的地方，周围的人称为"小公园"。

这个公园是敞开的，有简陋破损的健身器材，有被踩秃的草地，生长着也稀也密、有高有矮的杨柳、松树、榆树。

这是一方人口密集的地方，小公园就成了不可缺少的活动场所。白天和晚上，有玩滑轮、山地车的，有小步跑"8"字的，有伸腿挥臂练太极的，有用背臀撞树的，有牵狗领猫来拉屎撒尿的。到了晚上，还有在不太明亮的灯下随着或快或慢的曲子跳舞的。东南角还放着三四个铁箱子，是居民和旁边饭店放垃圾用的，天热时会飘来阵阵臭味。这个园两面相邻的大路上，有密如树的杆子，上面有明亮的灯，晚上把路"亮化"的通明。这里没有厕所，急了就去个旮旯"方便"，可要小心踩到屎尿。在隐蔽又干净的地方有几条石凳，可能是为谈情说爱的人准备的。

这园的中心由水泥块铺好，到了晚上，竖立一只不太亮的电灯，据说这只灯和放舞曲用的电，都是来跳舞的人凑钱办的，其他人是免费沾光、听曲、看舞的。

这里的过去我是"其他人"，是偶尔路过的人。

现在，每晚最让我向往的是这里的一条小路。

这条路的承载与普通路不同。路宽不足一米，路面上镶满大小不一的鹅卵石，路边由水泥固实。路有弯曲有斜坡。路无头尾，去回相接，从而使不足百米远的路成为无限。这也是一条难上难下的路。

那是未出正月的一个晚上。天很冷，长时间的酒局和脑力工作，中午喝高后难受，昏睡到晚上九点多，对自己说应该活动一下了，便想起了别人在这个园、在这条路的景象。包裹好自己来到了这个园，看到了这条路。

这时的这个园和这条路，因天冷夜深也冷静了下来。园里的那盏不太亮的电灯也人走灯灭，显得很是阴森、冷漠。这样也好，我要"试走"这条路。

这条路上走起来让人感觉非常不舒服，碎石不让脚底板好受，上坡吃力，下坡难稳，走不正，踏不准，几圈下来，已是气喘吁吁，心跳加速，虚汗大出。

以前我是"过客"，笑看着这园里、这路上的男女老少，各个都在用原始方式走路，尽显百态"痴相"。到现在惊问自己还是我吗？怎么出不了"痴相"？我知道了，自己虽还年轻，已是老态龙钟了！

又是一个难以入睡的夜。过去这样，就会倒杯酒喝下去催眠。这夜想了很多，下决心吧，要去走，要学别人走，再去自己走，必须去走！

在第二天日落后的一小时左右去走，选择这个时间是怕别人笑我，笑我不会走，像我过去笑别人的"痴相"那样。

来走这条路的人男女老少都有，有快、中、慢、碎等多种走法。我刚学步，选择投靠了最慢最稳的老者队列。但在走的时候，他们上坡不慢、下坡不急的步伐，看似稳慢，可难以跟随。我坚持了15分钟。对自己说，我起步了。

以后的每天晚上，自己规定了 20 分钟的"任务时间"，逐渐适应、跟上了慢步的队列。也发现，在这条路上走的人，走快、慢步不是按年龄分，也不是按性格分，更不是按步子大小分，虽有这些因素，但主要是按健步的力气自成一队的。我步小无力，眼看着在弯曲的路上，让快步人唰唰超过，而且是一次另一次再一次的。我嫉妒而又羡慕他们。我应走快步。

当晚，遇到一个身材高大又以走快步出名的领队。我跟随去了队尾。这领队身高一米八以上，每步跨越九十厘米。我量过自己步子能迈六十多厘米，这就要急，急了就想跑，这是违反规则的。

我鼓励自己：一定要走，要跟上去！我瞅看步长差不多的人，学着他们的走技，如何添步，还狠狠前后甩臂助力，尽力把步子拉大。同时，调整步子与呼吸之间的频道协调，意念着心跳的配合，呼吸间各迈三步，弯路取直走。再有，看准前者抬起脚的地方，就是我迈出步、落下脚的不断追求。我听不到其他声音，只有自己呼吸收放、心跳怦怦的声响。

我，晃膀甩臂尽大步，大汗淋漓。我，追求"痴"走相。我走着这样的快步，把"任务时间"调到了五十分钟。

在这段时间里，真怕每天日落后一小时的时间，每晚都在"去"与"不去"之间进行着艰难的选择，是勉强地坚持选择了"去"，要把昨晚没有恢复的力气再去消耗。在这段时间里，腿脚的筋扭过，在泡脚时发现痛和肿胀，还有一个脚指甲因瘀血变黑了，还有脚跟、脚底板上厚死的皮在大层地脱落。

难以相信的是，走路走出了强健的脑力与体魄。脑中产生了一些新的想法、看法，凸显出一些多时不见的激情、心动或骚动，甚至有想爬树的冲动。憨劲和"痴相"有余了，自觉喜欢上了单杠和其他活动。

我的"任务时间"调整为一小时。

开始走步到现在，出汗有了变化，先是流，后是滴，再是有。

获益多多，心跳不再烦乱，呼吸稳强。有多人说"个子不高步挺长"。我，步迈八十厘米有余。我，单杠上荡秋千坚持六十秒有余。之前是，一副老相，一双纤嫩手。现在是，一脸春气色，一双老茧手。

在刮风、下雨、下雪的每个晚上，带着昨晚的疲惫，走着今晚的劳累。但是，脚底板经过十分钟的按摩，身体有多种方式伸张后，已在享受着全身心的舒畅、爽快。

我坚持着天天晚上走步。

走这条路的人有时也休长假、周末。到那时，没有了相互的问候和鼓励，只有在这条路上，忍受着那无味的独处，陪伴着那讨厌的寂寞，走着那漫长的孤独。

　　走这条路失去了过去的一些"难舍"与"难得"。血压下降了，肝脏上的脂肪没了，胆固醇数量去了一大半，体重少了三公斤，裤腰肥了，小腿粗了，身体皮肤显出红润的色泽，忘了失眠，不再疲惫劳累，还添了奋发、希望、自信。也失去了一些"诚实"，向组织饭局的朋友谎说已定另友，肚里少装了好些酒肉。

　　翻阅记忆，在工作及其他的时间里，装满了艰辛又骄傲、勤奋又懒惰、高兴又沮丧……这样的走步，增补了一项有益爱好。还在想，过去夜晚的生活是怎么过的！

　　走步、走这条路还另有收获，有白天不见晚上见的走友，不识脸面，只认身影。也熟悉、听烦了舞者播放的那几首舞曲。还有几位有胖有瘦但长相靓丽的女士，是她们执着的毅力给了我"应走""应快步"的自信和强健步伐。

　　每天晚上，我等待着，盼望着。

　　以后的永远，就走这无限的路。

李长青作品*

绿了

　　回乡的第二天，早晨外出散步，遇上小区的老杨，他兴致勃勃地说起石嘴山市的发展，我特别感兴趣的是城市的生态环境变化，他说石嘴山不再是过去黄沙遍地，污染严重的城市了，而是一座绿树成荫、山清水秀，景致怡人，独具特色的山水园林城市。

　　说起山水园林城市，拙笔不能穷尽石嘴山今日之美，但有一个字最能概括美的精髓——"绿"。现在石嘴山变绿了，街道绿了，小区绿了，城市的周边绿了。毫不夸张地说，绿是现在石嘴山浓浓的底色。一个城市像一个人，蓬头垢面，满身灰尘，看上去就没有精神，没有气质；有了绿，就等于给城市化了妆，这个城市就有了生气，有了活力，看上去就很美。

　　石嘴山人按照"显山、露水、透绿、通畅"的城市建设要求，市区道路宽阔，绿树成荫，鲜花娇艳。城区西北有"戈壁绿洲""世外桃源"美誉的森林公园，东南有碧波荡漾、水天一色的星海湖。森林公园是贺兰山下的一片绿洲，怀抱石嘴山的一道绿色屏障。星海湖是镶嵌在大漠沙原上的一颗明珠，是石嘴山开发的具有独特风光的水上景观。市区的周边不再是一片荒滩，不再是城市排污的一片泥沼，不再是风起黄沙飞扬的不毛之地，而是集大漠雄浑与江南锦绣为一色的全国绿化百佳县区，是"一方碧水共蓝天，万亩绿树涌贺兰"的山水园林城市。

　　她的美丽是石嘴山人的骄傲，也是远在他乡的我的骄傲。因为她的美来之不易。干旱、缺水、少雨，想要一点绿，与随便插在地上一根枝条就能生根、

---

　　* 作者简介：李长青，男，出生于1937年12月，吉林省四平市人。1961年毕业于吉林四平师范学院中文系，中学语文高级教师。1961—1999年先后在吉林四平和宁夏石嘴山从事语文教学和中学语文教学研究工作（教研员），曾先后荣获石嘴山市先进教育工作者、全国目标教学改革试验优秀课例组和优秀实验报告（我是课题组主要负责人）等称号和奖励。曾担任《目标教学课例精编》的编辑工作，任《语文分册》主编之一。也曾在相关教育期刊上发表过教育教学论文。1998年退休。1999年受聘于珠海金海岸中学，任教九年，2002年定居珠海。

长叶、开花的华南相比，不知难了多少倍。就以森林公园初建时的情景为例，满眼戈壁沙滩，一个树坑从开始挖直到底 50 厘米，见不到一丝真正意义上的土，拳头大小的鹅卵石、风化岩掺杂在黄沙里，铁锹挖不进，铁耙挠断齿，尖镐一刨一点火星。还要运来黄河边的土，拉来黄河里的水，换土灌水再栽树，这就是种活一棵树的过程和付出的艰辛。

石嘴山人就在这样的土地上，用自己的顽强，用自己的毅力，在大漠荒原上开辟了一个生态环境良好的绿色家园，营造了一座属于自己的快乐伊甸园。

绿了，绿了，石嘴山绿的精神！

寄情星海湖①

水是生命之源，有水便有生机，有水便有活力。

来到星海湖，不管是走在山水大道上，还是徜徉在湖间的绿道上，呼吸着清新的空气，沐浴着那一片湖光水色，即刻产生一种感受——舒适、惬意、神清、气爽。

我静静地坐在湖边，看湖水波澜不惊，碧波荡漾；看鱼儿跃上跃下，如剑似飞；看水鸟三五成群，忽而翱翔空中，忽而蹿向水面，卖弄他们的空中绝技。湖区上下，着实热闹，有蛙声呱呱，有蝴蝶飞舞，有蜻蜓盘旋，燕子也赶趟似的飞来湖上，饮水觅食。整个湖区是鸟的天堂、昆虫的乐园。

曾经，这里，就是现在的这里，有一段痛苦的过去。洗煤厂成年累月的煤矸石堆放，使这里变成了一座巨大的矸石山（也叫渣山）；城市海水无节制地排放，形成了一片偌大的污泥浊水塘，这里弥漫着令人难以忍受的气味，这里杂草丛生，垃圾成堆。哪还有鱼儿鸟儿等生命存在的空间？有谁会在这里驻足，又有谁会来这里休闲？人们不得不来时，都唯恐避之不及。

今天，我惊叹，惊叹石嘴山人的智慧、意志和豪气。把腐朽化为神奇，把城市周边光秃秃的矸石山和一片弥漫浊气的污泥浊水化为最适宜人们生活休闲和娱乐的绿水青山！正如儿子《塞上歌》写的那样："塞上煤城看今天，山水相宜石嘴山。昔日渣山变平湖，良田美池赛江南。"现在，你来到这里，不再是唯恐避之不及，而是流连忘返，不忍离去。

2018 年 6 月至 10 月，回乡 4 个月，它吸引着我，是白天或傍晚，我不知来了多少次。因为，这里为游人设计和创造了适宜观光游览的极好条件。

宽阔的湖面，有绿道沟通，有栈桥相连。游人可以自由自在地来往。亭台楼阁，树木山石，人文景观也将湖区装扮得幽雅不俗，是人们茶余饭后，休闲和锻炼身体的极好去处。

绿道红砖铺设，路旁杨柳依依，绿草茵茵，红绿相映，自然和谐。在一处绿道旁有一半圆形的小广场，绿色塑胶铺面，半圆建在水面上，犹如水上舞台。三位靓女，身着绿色舞衣，甩开粉色水袖，那青春的身姿，伴着歌声，翩跹起舞。"悠扬飘逸洒满湖，喝彩笑声飞满天"，构成了夏日里最美的一道风景。阳光那么好，谁能有理由不快乐？又有谁不想来这里放松一下心情，跳上几曲广场舞？

栈桥设计，避直就曲。有曲径通幽之感，有九曲回廊之美。或水草高过桥面，或荷莲绿了水面，一朵朵红色的、粉色的、白色的荷花又美丽了湖面，引人、诱人。漫步其上，便有一种清凉、淡静、舒适之感。人们怎能不喜欢这里，谁不想来到这里走一走，消解一下一天的疲劳呢？

阳光下，青翠的芦苇，绿得原始，绿得自在。一簇簇，一丛丛，在湖水中无拘无束，尽情地摇曳着凝重的墨绿；它在苍翠的湖绿中，原汁原味地荡漾着它的蓬蓬勃勃，尽兴地展示着它那天姿般的炫酷。湖面因为有了它而壮观，因为有了它而绰约，因为有了它而更加具有画面感。人们怎能不情动于衷，享受一下大自然给予的美呢？

每当我回到我的第二故乡石嘴山的时候，我都不由自主地想到它——美丽的星海湖。不管是假日休闲，还是傍晚漫步，只要来到湖边，你便振作了起来，你的情绪便被激发出来，这是因为这里有一片水，有一片绿，还因为这里有一片情！

"山阴老道士，寄情鱼鸟中。"②我本故乡人，寄情星海湖！

【注】

①星海湖位于宁夏回族自治区石嘴山市大武口区城区东部。据说在1938年，抗日战争时期，著名音乐家冼星海奔赴革命圣地延安。途经邙山黄河渡口，乘船逆流而上时，波涛汹涌的黄河，震撼心灵的船夫号子，触发了他的灵感，一种强烈的民族自豪和对日寇的无比仇恨，促使他创作出了气壮山河的宏伟乐章《黄河大合唱》。为纪念这位伟大的音乐家，黄河畔的石嘴山人把污水横流、垃圾成堆的沼泽湿地改造后，命名为"星海湖"。

②出自宋代陆游《乙巳秋暮独酌四首其三》。

鸣翠湖一瞥

2018 年 8 月 4 日一早，儿子开车要带我出去走走，我问："你想去什么地方?"儿子告诉我，他想去银川那边。

我心想，银川那边有什么好玩。不管了，反正坐在车上，拉到哪儿算哪儿，出去走走也好，比在家闷着强。

车到景区了，我下了车，第一眼看到"银川鸣翠湖国家湿地公园"的招牌，心想这个名字很好，很响亮。鸣翠湖，鸣者，鸟之声也；翠者，绿之谓也。我想象，这里一定是绿的海洋，鸟的天堂。走进景区，目之所及，水面、荷花、芦苇荡构成一幅美丽的水墨丹青，走进去，鸟语花香，人如在画中。顷刻间，我激情满怀，游性大发。

来到莲荷间，走在木桥上，两边的荷花像欢迎宾客似的，随着清风向你频频点头。我，儿子，儿媳，喜不自禁。看看这朵，很美；看看那朵，也很美。在明媚的阳光下，鲜红的、粉红的、雪白的花瓣托着金黄的莲蓬，你不让我，我不让你，绰约多姿，竞相开放。

远望，层层的荷叶，覆盖在水面上，一片碧绿；近看，蜻蜓戏于花间，飞上飞下，好不热闹。此情此景，似宋代诗人杨万里描写西湖的情境："毕竟西湖六月中，风光不与四时同。接天莲叶无穷碧，映日荷花别样红。"当然，鸣翠湖不是杭州的西湖，名气远不如西湖，此时的我，却看到它有西湖的影子，赏到它有西湖的味道。

我没去过杭州西湖，西湖有没有芦苇荡不得而知，可鸣翠湖有。那成片的芦苇，远远望去像绿色的屏障，密密匝匝，把湖面遮挡得严严实实。如果当年白洋淀的雁翎队在这里打日本鬼子，是再好不过的伏击地。今天来到这里，是享受和平的幸福。清清的湖水，和煦的阳光，坐上游艇，穿行在芦苇荡中。游艇忽而左，忽而右，时而直行，时而转弯，如走进深幽不可测的迷宫。两旁芦苇不时地刮着你的手，不小心还会划着你的脸，舵手一再提醒要注意安全。

鸣翠湖名不虚传，"春到鸣翠湖来观鸟，夏到鸣翠湖来赏荷，秋到鸣翠湖游迷宫，冬到鸣翠湖来滑雪"，一年四季都不寂寞，都有景可赏，都能满足游人的愿望。

可惜，我只能观赏夏季之景了。即使这样，我还是很满足。

额济纳看胡杨

胡杨树，我最早看到它是在 1996 年 6 月，石嘴山市中考命题组到阿拉善盟命题结束后，印刷厂为酬谢在该厂印刷试卷，特意邀请命题组成员骑骆驼游阿拉善大草原。一直向西走了十几公里，便看到了草原上零星分布的胡杨。我们当时并没有关注它，只是走进牧民的帐篷吃起了手抓羊肉。

我开始想了解它、认识它，是在 2015 年，温家宝在剑桥的一次演讲中赞扬胡杨"是中华民族坚韧不拔精神的象征"之后。但怎样了解它，并能近距离地接触它，一直没有机会。

2018 年 10 月 4 日，利用国庆假期，我在儿子和儿媳的陪伴下，开始了额济纳看胡杨之旅。从宁夏石嘴山市到内蒙古额济纳旗，全程约 700 公里，将近一多半的路程是行驶在 G7 高速公路上的。

去额济纳看胡杨是我们此行的目的，但 G7 高速公路也是一道亮丽的风景。车在行驶中，快速、平稳，感觉真爽，"不怪是高等级公路啊！"我不止一次地赞叹着。接着，儿子兴奋地向我介绍，这条由北京到新疆乌鲁木齐的高等级公路，是我国几纵几横公路网主干道之一。一路前行，沿途有草原、戈壁、骆驼、日落、蒙古包，这样的大漠风光苍茫、辽阔、雄浑、壮美，像一部鸿篇巨制的风光片，一幕幕地展现在观众的眼前。我时而兴奋，时而激动，最后，我发现，我的镜头里已经装不下这些风景了。

经过八个多小时的行驶，到额济纳旗，已是落日时分，我们的房车就停在宾馆的停车场上，儿子在房车里打点晚餐。我和儿媳来到额济纳河边（也叫黑河），此时，天已渐渐黑了下来。河边大街的路灯亮了，我站在河的护栏边，满河灯光通明，对岸的胡杨一路金黄。满满的金黄，倒映在河面上，随着水面的波浪，金波浮动，流光溢彩。我不由得感叹道：灯光下的胡杨太美了，额济纳旗的夜景太美了！

第二天，我们早早地赶到景区，一踏进去，就被眼前的胡杨林吸引了。夜色灯光下的胡杨美得让人赞不绝口，晨曦中的胡杨美得更抓住了人的眼球。于是，我拿起手机不停地左拍右照。儿子说，今天的天气好，晴空万里，阳光、蓝天、白云，上午八九点正是最好的拍照时机。果然，沿着木板路走进胡杨林深处，棵棵胡杨树在阳光的映照下，清澈透亮。一色的金黄，耀眼的金黄，莫非是天公把胡杨林染成了如此金子般的色彩，让眼前的一切都变得灿烂了？来到胡杨林，仿佛进入了一个童话世界。一张张金黄树下留下的倩影，是我一生中难以忘却的瞬间。此时，我倒像一个孩子，骑到骆驼上，留下了一张恍如童年的相片。

秋天的额济纳胡杨林以它特有的格调，向人们昭示着它的气质。有一句歌词是这样唱的："黑眼睛黑头发黄皮肤，永永远远是龙的传人。"（歌曲《龙的传人》）当国人在潜意识里把黄色与民族尊严联系在一起的时候，再面对满园金黄的胡杨树，人们的心里会自然而然地升起一种庄严和神圣！

我有些累了，顺便坐到一棵倒伏着的胡杨树上。环视周围，生长着的胡杨树，有的高大苗壮，躯干挺拔；有的婀娜婆娑，华贵俊美。可是，可是就在我的脚下，不，在整个胡杨林生长的地方，是西北典型的荒漠沙原，胡杨树对抗着干旱、缺水、盐碱，严寒恶劣的自然环境，顽强地生长着，为人类绘制出了一幅传世的壮美图画，不能不令人生出一种无比的敬仰！

来到怪树林，我看到了那些已不知死了多少年的枯树，它们的躯干光滑而坚实，没有一点腐朽的迹象，它们的枝条依然挺直，不能轻易撼动。其中的一棵老树，它的树枝扭曲着，挣扎着，树干崩裂出千奇百怪的纹路，干涸的姿态就像是生命终结前的永远定格。粗大的树干，像被无形的力量挤压，直到再也挤压不出一点生机，但偏偏就是这棵枯树，充满了生命的感召。这里像是一场盛大的怪树聚会，棵棵手舞足蹈，姿态万千，这里找不到形态相似的树，每棵树都用自己独特的样貌，诉说着生命的永恒！

于是，我深深地感慨道：我眼望活着的，是满满的希望；我又看了老去的，是无比的坚挺。难怪额济纳人这样称道胡杨树："生而不死一千年，死而不倒一千年，倒而不朽一千年，三千年的胡杨，一亿年的历史。"铮铮铁骨是千年铸就，世人称它为英雄树，它那不屈不挠的脊梁，它那永不认输的韧劲，不禁让人对胡杨树产生了深深的敬畏之心！

机会来了，机会难得。此行是儿子和儿媳为了圆我近距离接触胡杨的梦，特意为我安排的，因为他们曾骑着摩托车风尘仆仆地来过了。这不仅让我感动，更让我深感这不是单纯的一次旅行，而是一次情感和意志的升华。胡杨树上亿年的历史，G7高速公路的伟大工程，不正是中华民族坚韧不拔精神的象征和体现吗？

因此，这次旅行胡杨精神让我认识一个道理：一个人，一个民族，一个国家在深重灾难中，只要挺起腰杆，顶住严酷，顽强奋起，就能将失去的，被剥夺的，从民族崛起振兴中再夺回来，发展并壮大起来！

胡杨精神不朽！

漓江山水

"桂林山水甲天下"，早已听说，也一直向往。2010 年 10 月 1 日，由女儿和侄女自驾前往，实现了盼望已久的饱览桂林山水的愿望。

听人说，到桂林不游漓江等于没到过桂林。第二天，8 点 40 分，我们便驱车来到了磨盘山码头。百闻不如一见，游船一出漓江，我便心动不已。

漓江两岸的山天下奇绝。平地拔起，形态奇异，群峰竞秀，千姿百态。我一生中见过许多山，比如，"势如蛟龙，陂陀千里"的长白山，登临过"气势雄伟，如万马奔腾"的贺兰山，也曾在长江游船上饱览过"两岸连山，略无缺处"的巫山。但我还从未见过桂林这样的山，奇峰兀立，高低错落，层层叠叠。有的似青天一柱，有的像伸出的五指。小山如螺，大山似塔。峰丛、峰林、孤峰，星罗棋布。从桂林至阳朔的漓江两岸，峰峦叠翠，峭拔连绵。如果说北方的山是豪壮、磅礴的，那么桂林的山就是俏丽、秀美的。

漓江的水流平缓，微澜不惊，泛着层层的细浪，温顺地流淌着。既不像黄河那样汹涌澎湃，浊浪滚滚；又不像长江那样波澜壮阔，浩浩汤汤。它稳稳地像举止典雅的淑女，姗姗而来，又缓缓而去。漓江水清如镜，清到一沙一石都看得清清楚楚。南朝吴均描写富春江的水："水皆缥碧，千丈见底，游鱼细石，直视无碍。"富春江如今怎样，不得而知，今天的漓江与此堪比啊！蔚蓝的天，碧绿的水，水天一色，明亮而柔和。漓江水缓、水清，而且水净。几十公里的游船上竟未发现河水里有一片白色垃圾，这在江河到处受到污染的今天，不能不说是个奇迹。白居易的"水心如镜面，千里无纤毫"两句诗，放在这儿形容漓江的水，恐怕不为过吧。

漓江山水处处皆胜景，堪称桂林山水的典范。有诗赞云："桂林山水甲天下，阳朔山水甲桂林；群峰倒影山浮水，无山无水不入神。"高度概括了漓江自然风光的美。伫立船头，凭栏远眺，漓江上烟波浩渺，云蒸霞蔚；近看，两岸竹林，郁郁葱葱，婀娜多姿。山围绕着水，水倒映着山，山水相映成趣，好像一幅浓墨重彩的水墨长卷，凝重中还透露着灵动之气，真是"舟行碧波上，人在画中游"。

我游江上，兴奋不已，饱览于目，得之于心。漓江优美的自然山水，良好的生态环境给我留下了深刻的印象，在这里我真正体味到了天人合一的美好，人与自然和谐相处的幸福！

不虚此行！

珠海的夜晚

在珠海，我最喜欢感受夜晚之美。

路灯亮了。海风吹来了，凉丝丝，清爽爽。闷在楼内一天的人们，三三两两，纷纷走出家门，或漫步在林荫路上，或伴着音乐在广场上跳舞。一对对情侣牵手搭肩，走着笑着，有的半卧在草坪上，说着闹着。老年人手拿蒲扇，坐在马路旁的休闲凳上，谈天说地，情趣盎然，感受着夜晚带来的清凉。

我和老伴同街上的人们一样，也不会错过夜晚赐予我们的这份感受。不同的是，我们可以足不下楼，尽可以领略夜晚的种种风情，因为我家有一方六十多平方米的大平台。

珠海的夜空，没有霾，更没有沙尘。天空洁净如洗，清亮透明。繁星满天，清晰可辨。我端上一壶茶，坐在平台的石桌旁，老伴坐在我的对面，边喝茶聊天，边饶有兴味地看星星，数星星，可是，叫上名字的并不多，当然更数不清了。然而此时，心很静，身体很放松。

当清晰地看到银河的时候，我开始浮想联翩。银河真像一条气势磅礴、横贯长空的大河，牛郎星和织女星分别在银河的两岸，牛郎星两边各有一颗较暗的小星，这大概是传说中牛郎扁担挑着的两个孩子吧；织女星在银河的对岸大而明亮，这可能是织女望着丈夫和孩子睁大的眼睛吧。有时还会看到流星在夜空中由上而下、由明而暗地划过，像一条金色的光带，给夜空平添了一道亮丽。

这时，郭沫若《天上的街市》诗中的优美意境又浮现出来：在那"不甚宽广"的天河上，牛郎织女，骑着牛儿自由来往。夫妻手拉着手，领着孩子，在天街上闲游。"不信，请看那朵流星，是他们提着灯笼在走。"多么闲适，多么幸福。但这毕竟是想象，是向往，真正有这福分的是今天晚间平台上对坐着的一对老人。边看边想，怡然自得。

最有情趣的是月夜。一轮明月，从山那边缓缓升起，游走在淡而薄的白云间，轻盈而悠然。一会儿露出笑脸，亲切地向人示意；一会儿又躲进云里，跟人玩起了捉迷藏。柔柔的月光，悄悄泼满大地。它没有绚丽夺目的色彩，也没有多姿烂漫的情调，它有的是轻柔，是朦胧。这时，漫步在平台上的我，在凉爽海风的陪伴下，看山，山朦胧；看树，树朦胧；人呢，也被朦胧笼罩。我犹入仙境，通体舒服，畅享着月下难得的一份悠闲与惬意。

月下，夜来香、米兰，花开正盛，馥郁的花香，伴着轻风扑面而来，我带着满身的芬芳，抿上一口清茶，仰望明月，心想：李白是"花间一壶酒，独酌无乡亲"，我今晚无酒，就以茶代酒吧，也来个"举杯邀明月，对影成三人"。然而，我歌影不动，我走影随行，哪有李白"我歌月徘徊，我舞影零乱"那么狂放浪漫呢？但我感受到了月夜带给我的愉悦与欣慰。

每当夜晚来到平台上纳凉，我便会想，今天，在同一蓝天下，和平、发展、稳定给我们带来了美好的生活环境，我能感受到的别人也一定能感受得到。不是吗，在夜幕降临时，广场上、海滩上、林荫路上、草坪上，所有漫步在路灯、霓虹灯下的人们不正在享受着夜晚带来的幸福快乐吗？

有人说："真正的幸福是一种精神感受。"我喜欢夜晚，尤喜欢珠海的月夜，因为我确实有了这份精神感受！

珠海的秋光

秋天来了，北方人，也有我一个，最盼望天高云淡，风和日丽的天儿，人们亲切地叫它艳阳天。一旦有这样的天儿，三三两两的人们就走出家门，来到田野，来到河旁，来到山上。望南飞一字形的雁阵，观清澈溪水中的游鱼，赏经霜染红了的秋叶。游戏在草地上，舒展筋骨，放松心情；平卧在山坡上，饱览旖旎的秋色，享受难得的日光浴。多么潇洒，多么惬意。这时你会想到什么？是否会低吟浅唱着这美好的秋光？

不过，北方立冬以后，这样的天儿就很难得了。然而，华南就不同，尤其珠海，这样的好天儿，秋冬季节，尤其立冬以后，基本是天气的主角了。

珠海地处亚热带，"长夏无冬，秋去春来"，没有气候学严格意义上的冬天。夏长无酷暑，冬短无严寒，终年温暖。"冬季，尤其是前冬，雨量稀少，晴天居多，气候宜人。"（《地理》）这里，没有李白"秋色无远近，出门尽寒山"的景象，也没有孟浩然"木落雁南渡，北风江上寒"的凄清，更没有曹丕"秋风萧瑟天气凉，草木摇落露为霜"的寒冷。找不到"自古逢秋悲寂寥"的感觉。一到冬季，艳阳高照，温暖和煦，秋光融融，让人感觉十分舒服，心情愉悦。

这时的珠海，山是丰韵的，榕树郁郁葱葱，凤尾竹青秀婆娑，相思树苍翠碧绿，还有各种不知名的树呀，野草呀，野花呀，遍布其上，赏心悦目。海是蓝的，蓝得让人心醉，微微的海风掀起层层细浪，波光粼粼，明亮耀眼，让人心旷神怡。大地花木葱茏，色彩纷呈。紫荆花开得正盛，犹如紫气东来，祥云一片；勒杜鹃（俗称三角梅）一朝怒放，红黄紫橙，分外妖娆；黄婵、美人蕉，还有路边的扶桑，款款展展，争奇斗艳。湖边垂柳碧荷相伴，树上鸟语雀鸣，水上荷花飘逸，水中鱼戏莲间。正如苏轼云："一年好景君须记，最是橙黄橘绿时。"绿色，是珠海秋冬的底色。

我来珠海十年，甚感冬日之美好，故于 2008 年冬至日作《西江月·冬至》一词赞之：

> 天上白云朵朵，山间轻雾蒙蒙。
> 路旁黄婵竞峥嵘，楼外杜鹃正红。
> 冬日暖阳普照，腊月大地春浓。
> 童叟草坪戏风筝，雀儿亭上和鸣。

秋，这里的秋，明净寥廓；这里的秋，温暖铺满大地；这里的秋，让人身心舒适；这里的秋，让人快乐地享受着海滨城市秋光的美好。

"天时人事日相催，冬至阳生春又来。"（杜甫《小至》）2006 年，来珠海过春节的大儿子、小儿子、二女儿及孙子、外孙女一大家子人，正月初二去了金沙滩浴场，海里游泳，沙滩拾贝，游戏玩耍，品尝海鲜。他们格外的兴奋、好奇和欣慰。大儿子说："这里真是个好地方，家乡还是千里冰封、万里雪飘，这里却是艳阳高照、春意盎然。"

是的，秋光是美妙的，秋光是律动的。愿秋光永葆清新，永葆明朗，再多发几片绿叶，再多开几朵鲜花，别让楼高车快的文明给你污染了——北方的艳阳天，珠海的秋光！

从盼到盼

——从盼年说起

春节就要到了，每年到这个时候，我心里总有一种盼，盼什么？

要说过去，那可真的是盼年：盼杀猪宰羊，盼淘米做豆腐。小孩子盼买鞭放炮，盼穿新衣新鞋，盼除夕夜那桌鸡鸭鱼肉大餐，盼年三十儿那顿年夜饭的饺子。那年头，家里不富裕，平时很难见到荤腥、穿新衣的。所以每到年关，就盼呀盼呀，甚而至于盼得眼红。

这是过去，那现在还盼吗？盼。现在不是日子都好过了吗，平日里什么大鱼大肉，生猛海鲜，想吃啥就买啥。嫌家里做不好，到外面饭店去吃，比过去过年吃得好得太多了。穿的吗，过去的人家里外头一身皮，现在呢，平时需要穿啥就买啥。家里衣柜衣服一大堆，虽然不是什么名牌，但比过去过年时穿的不知要好多少倍。现在吃穿不缺，还盼啥？

说对了，还盼。时代不同了，盼头也越来越高了。房子、车子、国内游、出境游……说不定过些年，还盼啥呢。

当我糊涂的时候，我想，现在生活都这样了，还盼啥呢？就别盼了吧。当我清醒的时候，我方明白，盼是啥呀？盼不就是盼望、希望吗？那你说生活若没有了盼望，还能生活下去吗，那没有希望的人生还算人生吗？

其实仔细想一想，人靠什么活着，不就是靠从盼到盼中活着。只要一息尚存，盼就断不了。不管穷人富人，百姓官员，不都在盼望中生活，都在希望中前行吗？

说来说去，盼是生活的动力，是前行的灯塔，是成功的向导。

不能"随便"

一天，我和我的同事来到一家酒店住宿。一进酒店一楼大厅，我发现我的同事有些异样，便问："怎么了，愣什么？"他说："太豪华了。"我说："豪华有什么不好，外出住宿就是图个舒服。咱们又不是出不起钱。"其实，这个酒店并不高档，说豪华有些过，但比起小城镇的旅店来，要好得多。一句话，这里干净、整洁、环境素雅。

开了房间，住了进去。我又发现，我的同事与往常不同，做事异常小心谨慎，多少还有些战战兢兢、不知所措。泡茶，怕把水倒在桌面上；吸烟，怕烟灰落到地板上；用过的纸巾，慢慢地放到垃圾筐内，一切都仔仔细细，生怕有什么不周到。要知道，这可不是我同事的一贯作风，平时大大咧咧、不拘小节的他，今天像变了一个人似的。我有些纳闷，这是怎么了？是什么使我的同事这番地检点自己了？我问他："今天怎么不随便吐痰了，怎么不随便磕烟灰了，怎么不随便扔纸团儿了？"我一连问了几个为什么"不随便"。他回答得很干脆："这环境不能随便。"

"这环境不能随便"，引起了我的一段回忆：2006 年，我和老伴去澳门旅游，给我印象最深的有两点：一是，澳门街道窄，人多，澳门本地人加上旅游的人，我走过的几条街道，可用人流涌动来形容。二是，我也意外地发现，不管走到哪里，街道都很干净。许多游客，包括我在内，也算入乡随俗吧，手里都拿着一个塑料袋，装着自己用过的废弃物。看来，这环境也是不能"随便"的。

可见，环境是可以感染人，也是可以改变人的。古人有话："橘生淮南则为橘，生于淮北则为枳。"其本意是，自然环境对物种品质的影响是巨大的。同理，人的生存环境对人的生活习惯和行为方式的养成也是至关重要的。

我们的生存环境，包括生活的、工作的，家庭的、社区的，城市的和乡村的，笼统地说，无非是两种：一种是环境友好型，一种是环境脏乱差。不管哪种环境，都会对人的思想、行为产生潜移默化、熏陶渐染的作用。事实告诉我们，长期生活在友好型环境里的人们不需要别人提醒，就知道检点自己的行为，就能自觉地遵守社会公德，并能主动地抛弃那些"随便"的不文明，不情愿因为自己的"随便"使环境受到污染，遭到破坏。

由此看来，"不能随便"也是一种文明，它的实质就是一种以牺牲环境为代价后的一种反躬自省，一种认可以约束为前提的、无须他人提醒的自觉，一种深耕于人们内心对美好环境的敬畏。一言以蔽之，"不能随便"就是一种始终以保护环保为己任的大爱之心！

魏忠建作品[*]

知道我在等你吗

聚餐时的喧嚣渐渐散尽
天空懒懒地涂上清冷的黑
孤寂的水潺潺是山泉空灵的歌唱
寂寞成寒夜里孤灯模样

默默细数如梦如诗的真切
依然留恋对酌小饮的滋味
渴望熟悉的温情湿润我唇印
感受习惯的肩膀依靠

短暂的缠绵难掩久长期盼
指尖划动彩屏荡起的涟漪
诉说一遍遍爱恋情怀
缓解那无法承受的惦记苦痛

冷冷的风吹乱我惆怅
注定又是一夜无眠
思绪追逐着离去的脚印
远方的爱人，知道我在等你吗

---

* 作者简介：魏忠建，男，59 岁，生于浙江慈溪，汉语言文学专业，企业部门经理。曾获由中国散文网、华夏博学国际文化交流中心主办的 2022 年"最美中国"当代诗歌散文大赛一等奖。

你是姜武吗

从小陈的 QQ 上初见小马时还以为他是姜武，便急切地向小陈问个究竟："你老公是不是那个著名电影演员姜武?"小陈笑笑："有点像是吗?""不是有点像，真像。"小陈开心地笑："真不是，他在电力集团做工程师呢。"我有点迷惑，世上竟有这么相像的两个人。

小马是浙江人，小陈是湖北人，属于有缘千里来相逢的那种。至于他俩是自由恋爱还是媒婆介绍，是一见钟情还是日久生情，我不好意思问小陈。反正他俩夫妻恩爱、家庭和睦，是办公室同事一致认同的。

小陈的脸相有点明星范儿，又女人味十足，难怪小马很爱她。当然，要得到男人持久的爱光有女人味是不够的，最吸引小马的或许是她的温柔、贤惠和知心；小陈爱小马也不只是爱姜武一样的脸，小马对小陈的关心、体贴、包容、友善让她深深地依恋和感动，幸福并温暖着。

刚结婚时，小马嘱咐小陈："亲爱的，我在外面赚钱，你就安心地在家做宅女好啦，我会养你的。"接着，小陈有了孩子，为了孩子的茁壮成长，也没了去工作的念头，只想安心把孩子哺育好。要说他俩的孩子健康、英俊、聪明又伶俐，许是遗传了父母优良基因的缘故，但更归功于家庭温馨的成长环境和夫妻俩合理、得法的养育。

小陈来公司做统计工作不仅仅是为了赚钱，主要是由于在家太寂寞、太空虚，想生活得更充实一点。小马在外地工作，夫妻俩聚少离多。原本，老公不常在家，她的精力主要放在孩子身上，也没觉得特别失落。现在，孩子可以去学校读书识字了，突然觉得莫名地孤单，独自窝在家里连个交心的人儿都没有，特别难受。公婆虽然住得很近，互相照顾，关系很好，但是跟公婆还是有代沟的，观念不同，说不到一起。

有一天，小马回家来，小陈双手围住小马健壮的腰身，贴着小马说："老公，我跟你商量个事儿?"小马说："什么事?"小陈柔柔地说："你答应我，我才说。"小马在小陈的额头亲吻一下："我答应你，你说。"小陈说："老公，你在外面不常回来，孩子又上学了，家里太冷清啦! 我要去上班!"小马："亲爱的，在家不是很好吗? 做些家务，看看书，工作多辛苦啊! 又赚不了多少钱。"

小陈撒娇说："我要去！反正爹妈退休了，学校离家也近，孩子接送，我没时间的话，他们也可以的。"小马想想也是："假如工作能使你快乐的话，那就去吧！感觉不好，就回来。"小陈笑得像花儿一样灿烂。就这样，小陈开始了新生活。

晚上，小陈每每静下心来就会思念小马，就给遥远的小马发信息、打电话。把每天的工作、生活琐事说给小马听，也关心小马的生活、工作；小马从不欺骗小陈，做了什么活，跟谁在一起，把一天的事全说给小陈听。有时，小马抽不出时间回来，小陈思念过头了，干脆跑到老公那里去住一晚上，卿卿我我，恩恩爱爱。

小马回家的日子，是小陈最开心的日子。赶紧到菜场买些小马喜欢吃的，亲自下厨煮饭炒菜。其实，他们可以去爸妈那里扒饭，有时，小陈就乐意亲自下厨，待在自家里，跟小马一道面对面，喝喝小酒，交交心。晚饭后，趁着月色，手牵手去公园散步，像初恋情人般，倒影在湖面跟月儿相依相伴。

一天晚上，小偷趁小陈外出骑车健身之际，撬门进室，把家里的贵重东西洗劫一空。婆婆知道有些许埋怨，唠叨了几句。小陈原本心疼着呢，这下更觉委屈，眼泪汪汪地跟小马打电话，小马没有责备的意思，安慰小陈："亲爱的，没关系。破财消灾！你一个人在家不容易，要注意安全，睡觉前要记得把门关严实。"

小马在休假的日子里，常带着老婆孩子及爸妈一道去旅游。小马不仅是体贴的丈夫，也是孝顺的儿子，他要弥补平时不能在老婆或父母身边的遗憾。那时的小陈会打扮得漂漂亮亮，开心地享受家庭其乐融融的温馨氛围和自然风光给予她的舒心、畅快。

小陈和小马也会有闹矛盾的时候，就像牙齿偶尔会咬着舌头一样。那天，小马刚好在家，小陈见头顶的灯罩好久没洗了，积着厚厚的灰尘，便跟小马说："老公，你把灯罩脱下来，我去洗洗。"此时的小马感觉有点疲惫，平时也不习惯做这种活，就说："明天妹夫过来，让他脱一下。"小陈认为这么简单的事，还要让他人干，心里生气。也不多说，干脆自己干起来。小陈提着灯罩去河边清洗，见小马跟在后面，就疑惑地问小马："你跟着我干吗？"小马说："我要看着你，万一掉河里咋办？"小马这举动，立马把小陈逗乐了，自然气也消了。

我与小马的第一次接触，是在同事的婚宴上。赴宴前，我就跟小陈说："小陈，今天我要跟你老公碰几杯酒，认识一下。"小陈说："嗯！那我们坐同一桌好啦。"他俩驾车先走，由于路上堵车，当我们到时，摆满宴席的场馆已经坐满了宾客，宴过三巡，跟小马碰杯相识的机会也就失之交臂了。散席出来，一眼认出小马——因为他长着一张神似姜武的脸。我走到小陈身边，看着小马问小陈："小陈，这是小马吧？"小陈说："是的，可惜今天不能一起喝酒。"小马笑着接过话："下次咱们好好会一会。"

一天小陈碰到我说："过几天到我家来喝酒？"我说："好啊！"心里认为平常聊天，说说而已，没记心上。过了两天，小陈又跟我说："明天到我家喝酒去。"我想她家有事或谁生日之类的。我说："好啊！家里谁生日呀？告诉我，我带点礼物来。"小陈说："没什么事。"看我持怀疑的态度，重复一句："真没什么事。"次日上午去财务科，没见小陈，我估计是准备饭去啦。便问其他几位同事："小陈没在，上午就弄饭去了！"同事说："是呀！她还打电话来要你过去。"我说："嗯！我很想去。"

晚宴，由小陈亲自下厨，小马帮忙，弄了满满一桌菜。小马坐我旁边，我一点没觉得陌生和拘谨。我们像久别重逢的老友，开心地边喝酒边聊天。我不知道为何如此兴奋，同小马不知不觉喝下了几杯白酒，竟也没醉。我很愿意那样开心快乐地醉去，也许内心郁积的烦恼需要释放，也许跟小马喝酒会友的愿望终于实现。同事说我喝醉了，我自觉没醉，清醒着呢。

小马的热情好客和礼貌友善，给我留下深刻的印象。

看到小马我便想起姜武。姜武是我喜爱的电影演员之一，我欣赏姜武的高超演技和语言风格，但他于我而言是一位遥不可及之人，是荧屏上的人；而眼前的小马，让我触手可及，是真实之人。我更喜爱小马的友善与好客，对老婆的包容、疼爱，对父母的孝顺、敬重。难怪小陈如此爱着他，迷恋着他。

趁今儿酒醒之时，提起笔来写道：真诚祝愿小陈、小马恩爱如初，携手到老，家庭和睦。

能结识小马，真好！

铿锵三人行①

起初获悉三位美女同事已买好了机票要去青岛旅游，我不信，因为，说去就去，一点预兆都没有。要知道她们都是有家室之人，请假，说服老公、家人，该是一件多么不容易的事情。然而，当她们整装待发时，我信了。其实就那么简单。仔细想想：正沉浸于宴尔之乐的年轻"沫叶"曾有过独自一人背起行囊游览名山好水的经历，她向往着能够走遍祖国的万水千山，也用实际行动来兑现了对自己的承诺；被老公深爱着的"红豆冰沙"是位健身达人，爬山、骑车是她的运动爱好，所以有优于一般人的抗疲劳能力，每年都要跟老公一道，或者一家子热热闹闹地出去旅游，并乐在其中；"初见"②是一位充满青春活力，阳光、活泼的女子，和她一起结伴而行就不缺欢歌笑语。在这阳春三月，阳光明媚的日子里，去拥抱美丽青岛，也是顺理成章的事了。我欣赏她们的爽朗和率真。

"现在，还能买到飞机票吗？我也去。"说这句话时，她们正在试穿出行的行头。旅游鞋，旅行服，太阳帽长长的帽檐遮住了她们的眉梢，塞满生活用品的旅行包背在肩上，背带勒出女人特有的曲线。我仿佛看到三位女子背着行囊，身姿矫健地穿行在山间水边，有说有笑，欣赏着美丽风景的画面。她们开心地说："好呀！好呀！咱们一起去。"但是，理智告诉我不能去。我有十种百种不能去的理由来说服自己。这些理由，总是那么冠冕堂皇，合情合理，有时还会被自己列举的种种理由所感动。这些理由让我忍受了好多年，我讨厌这些理由。我羡慕她们。当她们出发说再见时，我祝她们旅途快乐！

我的旅游经历要追溯到年轻单身时了。那时，同好友一道爬黄山，游西湖，品宁波天一阁。雁荡山的那次旅游让我至今记忆犹新：跟几位搞美术设计的好友结伴而行，吃住一起；随带相机、画板，谈天说地，拍照写生，颇有一番文人游山玩水，驻足留墨的意味。回想当年，那是多么惬意啊！今天，她们将感受到那种快乐。

自出发后，她们仨自始至终跟我们保持着联系。科学技术发展到今天，确实给我们带来了诸多便利，让我们能够利用现代通信技术，第一时间传递信息，知道她们的行踪。机场登机前、登机后的图片时而传来直到飞机起飞，当我再一次听到信息提示声时，已经是晚上十点，我知道她们已到达青岛机场，一幅青岛夜景即刻呈现在眼前，她们边过马路边说话，匆匆赶往宾馆。我回了条信息：今晚早点休息，明天好有力气游玩。

父母那一辈是勤俭持家的。患得患失，一年到头都在干活赚钱，却舍不得花钱，也没多少钱可花。他们不会把辛苦赚来的钱，花在游玩上。他们觉得那是浪费钱，钱应该花在更值得花的地方。现在的我，更像是父母那一辈的人。掐指算来，自从来到宁波，真正意义上的旅游一次都没有过。这样想，便会觉得很失落，也很悲哀。一个简单又复杂的问题这几天总萦绕着我：人为什么活着？我想，许多人都想过这个问题，也有许多人回答过这个问题。答案各不相同。仁者见仁，智者见智。我说，人活着，就是为了追求美好生活，创造美好生活，享受美好生活。其实父母同样在追求美好生活，但他们更多的是一种向往，或者始终在追求目标的过程中。作为当代女性，对生活的理解有着跟父母不一样的感悟，多了份豁达和舍得，也对美好生活的追求来得更直接了一些。

随后的几天，是她们极度开心和快乐的日子。她们暂时忘掉了工作的压力和生活的重担，全身心地投入青山绿水，蓝天白云间，投入了幸福的怀抱。这期间，她们开心的话语时而传来，一幅幅图片时而呈现，同时把那份快乐及时地与我们共享。那画面中的她们在美丽景色的映衬下，竟如此矫健和美艳。大自然衬托着她们的美，她们烘托着大自然的美。情景交融，呈现出一幅幅人和自然互相辉映的美丽风景。看，她们多么开心啊！笑得多甜美啊！时而摆些可爱的姿势，时而谈笑风生。天空湛蓝，海水碧绿，她们站在沙滩上，遥望着远方，任凭凉爽的风拂过脸颊，夹杂着大海的味道。那画面竟如此清晰、真实，美轮美奂。不知不觉间，我站在了那沙滩上，同她们一起，共同欣赏青山、绿水、阳光和大海。然而，青岛的海风吹不到我的脸，阳光依旧是这儿的阳光，空气还是这儿的空气。

傍晚时分的一张图，我看到了她们的晚餐——满满一桌子的海鲜。鱼、虾、扇贝应有尽有，让我垂涎欲滴。我很惊讶，这么多菜，即便她们都饥肠辘辘，能吃得完吗？太夸张了吧！有钱也不能那样花呀！"初见"笑着回答我："哈哈！不知道每一碟菜里有这么多量。"我调侃一句："把吃剩的，带点回来哟！"平时，我们聚餐都会喝点酒。那种氛围下，这么丰盛的菜肴，她们喝点酒是必须的了。我估摸说："是否青岛啤酒做饮料呢？""红豆冰沙"立马发来一张图，画面里那一大杯啤酒已所剩无几。只可惜，我不能和她们一起喝着酒品尝那鲜美的海鲜大餐，只能看着图咽口水。

我要努力工作，把每天的工作做得更完美一些，这既能对得起企业，又能为自己增加收入。然而，每天做不完的事，没有休息的日子，各种烦恼和压力逐渐让我身心疲惫。我再不去改变这种生活状态，当哪一天，无力工作之时，最可怜的莫过于自己，最悲伤的莫过于家人。工作究竟是为了什么？能让人连健康都不顾，那不是我的初衷。

几天的日子竟如此之短，她们好想再多停留几日，享受愉悦。早晨起来，沿着环海路跑上一圈，呼吸清新空气，聆听海的声音；白天行走于栈桥，看海鸥飞翔；踏步于崂山，赏海光山色；夜幕下，漫步街道，观赏风格迥异的建筑，近距离感受青岛人的生活习俗。可惜，归程之日已到。然而，此行所获得的快乐与满足，足以抵消这些遗憾。她们已经感受到了青岛的景色之美，收获了来到青岛的愉悦和快乐。那份快乐将会珍藏在她们心里，成为幸福的一部分。若干年后，回想起来，依然是那样的甜蜜和温馨。如陈年的酒，醇香四溢。

我的心情忽然开朗。人生除了苟且，还有诗和远方呢。我们要庆幸生活在当下的中国——自由而富强。现在的生活状况比起老一辈不知好了多少倍，我们没有理由不拥有快乐和幸福。疲惫时，休息休息，调理一下自己的身体；烦恼、委屈时，出去走走，看看祖国的大好河山，让身心得到愉悦。

她们仨笑逐颜开、满面春风地从机场出来，扛着一大箱海鲜，那是从青岛带来的，说是给我们尝鲜的。晚上，煮了足足几大盆。我喝着红酒，品尝海鲜的鲜美，也体味到了蕴含在里面的那份友情和快乐。"沫叶"在微博中说：生命变幻无常，既不能预知未来，也不能回首过往！一辈子很短，不管遇到什么，都快乐地去面对，才对得起流逝的岁月年华。

阳光灿烂的日子在向我招手，下一站的旅行，希望能看到我的身影！

备注：

① "铿锵玫瑰"意在赞美女性。此次正巧是三位美女同事一同出游，故取名"铿锵三人行"，取意坚强、独立和自信；美丽、感动和温柔。

② "沫叶""红豆冰沙""初见"分别是三位同事的网名。

剑兰花开

今天回家，发现桌上的一束剑兰花开了！那翠绿的枝条细长婀娜，盛开的花朵粉红鲜艳，犹如少女那曼妙的身姿和灿烂笑脸，看上去清爽、靓丽，把书房点缀得满堂喜气。

记得江南的那晚是少有的寒冷，寒风吹得人瑟瑟发抖。老婆提着一束花枝走来，看花枝上花蕾紧裹，根本没有要开的迹象，就埋怨起她来：这么冷的天，人都裹上厚棉袄了，这枝上的花蕾未待开就枯萎了，还拿回家干吗？

事实证明，是我认知错误，这是对植物不甚了解，主观臆断所致，理应向老婆道个歉。

其实，对人对物都有个认识的过程，这过程有长有短，就本身而定。

对于人，尤其要有充分的认识过程。同不熟悉的人交往，不能轻易做决定。人不同于物，因善于伪装，更难捉摸。慈眉善目、阿谀奉承之人不一定善良；沉默寡言、屈己存道之人不一定愚钝。如果，仅凭初始的了解，就轻易信任他人做决定，那么，碰到善于伪装，擅长欺骗，虚伪、贪婪、自私的人，本就善良、诚信之人很容易上当受骗，最终受到损失和伤害，悔之晚矣。

人生旅途中，会犯许多错误，犯错后，愤怒、埋怨、委屈、后悔都无济于事。既然后果无法挽回，也不必苦闷。想开了，不过是一段经历，一次教训而已。不要摒弃做人的善良和诚信，如果改变不了别人就努力改变自己，让自己变得更强大、更泰然，得而不喜，失而不忧，他强由他强，轻风拂山冈。

换个角度看，人其实很渺小。假如，有幸踏上火星，仰望宇宙星辰，你会发现那遥远天际的无数颗星星中，离你最近最漂亮的那一颗也成了小不点，那么，在你身上所发生的事还算个事吗？

学会谨慎待人，让自己变得更成熟。剑兰花开得正盛，美好未来正在向你招手！

鲤鱼跃龙门

前言： 把良哥女儿婚嫁期间发生的一则小故事记录下来，让我们从中体会夫妻俩对未来美好生活的渴望和对儿女无私之爱。这种爱是默默的，无须张扬，无须回报；这种爱在不知不觉中，在日常生活里，在一点一滴的小事里。

良哥郁闷啊！难怪嫂子要埋怨他，因为那么重要的事情，由于他的一次失误，差一点儿被搞砸了。

良哥的女儿要出嫁，第二天的凌晨 3 点至 5 点是祭祖的好时辰。宁波、绍兴一带祭祖时，通常要供一条鲜活的鲤鱼，寓意年年有余、吉祥如意，也象征美好生活的到来。

上午 9 点多，嫂子叫良哥去趟菜市场，买条鲤鱼回来，好提前做准备。良哥的家离菜市场不远，出小区门，徒步几分钟的路程。这次，不知道是因为去迟了，还是市场鲤鱼原本就稀少，找遍了所有鱼摊，只有一家鱼摊的大盆里养着两条鲤鱼，大的足有 1.5 尺，嘴巴一开一合，鱼脊露出水面，在水盆里显得比较安静；小的长 3~4 寸，摇头摆尾在盆里游动。良哥思忖：大的太大，大得夸张；小的太小，小得不起眼，放在一起倒是滑稽。既然只能从这两条鲤鱼中选择，良哥决定买条大的，大鱼有大福。鱼贩清楚此鱼的用途，要比平时卖得贵些，良哥没去计较，爽快付了鱼钱。鱼贩在塑料袋里放了些水，取鱼装袋，良哥高高兴兴地拎鱼回家了。

离祭祖还有十几个小时，家里的水桶、脸盆放不下这条大鱼，良哥干脆把鱼养在了浴缸里。嫂子刚才看到良哥买鱼回来，放下手中活儿走过来。良哥正在蓄水养鱼，嫂子倒没说鲤鱼的大小，见背上有几片鱼鳞掉了，掉鳞处还渗着细细的血丝，就叨念怎不选条鲜活一点的、完好的鲤鱼。良哥边跟嫂子解释缘由，边看养在浴缸的鲤鱼慢悠悠游动。

这些天，夫妻俩买这买那、忙里忙外的没停歇，很辛苦。这也难怪，女儿婚嫁是家里的一件大事，操办婚事需要夫妻俩亲力亲为。而今天晚上最重要的任务，就是要做好明天凌晨的祭祖准备，省得到时候手忙脚乱，不知所措。时间过得真快，将近 24 点，准备工作做得也差不多了。此时，女儿心疼父母，从房间里出来，惺忪地说："爸妈！你们该睡觉了，身体要吃不消的。"看女儿出来，嫂子立马说："你不要受凉，快去睡觉。我和你爸也快了。"晚上能够睡觉的时间剩余不多了，女儿说得对，应该赶紧睡觉，明天还有许多事情要做。睡觉前，良哥观察了一下鲤鱼，鱼儿嘴一张一合地呼吸着，依旧很安静的样子，良哥用手指拨动一下，鱼儿轻摇下尾巴。

最先发现鲤鱼没了动静的是嫂子。凌晨 3 点不到，闹钟叫醒了只睡一小会儿的夫妻俩。嫂子感觉头有些沉，让自己清醒些，努力睁开疲惫的双眼，缓慢地起床。此时，良哥睡意正浓，想多睡几分钟。现在多休息会儿，白天精力才会更充沛些。没过一会儿，嫂子推房门进来，用手推搡还没起床的良哥着急地说："你快起来！那条鲤鱼好像不动了！"良哥睡意全消，忽地溜下床，穿着内衣内裤，拖着凉鞋，风风火火地出去看个究竟。良哥目不转睛盯了鱼儿几秒钟，见鱼儿没静，再用手指拨动几下，鱼儿依旧没反应。此时，良哥的心一下子塌下了。良哥想不明白，睡觉前鱼儿还好好的，嘴巴一张一合似乎在跟良哥说话，让良哥安心睡觉，他会完成这个历史使命。才过了两三个小时，要上场的时候，怎么就泄气了！

良哥的妹妹和妹夫，惦记着他家的祭祖，差不多 3 点到他家了。走到门外便听到嫂子埋怨良哥的声音，进门见到桌上摆满水果、面食，两柱烛台插着大红蜡烛立在香炉两旁，准备工作已基本完成；良哥却坐在椅上，满脸愁云，正为一条鱼儿烦忧。祭祖时，缺一盆菜好办，要一条活鲤鱼，这深更半夜，哪里去弄呢。等到菜市场开门营业，良辰都过了。突然，妹夫想出个办法说："到半夜市场去找找看。""半夜市场？"良哥不知道有这个市场，听妹夫这么一说，便来了兴致。半夜市场是批发海鲜的地方，鱼商把刚打捞上来的海产品，装车运来，在半夜市场批发出售，菜场的小商贩大多都是从那儿进货，至于有没有鲤鱼之类的，妹夫也没个数。距半夜市场不算远，凌晨时分车少路宽，驾车方便，十几分钟就可到达，但是，假如让良哥在这个时间段一个人去的话，嫂子不放心。有时唠叨归唠叨，心里还是疼爱良哥的，再说，家里碰上婚嫁这项大事，良哥又是家里的顶梁柱，是不能出半点差错的。好在由妹夫一道去找鱼，嫂子也放心。

凌晨 3 点多，半夜市场灯火通明，人声嘈杂。带鱼、黄鱼、梭子蟹之类的海产品正从冷藏车上卸下，小商贩忙碌地把刚付了钱的海产品装到三轮车上。哥俩在各摊点依次寻找，找遍大半个市场都没见到鲤鱼的踪迹。这该如何是好呢？原本想把女儿婚嫁的事情做得完美一些，想不到会出现意想不到的情况，良哥很失望，也很后悔，后悔当初没有多跑几个菜市场，多买几条鲤鱼回来做准备。当时如果能够考虑周全一些，现在不至于这么窘迫。此时，良哥感到全身困乏，蹲下身子想休息一会儿。妹夫指着远处一个不显眼的地方说："那边还没去过，好像有卖水产品的，我们再去看看。"

鱼老板身上挂一件黑色的胶皮围裙，双手套着黑色的胶皮手套正在忙碌，见有生意做了，便打招呼："老板，要鱼吗？"良哥回答："我要鲤鱼！你有鲤鱼吗？"鱼老板骄傲地说："有啊！大小都有，要多有多，菜市场的鲤鱼都是从我这里批发出去的。"良哥回答："那好的，我要一条。"鱼老板没听清良哥说的话，自顾着说话："今天进了不少鱼，你要多少？"良哥重复一遍："我要一条。"鱼老板怀疑自己的耳朵，又问了一遍："要多少？"良哥被问得有些胆怯，但回答的声音提高了许多："就一条。"这回鱼老板听清楚了。鱼老板仔细地打量起眼前的两位来：两位五十岁上下，年纪相仿。一位身材魁梧，估计平时生活安逸，肥脸大耳，一身福相，像老板；跟自己说话的这位，身材稍矮，不胖不瘦，手持一个公文包，像老板。鱼老板有些失落，说："我以为是来盘我货的大老板呢。噢！你们两个大男人，摸黑过来就为一条小鲤鱼啊！"

回家的路上，良哥开了点车窗，风吹进来，感觉好凉爽。鱼筐就放在后座，良哥为这条尊贵的鲤鱼特意向鱼老板要了只筐，鱼儿在宽大的塑料筐里显得很活跃。良哥愉快地跟妹夫聊天，还时不时哼几句歌词。此时此刻，良哥感到从未有过的轻松和快乐！

早晨，我到良哥家时，祭祖活动已经圆满结束。良哥拎着鱼筐从楼上下来，见到我便打招呼，我说："良哥，你去哪儿？"良哥说："去放生！"我从鱼筐里见到了一条充满活力的鲤鱼。良哥接着说："不远处有条大江，连着京杭大运河，就让这条尊贵的鲤鱼在大江大河里穿越古今，去自由、幸福地生活吧！"

喜庆的礼炮呼啸着直冲云霄，"噼里啪啦"在天空炸响，花雨飘逸，像天女撒下的无数花瓣，缓缓地落下，给婚庆增添了欢乐的气氛。良哥家那紧张、繁忙、欢乐、喜庆的一天已经开始啦！

不能忘却的记忆

我不知道是什么原因今晚会独自漫步在曾经生活和工作过城市的繁华大街。多年过去，城市依旧是原来的模样，大街上商铺林立，灯光璀璨，车水马龙，一派繁荣景象。芸芸众生店内店外进进出出，在我的眼前来来往往，走近又走远。但是，我发现身边没有一个人会看我一眼，好像我不存在似的。终于，有一位年轻人跟我打着招呼向我走来，我记不清他是谁，问他是谁，他没有理我，从我身边径直走过。我好生奇怪，侧身望去，他正跟我身后的一位年轻女子有说有笑相拥离去。我漫无目的地闲逛，不一会儿，到了"肯德基"店门前，我隐约听到有人在叫唤我的名字，声音很轻、很柔美，且很耳熟。我循声寻觅，繁华的大街却找不到我熟悉的身影。是我听错了？又一声传来，我蓦然回首，只见不远处，一位女子亭亭玉立、婀娜多姿地站在那里，街上的明亮灯光，像舞台的聚光灯照射在她的身上，显得光彩夺目。她微笑着向我招手，风儿吹拂着她身上质地轻柔的长裙，裙摆随风扬起。是你吗？真的是你！岁月蹉跎，你却依然年轻美貌，连那条浅色印花长裙都跟以前穿得一样得体合身，这让我联想起那次"肯德基"的相聚。

那天，你姗姗来迟，一进大门，我彻底被你所呈现出来的气质和容貌惊愕。你脸上的淡妆和刚剪的齐耳短发，突显出清爽而精致的脸，身上穿的浅色印花裙，橘色手提包和脚上的时尚高跟鞋相得益彰，使原本就姣美、匀称的你更显得优雅、挺拔和高贵。你缓步走到我的面前，轻声地叫我名字，我才回过神来。"对不起！剪了个发，又回家整理了一下，来迟了。"你边说边坐到我对面的位子。我说："甭客气！我愿意。""刚才看你心不在焉的，想心事吗？"说话间，你把手提包放到一边。我说："没有。你知道自己有多美吗？一进来，就吸引了好多人的目光。""有吗？"我继续说："许多电影女明星看到你的话，会对自以为荣的容貌失去自信的。"你笑嘻嘻地说："她们该有多失落啊！"见有人向我们这边看过来，"你看，还有人在看你，我都不敢抬头了，生怕哪个男人，发现美女身边傍着个长得乱七八糟的平庸男人，会念生羡慕嫉妒恨。""嘻嘻！那就让那些男人去嫉妒你吧！"你微笑着，脸上泛起些许红晕。

你知道吗？第一眼见到你，就让我相信一见钟情。我们在同一家公司工作，那天下班时间，从楼上一连下来几十个女员工，我一下子发现在这些员工中的你，像绿叶丛中的一朵花朵，与众不同、鲜艳夺目。你同工友说笑着欢快地走下楼梯，从我身边轻盈掠过，身姿是那样的优美。那情景，从此就深深地烙在我的记忆里。

你还记得吗？那公园弯弯曲曲的步行道，留下了我们无数的脚印。你挽着我的胳膊，你说那样好，你喜欢。就那样，漫步绿荫小道，闻着路边花草的芳香看风景；或者攀上山顶远眺我们生活、工作的都市全貌，欣赏都市美景。走累了，坐在亭子里观赏池里的鱼儿觅食、嬉耍。那时，我会把记忆里的有趣故事讲给你听，而你拿出苹果让我掰开来彼此分享。

你还记得吗？位于城北的图书馆和城南的咖啡吧，留下了我们许多的情丝和爱恋。我说我喜欢安静，你说你也是，于是，我们在图书馆里找了个位置静静看书；我说我不会跳舞，你就陪我一起喝水聊天。你就愿意坐在我的身旁，窃窃私语。你讲你的过去和现在，讲我们共同熟悉的人和事，说累了，就依偎在我的身上小憩。我闻着你身上散发开来的阵阵清香，那种从未闻过的，使人心旷神怡的淡淡香味，诱使我心中升腾起对你的无限爱意。

你还记得吗？我们一起工作，一起就餐，饭后一起逛街的那些日子。虽然许多时候跟同事在一道，但是，你我心里明白，因为有彼此的存在，才使工作、生活充满生机。饭后去商场，你买了一套男士护肤品送我，你说对我的皮肤有好处，我欣然接受。重感冒让你高烧不退，我坚持要送你去医院就诊，为你挂号、配药，陪你挂盐水、买零食，从你眼里，我看到了你的感激之情。

你知道吗？同你相处的过程，是我最幸福的人生经历。沉浸于那些甜蜜的日子，甚至时常让我生疑，有时拧一下自己的胳膊，感知有没有痛觉，判断是否真实。你的美貌和温柔，你的体贴和随和，让我不止一次产生想娶你的念头。我感谢上天能让我们彼此相知相悦。曾经想，就凭与你的那段经历，我此生无憾。

有一天，你认真地向我表露了藏匿于内心深处的秘密。我不明白你为什么要告诉我，有些事与其说出来，不如不说。我甚至想阻止你，却又想知道你的所有。就这样，在我的思想矛盾中，在两人世界里，你轻言细语地，一点一滴地娓娓道完你该说的和不该说的话，同时，我心中的美好愿景被你击得粉碎；那冰清玉洁、纯正无邪、温柔可爱的完美形象不再清晰。我接受不了这事实，心中充满惆怅。

从此，我的思绪在现实与虚幻之间游离，你的建议和想法，引不起我的兴趣和注意。一个很平常的日子里，你说可能要离开几日；你说有些人不想再联系；你说不后悔同我说的那些事。你说了许多话，不记得还说了哪些，也没有注意到你说这些话的含义，等我明白过来，已经人去楼空。你离开了我们一起工作的公司，还更换了电话号码，分明是不想跟我再有瓜葛。你是在恨我，不然不会悄然离去，音信全无。

我终于又看到了你的笑容，听到了你的温柔声音。你快步向我走来，欣喜地握住我的手，看着我的眼睛。这时，"肯德基"里欢快的音乐响起，仿佛为我俩准备，周围的人们停下脚步，微笑着拍手向我们庆贺。

铃声执着地响个不停，让我从睡梦中醒来。初夏的晨曦早早地把窗外照亮，一抹光亮从窗帘的缝隙处挤进房间；早起觅食的鸟儿，时不时地传来几声清脆的鸣叫。新的一天周而复始，且寄予希望的如期而至，该是起床的时候了。

人生如梦，似梦非梦；岁月如梭，既短又长。人生旅途发生过的事，有的随时光流逝，遗忘殆尽；有的却永存心底，历久弥新。往事忽上心头，是怀念，还是遗憾；是愧疚，还是哀怨。

舍弃所有的不痛快，把美好留下！佛说："前世 500 次的回眸，才换来今生的一次擦肩而过。"茫茫人海里，能够走到一起，经历曾经的拥有，那是天大的缘分。无论过去、现在，还是将来，我不会记恨你，希望你也能够释怀。并真诚祝福你：永远年轻漂亮！永远开心快乐！

阴郁的日子终将过去，而过去了的，就会变成那亲切的回忆。

李平林作品 *

文字工作者也要弘扬工匠精神

之前我曾写过一篇关于追求工匠精神的文章，那次的写作让我在心灵深处对工匠精神有了别样的看法，今天，我就在此与大家讨论一下作为文字工作者，如何发扬工匠精神？

《说文解字》讲："匠，木工也。"木工干活需要拿尺子量，不能有丝毫差错。我们做文字工作同样不能有丝毫差错，哪怕是文章中一个标点符号的使用都要仔细斟酌。精雕细琢、精益求精是"工匠精神"的本质要求。"两句三年得，一吟双泪流"，讲的就是文字工作需要字斟句酌，反复修改。

作为文字工作者，要想用简练的文字表达语义丰富的内容，用朴实无华的语言传递耳目一新的思想，用聚焦实际的笔触体现问题导向的文风都离不开精益求精、追求卓越的工匠精神。那么，文字领域的工匠精神怎么体现？我认为至少有三个方面。

一是要有"匠意"，就是要立意新颖。具体要做到"三换"：换思想，想深一层、想高一级、想远一点；换角度，是内因外因、主观客观，还是硬件软件、物质精神，都要根据材料需求选择最合适的；换风格，结合实际情况调整合适的风格和语言。

二是要用"匠心"，就是要精雕细刻、精耕细作。具体要做到"三看"：用"鸡蛋里挑骨头"的劲儿去看；用"旁观者清"的局外人身份去看；用完美的眼光去看。工匠们手中的精致产品，不是一两日就能生产出来的，而是反复雕

---

　* 作者简介：李平林，男，助理政工师、助理工程师和中级经济师，煤炭资讯网特约记者，晋能控股集团下属单位职工，爱好书法、写作、摄影。作为一名宣传工作者，在职责上坚持讲好企业故事，传播好企业声音，拓宽宣传渠道，及时向各媒体进行投稿，2017 年荣获晋能集团 2015—2016 年度新闻宣传先进工作者，同年撰写的《年终工作要"盘"更要"点"》获中国企业新闻奖言论类一等奖，2017—2019 年度连续三年荣获"中国煤炭新闻网优秀记者"称号，2021 年和 2022 年分别荣获"晋能控股集团文明员工"和"企业文化工作者"，2022 年荣获星耀华夏盛世好文学"笔歌神州杯"全国文学原创大赛优秀奖和第二届虎鸣盛世原创对联大赛优秀奖。

琢、精益求精的结果。这种精神同样适用于文字工作者。文字工作只有更好，没有最好，追求完美是无止境的，必须把精益求精的精神贯穿其中。

三是要铸"匠品"，要兼收并蓄、博采众长。做到"三学"：学习相关行业、相近单位的经验成果；学习提高分析问题、归纳总结、辩证思维的能力；学习和发扬工匠刻苦钻研的精神。作为文字工作者，最忌讳粗心大意，火急火燎。我们经常听说，有的文字工作者为了提炼一个观点，往往冥思苦想很久；为了打好一个腹稿，常常夜不能寐；为了引用好一个经典，要查好多资料；为了拟好一个题目，竟推敲更改七八次甚至十次之多。这种精益求精的精神，如同工匠们的精雕细琢，是非常值得提倡的。精益求精的背后是平时的积累，是多读多练，多写多看的辛劳付出，更是平时勤于思考，善于总结，敢于创新的结果。所以作为文字工作者，对于一篇文章，要逐字逐句反复推敲、反复修改、千锤百炼，努力做到主题明确，内容富有吸引力、感染力。

最后我要告诉大家的是，文字工作者只有执着于文章的精进，追求完美和精致，努力打造出一篇篇精品才是人生价值的体现，才是对"工匠精神"最好的传承，同样才是写好文章的王道。

文字是一剂良药

有人说："文字的一横一竖，是一个人一生的坐标；文字的一撇一捺，是一个人为生命撑起的雨伞；文字的一勾一折，是漫长人生之旅上的沟沟壑壑；文字的一点一提，是疲惫过后心静如水的歇息；文字的一笔一画，是潜藏在人世间的美好与沧桑的结合。"

文字是一种情感的释放。很多时候，当我们心情抑郁时，通过文字不但可以得到释放，还能使内心得到解脱。文字能使人将许多刻骨铭心的回忆通过自己的妙笔与情感的勾勒转化成妙语连珠，镌刻成一种记忆，一种怀念。这种记忆是心声的体现，更是心灵的无声倾诉。这就是文字的精髓所在，这就是文字的妙不可言，所有的情感在字里行间能得到淋漓尽致地展现！

文字是一种编织记忆的网。当夕阳余晖褪尽的时候，倚在窗前，品味着夜的诗情画意，心里倏然升起一种超逸的感觉。夜，越来越寂静。月儿也怕惊扰到渐渐进入梦乡的人们，悄悄地躲在了薄薄的云层里。此时独坐电脑前，心里迸发出的情感随着手指来回游走在键盘上的声音凝固在电脑屏幕上，任由"文字"倒映出自己的心灵，衬托难于言表的执着。此时我把想说的话，把平时不想也不愿对别人说的话，在此，作为一种情感的宣泄口，通通宣泄出去。或许每个喜欢文字的人都有个通病，希望自己的感情能够通过文字得以传达，无论是悲哀的，还是欢欣的，都喜欢借文字的无穷魅力，把自己的所想所感用文字编串起来，编织成记忆的网，不为别的，只为随着时间的推移，在未来的日子有一些回忆可供阅读。就像飘落的尘埃，即便是无声无息，也有它自己陨落的自由痕迹。

文字是一剂抚平心情的良药。人有七情六欲，有时喜欢文字直抵内心的感觉，在被触痛的柔软细致的心思里，体味欢喜或是悲伤。把自己凌乱的瞬间和细碎的故事用文字的锦丝似一串串珍珠项链串起来，也许是某一时刻某一天的生活，也可能是某一时头脑中一闪念的东西，把这稍纵即逝的东西捕捉并定格下来，成为写给自己的生活箴言或者纪念。

夜深人静，我依旧会在文字的脉络里，寻找真实的自我，回想苦涩但快乐的童年，回想两鬓斑白的父母，回想上学时的酸楚经历，回想打工时的灰蒙心情，再翻阅已逝青春里那些稚嫩的文字，内心又激起一番波浪，才惊觉自己在成长，有关思想、心态、观念随着阅历在潜移默化地改变。还有文字，虽然那些不能称之为文章的文字已经泛黄，但还是会留下内心曾经的独白。

史佩可作品*

我的导航系统

师父最终牺牲在了胜利的前夜。

电信诈骗，一直是我国重点打击的项目，不少嫌疑人通过电话诈骗卷走百姓的血汗钱潜逃各地，杳无音信。在反诈小组的大力追捕下，我们成功发现了一个诈骗团伙的藏匿窝点，大家马不停蹄前去，准备将其一网打尽。

寒风中，师父带着我们在街边蹲守，他的眼睛如利剑般死死盯住卫星上若隐若现的红点，"新来的，拍下来！"大概是师父的余光瞥见我，不由分说地命令道。我不敢怠慢，抓起手机取证，"这是什么"？

"这是咱们师父带头研发的导航系统，能通过制作的假网站锁定嫌疑人，进而找到他们的作案地点和工具，直接就能看出嫌疑人人数，这样收缴他们的不法财产简直易如反掌！"技术员伸着腰打了个寒战，"有了师父做的这东西，我们很快就能带着嫌疑人回去喽！"气氛伴随着话语缓和了些，技术员的话犹如纤细的火柴，带来了微弱却又坚定的暖意。师父嘴角含笑，可随着他的眼神瞥向屏幕，脸色也骤然一变。

"不好！要跑！上！"师父率先冲出墙角，奔向嫌疑人，指挥着队员走位准备抓捕。

"新来的，你在最后，看好导航，别漏掉任何一个！"

只是一瞬的愣神，我的手里多了台导航，师父已然冲向前方加入了混战。

寒夜里，寒风呼啸……每个队员顾不上可能发生的危险拼尽全力按下凶残的罪犯。我也聚精会神地盯着导航，为队友查明隐藏的嫌疑人。

冰冷的风吹不灭我们心中火热的火苗，无情的罪犯击不退我们前进的脚步。我的心情随着导航中渐少的红点紧张到了极点……

"都抓到了吗？红点没有了！"

---

* 作者简介：史佩可，北京市丰台区怡海中学学生，曾以笔名许偲歌出版《因爱而幸》一书。

对讲里传来了清点的声音，接着便是沸腾的欢呼。我也迫不及待地冲进现场，却听见了最不愿听见的声音……

"快来看师父！"

师父最终牺牲在了胜利的前夜，鲜血浸红了他的衣衫，也浸红了我们的心。他留给我的最后一句话是："导航你要好好用，别漏掉任何一个……"

师父把他的导航系统留给了我，让我给百姓做寻回血汗钱的导航。可师父却是我的导航系统，让我坚定地走完他未走的路。师父的离去，让大家在悲痛的同时更加坚定了打赢电信诈骗的信念，我却在这时接到了一通电话……

"喂，哪位？"办公室里我扶额而坐，"不说话挂电话了啊。"

"新来的，你不记得我了？"我的电话开着免提，熟悉的语气和声音不由得让办公室里的所有人站了起来。

"师……父？"我的眼眶红了。

"是啊，我就是你师父！"

"师父……这次的抓捕行动非常成功，一个也没漏掉！"我的心突然动容了，眼含热泪哽咽地脱口而出，"我们都会继续跟您走的，永远不脱离这个队伍！师父，照顾好自己！"

兴许是我的语气过于坚定，对方听出不对便吓得挂断了电话。

我不禁失声，眼神却坚定地扫向办公室的每个成员，大家的眼里同样闪着泪光……

"还等什么啊，快抓骗子啊！"我抹去泪水拿起师父的导航系统。

"报告！追踪到源头了！"

"报告！已准备好，可以进行抓捕！"

"批准抓捕！犯罪分子一个也不能跑！"我眼神犀利，字字铿锵。

随着导航上红点渐少，我的导航系统带着我的脚步离师父越来越近了。最终，我也成了师父的样子……

在这条道路上，一个又一个师父前赴后继，牺牲在胜利的前夜，甘心做导航系统指引着一个又一个前赴后继的我，去迎接他未曾看见的黎明。

太空里的梨

这个世界快坏掉了……

一批又一批的有钱人疯了似的登上诺亚方舟般的宇宙飞船逃往外太空，祈求在其他星球获得生存，然而活下来的人寥寥无几，让更多人不敢轻举妄动。空间站还在简陋地运作着，宇航员们试图通过改变太阳辐射轨迹为地球修复臭氧层，改善地球环境……可我们早已对它不抱希望。

窗外是雾蒙蒙的一片，地球在人类千百年来对工业的探索里逐渐千疮百孔，环境越来越差。

我推开窗子，奢望地想要看到绿色。

然而……在这种情况下，我想要看见五米之外的东西都是奢侈。

"维斯，今天棚里的情况怎么样？"我把视线从窗外挪回屋里，"绿色农作物依然出苗率小于百分之二十吗？"

"是的，绿色农作物出苗率仍未突破百分之二十，菌类生长率依然在百分之五十左右。"维斯的机械音不带情绪地出现在我耳边，"检测到您有低血糖症状，建议您先吃午饭。"

人类终归要为自己犯下的过错付出代价。地球已长期处在寸草不生的状态，不论我和同事如何绞尽脑汁地研究，大棚中也很少长出新鲜的蔬菜水果，基本只能长出各种特制的球菌。

"今日食谱为清炒绣球菌，蘑菇汤。您已食用此食谱多年，建议更换，但由于天气，更换失败。"

我揉了揉耳朵。

每天都是这句话，要被烦死了。

"行了维斯，我知道了，你去充电吧。"

"是！"

作为新一代机器人，维斯可以不受环境影响，自主充电做家务，这是我唯一欣慰的一点。

我坐在桌前，咀嚼着无味的菌类食物，思考着发苗的新方式，机械性地将食物咽下。

其他蔬菜太贵，更别提新鲜的蔬菜水果，即使是我们研发人员都吃不起，只有富人才能吃到这快绝种的玩意儿。

可是，在这个时候，吃饱就够了，还谈什么新鲜的蔬菜水果？

我胡乱从室内大棚抓出几兜子球菌，戴着防毒面具走出家门。

虽然我们不再寄希望于空间站上的宇航员，但本着人道主义，我还是常常给他们的家属送点球菌。

夏天的大街上，枯树已经流失了最后一滴水分，零下的温度冻得骨头疼；乞丐在路边毫无生气地趴着，不知是否还安好……

雾气蒙蒙里，身旁的别墅亮着灯，依稀看见窗内的人们正围坐着，瓜分着一片白菜叶。我别过头，走进了小路旁的空间站地球监控室，接着熟络地和各个部门的人打着招呼。

"叔叔你来了！"门内，小姑娘蹦蹦跳跳地闻声出来迎接我，看见我手中的袋子又霎时间撇了嘴，"啊！又是大球球啊！"

她管球菌叫大球球。

"别捣乱，有吃的就不错！"妇女也闻声探出身子，提溜着小姑娘进了屋，"谢谢您啊，这时候还有人管我们娘俩，快进来坐。"

"嘻！大哥还在空间站为全人类努力呢，我送个东西算啥？"

"谁知道我家那口子在上面干什么呢？自打孩子三岁就飞上了天，五年了都没个回来的信……"女人努力遏制着情绪，可是我看见她眼睛中有雾蒙蒙的一片，和外面的环境一样污浊……

"叔叔……"我低下头，小姑娘正扯着我的衣角，"你吃过梨吗？爸爸说那是一种很好吃很好吃的食物，他说他就是上天给我们摘梨的！"

"叔叔，你见过鸟吗？"

"叔叔，你吃过菠菜吗？"

"……"

我慈爱地摸着她的头，不知该怎么回答。

从我出生，鸟，我只在图片上看过，蔬菜和水果我只吃过三次……

多可怜的孩子啊……

我正沉思着，一声惊雷，闪电突然划破了这雾蒙蒙的天地，门口的枯树被削成了两半。女孩瞬间吓得缩在我身后。

监控室里的屏幕霎时间出现异样，伴随着数值的轻微变化，一道不起眼的轨迹涟漪般地出现在主屏幕上，一会儿又消失了。

"空间站的消息！空间站的消息！"工程师瞪着布满血丝的眼睛从椅子上蹦

起来。维斯的声音也从我的手机中传出，"棚内绿色农作物出苗率已突破百分之二十……"

"已突破百分之三十五……"

"已突破百分之六十……"

断断续续地机械音在此刻已成了人类新的希望，众人欢呼着，雀跃着……屏幕上却显示着外太空的生命数值已极度微弱……

"小曙光，能听见爸爸的声音吗？"

"爸爸，是爸爸吗？我能听见！"听到爸爸的声音，小姑娘连忙拉着我的手笑着走到屏幕前，"谢谢爸爸让叔叔给我送大球球吃！"

"曙光，你不是一直问爸爸去太空干什么吗？爸爸来太空给你摘梨啦，很快你就能吃到梨了！"

"太好啦！爸爸，你什么时候回来？咱们一起吃梨！"小女孩的眼睛亮亮的，期盼地面对着屏幕。

"爸爸……现在愿意……付出一切回到你身边……"男人的声音变得断断续续，"曙光，答应爸爸，听妈妈的话，多多帮助妈妈，我爱你们胜过一切。"

"爸爸，我也爱你！我在朝窗外挥手，你看见了吗？"小姑娘的手臂正极力大弧度地挥动着。"我能看……见……我会一直看着你……"

男人不再出声了。

"爸爸？爸爸？"

控制室陷入了寂静，抽泣声在此刻显得尤为刺耳。

"我爸爸给我去太空摘到梨喽！我爸爸给我去太空摘到梨喽！"小曙光在控制室跳来跳去，被女人一把拽回……

后来，我听说男人在太空利用自己的身体将太阳的耀斑辐射折射，修复好了被破坏的臭氧层。棚内的植物才能迅速生长，环境也以极快的速度恢复着……人们再也不用只吃球菌，小女孩也如愿以偿吃到了爸爸从太空"带"回来的梨……

但，男人也在太空中永远保持着向地球挥手的姿势，看着地球逐渐迎来新的曙光……

帖祥宾作品*

除夕寄语

冬去春来，岁尾岁初，值此万象更新之际，愿我的美好祝福像春风化雨，滋润着关照过我和我所关照过的人，有恩于我和受我恩惠的人，爱过我的人和我所爱的人，再捎去我最美好的祝福，再道一声平安！红尘滚滚，过客匆匆，每一个相遇都是缘，都是一段说不清，道不明的故事，让记忆永远美丽！

该感恩的感恩，一切不愉快该忘记的都忘记吧，一笑泯恩怨！我们快乐地拥抱明年的太阳！日子和生命都在辞旧迎新，时代的汹涌大潮簇拥着我们在人生的单行道上收获诗和远方。激励着我们倾一腔热血耕耘新春的蓬勃和那绚烂多彩的愿景！

我怀着喜悦真挚地祝福我的朋友，我的战友，我的同事，我的同学及普天下一切善良、真诚、心中有爱的人们：吉祥喜庆！心想事成！健康长寿！幸福美满！

老所感悟

我们渐渐地老了，而且会越来越老，大自然的规律岂是人为抗拒得了的？但是一种悄然而生的感慨骤然聚集在心头：惜时光之短暂，叹造化之无常！纵然是浓妆艳抹也难掩岁月沧桑，纵然是养生锻炼也只是延缓时日而难挡身体部

---

* 作者简介：帖祥宾，1944 年 10 月 28 日生，河南省开封市人，回族。1965 年毕业于郑州交通干部学校（大中专）。1977 年从工厂到开封市公安局工作，后转正为公安干警，于 1989 年调入开封警校教授公安业务，曾讲授过《公安概论》《刑事侦查》《预审》《治安管理》《派出所工作》等课程，也曾参与过刑侦，预审案例编写和分析，成书后由中国公安大学、上海学林出版社出版。曾任过副主编。爱好文学，曾在《文萃》杂志发表过诗歌。于 2004 年 10 月 28 日退休。

件的老化衰微。

老了就应该勇敢地面对，生命本来就是个过程，有始有终，一切都淡然处之，淡然了也就释怀了。

儿时的稚嫩，少年时的梦想，青年时的浩志，青春时的浪漫，壮年时的拼搏，老年时的孤独，从满怀希望开始到孤寂落寞终结便是人生的全部。只不过各人扮演各人的角色，各人披着各人的彩服，各人走出各自的路……

凡人肉身的生命在金木水火土构筑的宏伟宇宙面前显得无奈又微不足道，只是一呼一吸之间，脆弱而又渺小。但愿天堂有灵魂，让超脱肉体的灵魂自由自在地徜徉在虚无缥缈的天际间，聆听美妙动听的天籁之音！

当下夕阳如火，晚霞似锦，浓缩了生命的最后辉煌和那恋恋不舍、依依惜别的情怀！

此时但求平静如水，无欲无求，该放下的都放下吧，尘世间的繁杂辛劳，得失成败也就别再耿耿于怀，纠缠不休！只求心平气和，岁月静好。懂我者引为知己，不懂我者形同路人，愿上天赐予一片净土，安静地走完余下的路……

十几年前我曾发表过一首诗：

露珠

花的芬芳草的清香

滋润了它的生命

经历漫漫长夜

与黑暗抗争

又在黎明时

放射出璀璨的光辉

裸露出透明纯洁的心

它清清白白地来

又清清白白地去

冰清玉洁的灵魂

始终没沾染一点灰尘……

这大概就是完美的人生吧。

呜呼，若能如此

足矣！

我们都是有故事的人

我们都是有故事的人。

都曾在大风大浪中拼搏过，经历过尘世间的悲欢离合，阅尽了人间的世态炎凉，尝尽了日常生活中的酸甜苦辣。

偌大的人生舞台角色轮番转换，情绪悲喜交加，演绎出波澜壮阔的人间戏剧。

同在蓝天白云下，同踏热土沃田，历经了花枝招展的春，赤日炎炎的夏，天高气爽的秋，冰天雪地的冬。

风景往返轮回，气象万千，天姿丽色。蕴含着喜怒哀乐，冷暖人间。更有那高山伟岸，白发似的瀑布，大海奔腾，浪涛汹涌澎湃，卷起千堆雪，碎成珍珠一片，闪闪烁烁，令人目眩；还有那小桥流水，悠闲静谧，春花秋月，鲜艳淡雅；小泉叮咚，且流且唱；朝阳喷薄欲出，晨霞锦绣；牧童唱晚，晚霞绮丽；一切风景的变换蕴含在时间的长河里，川流不止，书写了多少精彩！我们经历过许多日子，在痛苦和欢乐中换来了明白和喜悦，在磨炼中我们学会了坚强！

生命没有停止，生活还当继续，无论我们处于人生的哪个阶段，都要用五彩笔墨，绘出生活中最壮丽的画卷！

生活是一杯茶，清醇香甜！

岁月是一幅画，鲜艳夺目。

日子是一壶酒，愈久弥香。

真善美

真诚是发自内心的美，它没有任何粉饰和伪装，是发自内心而溢于外表的真情实感的流露，是人性中最质朴丝毫没沾染灰尘而呈现出的纯洁！

善是灵魂洗礼后的升华，是大爱外溢的表露，是人间无数选择中最心安理得获取愉悦的柔美及大慈大悲而给人慰藉的那种纯粹！

美是人们从内到外的优雅和在深厚孕育中的精华，它不一定是华服、宝车、金银、钻石所堆砌出来的华丽或是涂脂抹粉人工整容而翻造出来的俊俏，而是天姿丽色，从内到外蕴含的气质耐人寻味的，从视觉到各感官都欣然接受反复欣赏玩味而从不厌倦的那种感官的满足和认同！

三者互相依存。没有真就没有善和美，没有善就谈不上真和美，没有美，就无从谈论真和善！

杨桂林作品 *

黄果树瀑布

我慕名去黄果树瀑布参观，在崎岖的山路上，急切往前赶。两眼直盯着前方，心想快到了吧，可就是见不到瀑布的影子。你越想到，就越是到不了。走着走着，不经意间却看见似白布的帘子，在树林的缝隙里显现。我加快脚步，帘子愈来愈大，像是宽银幕。我想这可能就是举世闻名的黄果树大瀑布了。旅游资料介绍：它是亚洲第一大瀑布，宽 101 米，落差 77.8 米。是世界上唯一可从四面八方观看的瀑布。

看见不等于到了近前，瀑布吼声却越来越大。我快步走十来分钟，才到最佳观景台。台上早已挤满了人，大家举着相机，摆出各种姿势，闪光灯不停地闪烁，正对着壮观的、飞流直下的瀑布照相。一些穿着五颜六色服装，头戴银饰的少数民族姑娘，发出爽朗的笑声，吸引了游客的眼球。

从黄果树瀑布正面看，它夹在长满绿树的两山头间，瀑布头与飘着白云的蓝天相连，这不正是瀑布之水天上来吗？说瓢泼之水或倾盆之水滚滚而下，都不足以形容它的壮观。它不是整齐划一的水幕，其美妙之处在于水随河道的岩石，分成数个瀑布流，倾泻而下。在飞流中遇到岩石又会发生变化，可谓此起彼伏，顺势而为。如此高落差的瀑布，水流声像惊雷不绝于耳。飞溅的水花，笼罩于瀑布底。雾气更是扩散到数百米开外，以至于润湿了我的衣衫。空气中负氧离子数肯定是最高的，我不断深呼吸，真是沁人肺腑！

黄果树瀑布的景象，实在是印证了唐代大诗人李白写的"飞流直下三千尺，疑是银河落九天"的壮丽图景。

我用摄像机放大近照，一些珍珠般的水滴顺水帘而下，打在那些岩石上的苔藓，以及岩缝中生命力极强的小草及灌乔木上。树叶和小草不停摇曳着，像

    * 作者简介：杨桂林，男，80 岁，兰州大学化学化工学院 1965 级本科生，曾工作于北京三星铅笔厂、北京手表二厂、北京铁路局科学技术研究所，高级工程师。发表论文二十多篇。

在跳舞。

从左边走，可直达瀑布的水帘洞。说也奇了，瀑布下还有长长的水帘洞？据说这里都是石灰岩，经过千万年的侵蚀，才形成溶洞。在洞内通道里，有大小不等的洞口，像窗户一样，可直接观察瀑布的水流。湍急的瀑布从我头上飞速流过，打得岩口上的小草东倒西歪，但不会被水冲走，生命是多么顽强！我始终怀着激动的心情，一边拍摄，一边观察，恋恋不舍地走了出来。

瀑布的右方还有铁索桥相连，靠近会更直观，好像就在身边。瀑布倾泻而下，直达瀑底。溅起的水花，掩映了瀑布底。说话声被淹没，真是奇哉、妙哉、怪哉！在枯水期如此，那在丰水季，应更可观吧。我一步三回头，恋恋不舍地离开，赶紧向陡坡塘瀑布走去。

陡坡塘瀑布也很壮观，它比黄果树瀑布宽 4 米，为 106 米，但落差只有 21 米。它也是被岩石阻挡，分成几大块的瀑布流。由于有两个坡度，形成两个瀑布梯次。它的落差小，所以水流声就不太大。天快黑了，我急忙摄完像，才快步离开。

自然界是多么神奇！它能够鬼斧神工般造就千奇百怪的自然奇观，为人类增色添景，引来无限的情趣和遐想。让我们用一生的热情去拥抱美丽的大自然吧！

圆明园观荷

圆明湖水面积大，荷花盛开一大片。
叶顶太阳似绿伞，花儿朵朵向阳开。
花朵打开好几瓣，花尖粉色根瓣白。
花心花蕊黄颜色，亭亭玉立花仙子。
微风吹来齐摇摆，翩翩起舞好自在。
舞姿轻盈入人眼，游人陶醉花中间。
杨柳枝条随风摆，鸟儿知了鸣叫欢。
木桥长廊通湖心，观荷人多兴致来。
空气清新精神爽，盛赞荷花景色优。

游紫竹院

紫竹院内百花开，花中穿梭好自在。
斑竹林中路幽深，一路闲庭宜信步。
湖光山色看不够，水上游船忘情游。
箫声醉月景色秀，湖畔漫步乐悠悠。
鸳鸯戏水情绵绵，梁祝化蝶共婵娟。
花团锦簇巧打扮，游客脸庞露笑颜。

红叶颂

金秋十月天气凉，花草渐枯树叶黄。
香山遍野黄栌树，唯独红叶迎客忙。
鲜艳色彩红似火，就像朝霞映日光。
络绎不绝幻游人，层林尽染心欢畅！

青龙湖之咏

山隐隐，水绿绿，山高水长露华浓。
不去城里看热闹，独到山间观风景。
城里人多看笑脸，林间鸟儿齐争鸣。
湖边芦苇扬花飘，水面野鸭成群飞。
微风掠过野花香，蝴蝶飞舞蜂采蜜。
漫步行走细品味，好一幅郊外美景！

杭州西湖颂

杭州西湖美风景，中外广传扬美名。
三潭印月湖中映，湖畔亭景看花灯。
花港观鱼人拥挤，山水相连景更深。
湖边苏堤慕才亭，苏小小逸事感人。
文人墨客齐聚此，苏小小墓颂诗文。
断桥许仙白娘子，白蛇青蛇传说闻。
抗金英雄岳武穆，英烈庙宇湖边落。
奸相秦桧跪墓前，世人痛恨吐唾沫。
智昙法师六和塔，南宋钱塘水患镇。
塔高大巍峨壮观，望海潮汹涌澎湃。
漫游西湖返返行，一步一停一个景。
文人墨客齐声颂，西子胸抒情更切。
欲把西湖比西子，浓妆淡抹总相宜。
文豪苏轼妙诗赞，诗情画意湖上行。

杨加富作品[*]

棚床夜语

一位医者曾经告诉我：如有病，就好好去睡一觉。让身体的机能去自主调节，兴许比吃药打针还管用。

病者遵医嘱，记住了可延长寿命，可我不是一个有好记性的人。再怎么吃药打针怎么睡觉，也管不住忘掉太多而仅能记起的几多往事，特别是生灵涂炭的地震后的那些日子，我无思去想十九岁入伍时的光荣，不小心将父母赐予我的半个膝盖和三个手指永远地留在襄渝线上，以及那枚捧回的立功勋章……一切的一切，被淹没在月下昏天黑地的雾障里。

然而，黄昏依旧不慌不忙地把那废墟上的身躯逼进身后的帐篷，似乎要把所有的苦难挤压在这狭窄的空间里，让深邃含义随着点烟的瞬间灼痛灵府深处的饥饿与急切，燃起呼唤着什么的火焰来。

可凡胎肉体又是如斯的虚脱，虚脱啊……

仰脖喝下那杯烈酒，让其将生存的某种感觉切割，任理性和感性纠缠不清，滋生出说不清道不明的热力，可这热力怎么也排遣不去凄风苦雨中的悲哀心绪，而酒的聚散之力，只能加速日间的疲惫。那间祖父母睡过的旧花床就在身后，何不躺下去呢？可指间的烟火灼痛了行将麻醉的思想。几上那杯浓茶又浇灭了行将生发的怒焰，雾障中，那道从老井边裂开的、深黑如同巨蟒样蛰伏进山腹深处的巨大裂痕与低沉、忧伤的哀乐塞满这晚春无月之夜。碾沟的深处，老庙前的那块丘田里亮着一线割开夜帐的孤零零的灯光，见证着丧事人家追悼事宜。日间所见的倒趴的云柏，扭曲的沟坎，从山顶震落到河岸边的巨石，邻居那头被飞石砸断角的老牛似乎都进入了肃然穆立的静态。天空不见一颗星，一切的一切似乎都随那道冷丁的灯光消解着死亡的信息。

---

* 作者简介：杨加富，男，汉，1956 年 12 月 14 日出生，现居于四川省成都市。法律工作者，1976 年入伍，1978 年因公受伤，六级残疾军人，立三等功一次，1993 年至 1995 年，就读于复旦大学成人教育学院中文系，在省内发表过一些散文、小说，目前虽已退休，但仍在从事人民调解工作，1978 年入党。

至此，我已无法用理性的绳捆绑我灰丧的思想，只能叹息起草木一春的旧念，也难以驾驭静停在几上的那支笔。面对春天演绎的死亡事，它似乎也在抗议，那杯乡中的薄茶似乎也在提醒，不要在青花瓷上撒一丁点儿秃鹫的鬼气，更不能去宣泄肚肠里泛黑的苦涩，特别是身后的旧花床，在午夜时分还未遭遇过我这个活物说着寂寞的怨气。

然而，任什么都禁不住的，骨子里希冀着什么的触角，早已破窗而出。帐篷和床也跟着我的预念有所颤动。紧接着，沉厚厚的，像行军的步阵声由远及近，脚下的大地也启动起徐徐转动之序。在我还未张开双臂去拥抱上帝时，一个亢然的旋律乍响在耳畔并随着我的预知，那么快地应和在破碎的山沟……来了，从空中、从陆地、从大洋彼岸、从四面八方，踏着朝圣的节奏来了，白衣天使们来了，将军战士们来了、志愿者来了……帐篷和数不清的救援物资"呼啦"一声运进了灾区，在生养我的龙门山脉上一副副血肉之躯进行着史诗般的补天之举——归真于上古治水英雄的大禹，惊撼了的全球不分种族地冲向这里，见证着生养人类的地球村，有着任何物种都无法替代的情感伟力，献出的生命年年岁岁耀于银河，流出的血汗转化为岁岁年年的稻穗飘香，永永远远铭刻在灾区人的心碑。

一个寻找"红褂子"的老人

人一旦闲静下来，即使面对的是一种清贫的生活，也能觉出些前所未有的滋味来，仿佛全身心都置于静静的美感之中，与大自然的交谈一如微风细雨般，从而使人获得一种特别宁和的休息，宁和得像蝉入秋夜的朦胧月华。然而日子一长，心里某个不曾留意的地方会兀然探出那双原本就潜伏着那希冀山外风光的眼珠来，顿时便觉得自己被困得有些憋气。而就在你决心要去冲破横在眼前的层叠阻障时，山外的人却走进山里来，而且是径直地走向自己。

那是初春一个有微雨的早晨，我独自在龙门山的重围中望着低沉的雨空，寻思着如何筹措足以出户的旅资，心境中不知不觉地就生出些纤细的情绪来，银似的冷又雾似的清新，目中的一根根农家的囱体，仿佛都在指天询问——太阳在哪里？那囱口飘出的烟子又像无主的魂似的飘摇不定，就在我的目光和炊烟一起散化在深灰色的空际深处时，外婆不知什么时候来到我的身后，对我说后门有个要饭的，问我要不要给她点东西吃。我愣怔着回过头去，外婆见我神情有些茫然，就强调说要饭的是个女的，饿得不行了，要我快去看看。我见外婆说得那样急，口气近似向我乞求，便跟着外婆到了后门，一见那要饭人的模样，便急忙叫外婆去盛饭，并提醒外婆用大碗多装些，放些菜。外婆好像等我这话好久了，身子转得特别急，极利索地朝灶房里走去边不住嘴地说："对呀对呀，多做好事多做好事。"要饭的老人蜷缩着身子坐在门边的一摞烂砖头上，鞋带上沾着泥，衣服和裤子紧实干净，一头花白头发虽然没什么光泽但梳得很整齐。只有间或瞟向我时木然畏怯的目光让我感到了那种真实的无助。我估摸她的年龄也有六十了，想请她进屋里避避春寒。这时，外婆端着稍尖一大碗饭菜出来，乐颠颠地捧给要饭的老人又看着我说：

"这是我的外孙女婿，心肠好，爱做好事，你吃哈，不够我再去给你舀。"

见老人端稳了碗，我便俯着身问她："老人家，你从哪里来？"

"河南商丘。"

老人说了这话后，不像其他要饭人那样狼吞虎咽，而是抖动着嘴唇将筷子提起来悬在碗边，等怯生生地看清了我和外婆的脸色后，才慢慢地、轻轻地吃进一口。我不由得赶快调开目光，随那扭动着的炊烟一起飘向远空。接天高耸的龙门大山安静地横阻着，把我眺远的心绪一丝不剩地撞回到不可知的去处，湔江河活脱一条晒干的蟒蛇样蜷缩着。河岸边的两条铁轨若隐若现，像没有着落的摆设，我突然向老人说："商丘有我一个同学，在商丘的报社工作。"可老人没应我的话，我便收回目光回头去看老人，我吃惊了，那一大碗饭菜正天塌地陷旋风般刮进老人干焦的嘴里，这是一张缄默了许久而突然张开的嘴，腮帮的颤动与嘴巴的大开大合含着些微羞涩的勃勃生气。我禁不住轻轻蹲下身去小声问老人：

"老人家，你是为啥事到四川的？"

老人从碗边迟疑地侧着头看了我一眼，又迅速将眼皮耷拉了下去，泪水就从耷拉着的眼皮下不断地掉进碗里，口里还堵着满满的一口饭，我急忙说："老人家不要哭，慢慢吃、慢慢吃，有啥子事，等你吃饱了，好好跟我说说……"

老人饮泣着蠕动一下腮帮朝我微微仰起脸来，未尽的泪水从她的鼻沟一直流到嘴角，滑进她那茄色的嘴唇里，在舌头轻轻搅拌下和着饭菜满满咽进肚子里。外婆见状便有些生气抢也似的拿过老人手里的空碗向老人道：

"你咋在人家门口哭啊，这新枝上叶的，哭不得，哭不得，来来来，我再去给你舀一碗，吃了你好走，真是。"

老人赶忙扯衣袖去揩眼睛，不住地向外婆说："对不起婆婆，俺也是伤心，一伤心俺这泪就止不住，婆婆原谅俺，婆婆心好，俺这辈子都记着……"老人边说边继续用衣袖去揩眼泪，衣袖湿了一大片，眼里仍旧闪动着莹莹泪光。外婆见老人的样子也就不再抱怨，扯起自己的围腰帕抹了一下潮红的眼眶转身到灶房里去了。我直起身朝更远处深深望去，其实这时的我什么也没看见，只感到胸腔里有什么东西在微微涌动，热热的、酸酸的。

"你哪个的嘛，弄成这个样子？"

外婆将第二碗饭捧到老人的手里，温和地向老人问起话来。老人忍不住又涌出一眶泪来，向外婆说起了我想知道的事来。她说她家姓冯，是商丘市辖区某镇冯家屯人，到四川是为了找她的儿媳妇，说她的这个儿媳妇腊月十五嫁到她家还不到一个月就悄悄走了，她和她儿子就来找了。我心里不知怎么的一紧问道：

"你儿媳妇没告诉你她住哪个镇哪个村吗？"

老人接着说只知道媳妇是彭州人，但没想到彭州这么大，说也没见过她的身份证。

"她说她叫什么来着，哦，叫刘霞，个儿有点儿高挑，走时穿一件红褂子。那还是俺熬夜为她做的，做最后一个针脚时俺还用剩下的线挽了一个红疙瘩在里头。做完最后一个针脚已是四更天了，第二天我给她穿上倒挺合身儿的，可后来呢，我这心总没个踏实……唉，没想到她这么快就走了，俺儿子又老实，媳妇儿一走，就成天没个笑脸儿，人一圈一圈地瘦，当娘的看不下去，这不，一抬腿就到你们四川来了，俺和儿子已找了一个多礼拜了，每个镇都找遍了，见着穿红褂子的俺就去瞅瞅，结果呢，没有一个穿红褂子的是俺儿媳妇儿。有一次俺跟着一个穿红褂子的姑娘一直到门边儿，那姑娘老不回头，俺就从门缝儿往里瞅，那姑娘忒像俺儿媳，那身段，那走路的样儿，好叫我高兴哩。可是她回过头顺手关门时，我才从她的一张脸上知道俺又找错人了，俺急忙转身时，门边儿蹿出一条麻花狗在俺的脚上咬了一口，瞅瞅，这儿。"

老人挽起裤子让外婆看，然后继续说："俺就这样找，一双老腿总跟着穿红褂子的转悠，俺寻思她说话的口音和彭州人差不离儿，为了儿子，俺就拼上了一双老腿去找她，俺这一大把年纪的人还图个啥呢，俺还得去找，带的钱昨儿个就花光了，没法子，只好要饭，俺从来没要过，愣拉不下这张脸皮，昨儿个一整天要了一顿饭，剩下的一块多都留给俺儿子了。"我急忙打断她的话问："你儿子在什么地方？"

"火车站呗。"老人用筷子理理额前几丝垂着的发丝说。

"真造孽，住风吹旅馆……"说了这话后，我后悔了，因在四川这话常有讥讽的意味儿，于是我急忙转了话题：

"老人家，你下一步怎么打算？"

老人苦笑了一下，将我从头到脚看了一遍，那目光有些冷。叹口气说："没法哩，只好要着饭走呗，走到哪儿算哪儿。"说完，又看了我一眼，那眼窝像老井一样充盈着泪光，拿着筷子犹犹豫豫地伸到碗里。为了让老人痛快地吃完第二碗饭，我急忙转身到墙脚。

眼前的天空更加混浊了，微风拎着烟子还一个劲地往上涂抹，把圈定我的群山模糊成一堵堵黝黑的带轮，轮沿以外是更加高矗行将倒下的龙门山雪峰。这两组截然不同的色流在那里把春冬之交挤压成一条条深深的褶皱，顷刻间就感到一股彻骨的寒气利刃似的向我逼近，逼近……呼啦一声，心域中横生出茫茫秦岭。我真希望眼前的这位老人就是那种专门靠扯谎说白要饭度日的乞妇，可她不是，无论如何也不是。她老迈的双腿是奔着希望走来的……想到这里，我转身快步向老人奔去，老人见我慌急的样子，那双筷子就突然停在碗里不动了。

"老人家，你把你家的地址告诉我，我替你发个电报，好让你家人知道后来接你好不好？"老人摇摇头应道："没用的，就是知道俺在彭州也没钱来接的哟，俺娘儿俩出门儿的时候已经把家里值钱的东西卖完了，就连一头老牛和两头半大不小的猪也卖了。"

"那你干脆在我家吃午饭，我帮你想想办法，看附近有没有人家需要打工的，等你挣够了回家的路费再走？"

老人却摇了摇头说："你的好心俺心领了，回头俺还得去会俺儿子，这么大冷的天儿，也不晓得俺儿子怎样了。"老人说完，望了望大路。

"要不等你接到儿子后一起来我家，我们一定替你想办法，咋样？"

"好，好，好，谢谢你，好心人。"

老人很感激地用温和的眼光端详了我好一阵儿，我忙避开她那快要掉下泪水的一双老眼。外婆接过老人吃过的空碗问她吃饱了没有，老人轻轻地拍了一下肚子，连声说吃饱了，直起身来向我和外婆露出极慈祥的微笑来。

"你去要的时候，不管哪家，都不能在人家门口哭。"外婆向老人提醒道。

"记着的，俺记着的，婆婆，这位好心人，俺得走啦，俺这辈子都记着你们的好。"老人说着，捋捋衣袖。

"老人家，"我有些惶然地向老人说道，"没多大个事，一碗饭，我家还吃得起，快别那么说，去找你儿子，找到后再来我家。"

"好，好，好，俺走啦！"老人说着要走的话，双腿却迟疑着，用特别征询的眼神一直看到我点了点头，才弯下腰扶着那摞烂砖头下到田坎上朝大路走去，当她快要拐过路边那间打蜂窝煤的房角时，我插在裤兜的右手下意识地抽动了一下，我马上意识到了我意欲拿出来的是什么东西，这东西也不知在我手心里捏了多久。我跑向前去叫住老人，可当我面对老人那副慈祥畏怯而略带喜出望外的神情时，我的右手怎么也抽不出来，痉挛般地在裤兜里，便张皇地把头斜着往房角的空中偏去，口吃地向老人说出词不达意的话来："大……大娘，你……看好，我家好找，也顺路，出……出街没几步就到了。"

老人顺我的话环顾着，转动着身子说："记着的，记着的，那儿是镇，这儿是打蜂窝煤的，那儿是小铁路，俺来的时候就是跟着小铁路来的，记着的，记着的……"

我站在路中央，一直望着老人走向街口，走过街，一直等老人消失在我的视线里。从她的背影，看得出来老人走得利索，走得精神，只是她用衣袖去揩眼睛时，我那只握成拳头的手总不由地抽动，这手心的钱还是昨天买了猪药剩下的，面额之小还不够一碗小面钱。想到这里，我有些可怜起自己来，心里猛然生出一股莫名的怨恨：

"太少了！才八角钱！"

望着街口进进出出的赶场人，痴痴呆呆了好半天，老人分明已经在视线里消失了，我却泥塑木雕似的站在路中央，也不知道想了些什么。一个陌生人突然撞进了我的生活又突然离去，就那么平平淡淡一小会儿，似乎我的生命时空里就产生了某种蜕化的意义。慈祥的微笑，没污染过的泪水，初春时节捧出的一碗饭菜，几句家常话语，似乎都在我平淡的生活底片上涂抹上了没有矫作的色彩，就像我在襄渝线上同战友留下的合影，就像是我珍藏着的那枚立功勋章，紧实而耀眼，平凡而珍贵。啊，可怜的老人，"红褂子"与你相处不到一个月，你就无私地把所有的积蓄给了她，你哪里知道，任何色彩的背后都有失望的阴影。眼下正是初春时节，满街满世界那么多穿红褂子的女子，只有你——要饭的老人时刻专注于她们，辨认着她们。认真的你在失望和希望中交替地催动你老迈的双腿。一个"红褂子"就是你的一份希望，我真希望全天下的女子都穿上红褂子，好让你带上希望一直顽强地去寻觅，虽然她们并非个个色红如初，总可以让你在失望的阴影里歇一下你那老迈的双腿吧。

望着镇前那条依旧的渝江河，宽阔的河床满是大大小小形同僵舌样白晃晃的园石，那一缕阴蓝蓝的河水瘦瘦的，默默地流淌着。我感觉它仿佛在发出低沉的呜咽声，冥冥中，有一道门向我敞开着，一个个鲜花样的女子从门里款款而出，老人好高兴地牵着这个、瞅着那个……

我觉得好笑，便自个儿笑了起来，似乎我也成了寻找"红褂子"的人，而我手心里的那几毛钱同我的手似的也安静了下来。可当我又返回后门时，不知为什么，我的双脚却不听使唤轮番朝老人先前坐过的那摞烂砖头一阵横扫。进门时，又恶狠狠地朝猪圈里那只哼唧着的病猪刮去一眼。

当我写完这篇文章掷笔于案头时，微风和细雨又在窗外絮絮地交谈了。墙上的电子钟像漏了阴气似的响起了午夜时分那首单调的定时乐来，猛见外婆给我煮的那碗汤圆还在桌面上，便扑也似的将它们一个个吞进肚里。尽管它们是我平常极不喜欢吃的东西，尽管它们都是冰冷的。因为，我的肚子好空荡……

板房秋思

月牙儿如一个航行累了的扁舟，静泊在碧海似的穹空中，白炽灯样悬在我眼前的窗框上，把耀眼的银光漫泻在蟠龙河岸边那一排排崭新、干净、鲜亮的板房上。岸边的桂树撑起茂盛的冠盖，微风从那里轻抚出的细语似在与河中吟流促膝交谈一个亘古的话题，浓影中不时浮泛着一条条鱼儿闪过似的鳞光，怯怯地闪现我某个记忆片段所划过来的一道晶亮的余痕，曾在记忆中消失又偶于神秘中不期而遇，如浮光掠影般难以捉摸。

我不是一个有好记性的人，往去的岁月虽给予我太多经历，却大多都去了九霄云外，总可有记起的几多故事，美好的、羞涩的、痛苦的、欢乐的，许在我不经意中烙下此印记，就常以心灵之掌去打捞，获取了些许的报偿，正沉湎时，却不曾留意一滴泪无声地落在灯下的暗影里。可是生离死别时迟疑着落影的那个轻轻的微笑，可是手捧荣誉证书时的表象？那一声呻吟又是什么？或许就是情愫中不可或缺的呼唤？春天美好的东西太多，但我怎么也留不住她匆忙的脚步。炎热的夏季，记忆最多的往往是春天里发生的种种不幸，这样的记忆，说明春天的富有还是庸常不堪？我无从得知，也无从知晓该在什么样的季节去考量我的人生。也许是秋或是冬，但秋又是何等萧索，留给我的只能是伤痕累累被狂风恶浪撕扯过的一块旧帆。冬呢，把我的人生毫不留情地冷却在那里，封冻在又一个春之神的背后，唤不醒的是归于泥土的灵魂。

所幸我的生命处在人生的秋令，霜冻已残忍地躲在寒林中浓浓的秋气里了，还未曾对我瘦弱之躯构成侵袭，而晚秋的阳光正全力地照护着我，额上还不时冒出青春似的热汗。今夜这干净、鲜亮、崭新的月华似渗透到了我灵府，似打算给予我灵魂些许救济，以一种干净的、一尘不染的具象普照我的心域，化生出不可捉摸的力走入我如痴的冥想，似要为我剔去铜臭逼人的老锈，剥去贪婪泛黑的厚垢，让朽黑的文字如同受惊的苍蝇四散逃匿。至此，才让我看清原本的真我，人模人样地面对一回本我的具象，于是，早已远去的一幅幅青涩稚嫩的画面悄然奔来眼府……

是的，童年多悲苦，那是在煤油灯昏暗的光晕中度过的，少年懵懂的时光，是听着集体食堂开饭的竹梆声和古庙学堂敲响上课时的铜钟声走过的，躁动的青春时节，迎着蓬勃的春光迈向梦想的军营。在这个梦里，好多好多已知和未知的甜蜜、理想、幸福全在一颗红色帽徽下闪烁不定。一切的一切，都仿佛沉淀在如今已老的心库里，储蓄转化成时光的重量，沉醉在今晚此时的月辉里。

历史啊，你如实记载着往去的人生，而人生又如何填实你何处的充沛？汉时的明月哟，还记得被你耀过的那只斩蛇的巨手吗？唐时的星儿哟，没忘记文成公主那在朔风中飘动大漠越发辽阔的裙裾吧？格萨尔王的英雄史诗，从深邃的历史长河中兀然唱响在灾区高山大川中，为这个民族抗击灾难的坚强史实，奏响震撼霄重的强劲律动。秋月，如你有魂，该把这劲曲融化在那里吧？星儿哟，若有记忆，该把这记忆带到几百年或几千年后去凌空叙述吧！也许到了那时，我们的子孙同样会在秋星秋月下去缅怀属于他们祖先的我们这一代在灾难中的种种史实吧。在他们的童话里，定会有满天星斗、一地月色、废墟和废墟上崭新的乳白色的板房和火焰般绽放的芍药花。而作为他们的祖先的我们同样会记起童时笔下那幅简约的图景来。在群山的护卫下，一轮月牙儿在碧蓝蓝的天空中悬着，蟠龙河的清清之水不息地流淌着，岸边的树像一整列勇敢的男子汉守护着轮廓分明、形同几何图案的板房……

这便是我儿时最清晰的记忆……初学画时描绘的图景，这图景竟似通了今古之邮般神奇地迎合着我现时身处的境地：板房、月光、河岸及岸边默然立正的树影。我似乎真切地回到了儿时的那幅童画中，赤足，光溜溜的身子……或是那幅画寓含了我的现实，我不知道自己在前行还是在回返。在这月光普照的秋夜里，一切都显得那么宁静，我的父老乡亲早已在板房内进入了梦乡。也许吧，他们正在各自的梦里梳理着他们在悲伤沉郁甚至绝望中沉浮过的羽翼，他们不再在山崩地裂中惊吓，也不必在断梁碎瓦前落泪，因为此时，柔和的月光正临照在他们的板房上，像纤纤细指轻抚着睡着了的孩儿，一切都显得那么轻柔而熨帖。这些记忆就这样悄然展现在自我浓浓的秋思里，深深地印在心壁，一生挥不去。

这是怎样的一种思绪，它所萦绕的不是一瞬即逝的记忆，而是终其一生也无法摆脱的常梦……

小木椅里的故事

我家有个小木椅，小木椅有着难忘的故事。

可在当下已老的我的面前，故乡的春风和青柳那曼妙的舞姿，震后彩绘似的安置楼丛以及低恋碾子河床上白鹤闪亮的翅影，似乎要把我的思念留给秋风去铺排一地的金辉，炫给肩挑日月的大山，耀给沧桑的长河，心里似揣着个想分给所有人的甜果和山顶上那朵被清风牧着的、回忆着什么的孤单的云。

再环顾山腹四隅，晴空中，风儿轻拎着绿叶勾勒出一丝丝满是桂味的香漪，像祖父的长须飘向丘田去诉说犁铧的故事，我手中的笔伸向了先辈们的风骨，早去了南山枫林，吸入了岩隙挤出的，阴柔生辉的汁墨的笔，带着一个很远很远的需要认真描述的梦，预备着在这个梦中一个久违了的会晤，不知道她是谁，她也不知道自己是谁，只有一个小木椅，伴随着她的生命和锥心的哭泣。在一往无前的时光碾压下，她脆弱不堪的生命形同从悬崖上落下的一滴稍纵即逝的露珠。真想将一壶烈酒泼在时光的背面，令其醉倒从而止步，好让她的哭泣在小木椅上继续，让所有的文字成为摆设，彼此只进行一丝儿灵魂的交付，讨论一下那段岁月中看不透的白天和读不懂的夜晚。借一点雨意和月光，湿在足前边的小草上，闻着细润发长的声音，看清蕾瓣展时那个稚嫩的萌芽怎样蕊孕那个预产的甜果，跟着西去的那朵云，追逐那个比苦莲还苦的梦，领受着毒日烤的山梁龟裂的多情和节令如期而至的惨淡风貌。寻着劳燕归巢的疲羽，划醒山间的裙摆，凝神去阳光中垂泪，记下曾经怎样憨守一队浩荡的蚁群大军，怎样开进埂脚的泥穴，山脚边那只羊怎样无畏地迎着一头狼好奇地呆望，还有树叶间暖阳托付给微风认真摇曳时发出的神秘声息。对面小石桥飘带似的拴着小河的腰，还有水中生出的石头和碾沟头那个记不清自己有多大年龄的老螃蟹……

再往前，是百年前祖先取大青石造的单拱碾窝，那冲天木柱轴下水垢斑斑的木齿，啃去百年时光的积蓄，只把几间拼凑在碾塘边的四间土墙茅屋留在记忆中数十年前的那个春天里，让厚苔老坎上那个形同病瘦的小木椅去诉说，诉说着椅上那个小女孩握不住小木碗时的哭泣……

在我还未满一岁时，妹儿就紧随我来到人间，娘只好将奶水由一双儿女匀着吃，那年月的娘，本就在饥饿线上苦苦挣扎，哪还能挤得出供两个孩子的奶水呢？可因为我是个男孩儿，爷爷总要大呼小叫地要娘多给我喂奶水，等我吞空了娘的奶房，哪里还有妹儿的份儿。就这样，带着哭声来到人世的妹儿刚满半岁就再没有了哭声。

在朦胧的记忆里，那个脱形如病叟样的小椅总是吱呀呻吟，椅上那个摇摇欲坠的小女孩握住小木碗，发怒似的将小指头塞进嘴里不停地吮着，不停地摆动着小木碗，伴随她生命的只有有气无力的哭泣，她是谁？她的娘在哪里？对我这个最初朦胧的问题，回应我的只是乱坟场上盖着烂撮箕的一个新坟，标示一副嫩骨的交付。伴随着母亲搂着我对着坟的凄绝哭喊和我吮饱娘温甜的乳汁所发出的咯咯笑声……

心里塞满了小木椅的故事，一步重似一步地挪动双腿，戴着大花的汽车候在村口，咚咚锵锵的锣鼓声催我快快步向梦想的军营。看到车旁如花朵样的村姑似都抹着泪送别兄长。我远行的腿如负千斤，似乎也在等着妹儿来送行，可望着娘已经花白的头发，我只将千言万语哽在喉头，化成颗颗泪珠，流进嘴里，有苦、有涩，心底顿激起千层浪。娘啊，为了保住我这个传宗之种能够活命，你曾每顿都从自己定量的饭碗，匀一些给双眼直直的我，不顾脸面趁夜去偷生食来填塞我总是吃不饱的肚皮，也曾支起你那瘦若柴棍样的双肩，驮着生病的我跟跄数十里山路，戴月而归。我生命的砝码过重地压在你母爱的天平上，剩给妹儿的，就只一个小木椅——载负着她初生的生命和嗷嗷的哭泣，在母亲河卷起的汹涌狂澜中拼命挣扎，无助地呐喊，她那不停摆动的小木碗，分明是在向自己的娘讨要一点儿生命之粥啊。可她得到的，就只有那个朽老憔悴的小木椅。神圣的母爱啊，难道在你那慈爱的域中，还有一块未垦的荒野？妹儿那出生的嫩骨就埋在那里吗？娘……你能回答儿子的疑问吗？

此去遥遥，我只能给娘一眶泪语。也许，我会在硝烟滚滚的战场上看到英姿勃勃的女军人，她们同样会出生入死地保卫母亲们的安危，为她的娘亲捧回炫目的立功勋章……

我是什么

谁曾想在灾难这部大书里去翻开属于自己的那一页。那一个个早已霉变、凝重得如黑炭样的文字，幽灵似的排列在一根魔弦上，正预备着为孤魂野鬼奏响经幡与坟飘。在凄风中的哀鸣中，似千年寒刺贯透心府的某个垒体，再将其碎化成生存本质中的悲哀流体，滑向诸多不幸的节点。

你悲哀吗？你不幸吗？

踩着低谷路径间的乱石不自觉地往回走，偏偏最不好走的是回头路。在那条弯曲不定的小泥路上，天真稚嫩的足丫不复存在，却跑到凌乱不堪的记忆里，只好捡些碎片随那秋风中的叶片去零落翻飞了。

数十年前，悬挂在食堂前的竹梆声最是响亮，常返响在山谷，呼应着学堂前的那口古铜钟的喤喤，跟着这声音的是：铁环在瘦路间磕碰的叮当脆响；牛儿喉管逼出的哞哞饥嚎；乌鸦于乱坟岗上闪动活力的翅影临到残阳拎着细瘦薄霭扔给向晚的碾沟时，才一尽地耷拉着枯颖似的，沉思地发出垂死的微喘；苍鹰在秃岗裸崖间孤独地盘旋着；形同破陶瓷似的西面山裙皱巴巴地展在矮岗丘田尽边，稀落着的几处秸壁草屋上，虚设的烟囱在猎猎风中指天长问着，只把留香鼻翼的米饭交织到饥饿难耐的梦里去，眠熟的瘦骨在草席上任由跳蚤、虱子去叮咬……由着岁月去频演生离死别，站好队去了乱坟岗，交付给一抔黄土来领受。凄怜怜的，偶尔从山沟尽头的一声瘦狗的吠叫中，结集着生命余下的微声气。蓄的势不亚于震撼霄壤的呐喊，却被瘦河枯岗无情地撞进乱草堆垛中灭失了去。

岁月就是这样，该在阳光里去寻找阴影还是在阴影里去寻找阳光，主体中死去活来的撞击让你刚在阴影消一会儿汗又急去阳光下颤抖，没有一会儿惬意又如何？即便是有，那也是自欺欺人。

在回忆中去寻找答案是徒劳的，而且，回忆本身就是一件苦差事，甜蜜的外衣总包裹着太多痛苦，只有天真的童年洁如锦绣峰顶上那块未污染过的蓝天，那么一尘不染，青涩如一粒酸枣，白净如一张宣纸。宣纸上首先显现出一双青筋暴露的手，这只手握着另一只稚嫩的手，在贫瘠山梁坡边的背景下，这只手引领我迈过了苦难的童年，后来少年的一颗心才会留下刻骨铭心的记忆。这苦难的记忆透明如一潭清花亮色的涧泉，这涧泉从何处来到何处去，似乎也无须去要个什么答案，只有涧底的饿虾惊惶漂散，一丛幽兰悠悠地逼问："我是什么？"

时令迈着固执的步伐越过废墟，夏的足迹正在残垣断壁上留下滚烫的血印，离我不远的秋早已瞅见我从瓦砾中拾起镰刀，在萧索的背后，寒冷的冬板着一副凛然的面孔，准备侵凌我瘦弱而残缺的躯体，真是季节如流呵。震后的山沟里弥漫着的微尘连同记忆中的疼痛让山风掳着般撕扯、舞动，难道，我就是那风中的一粒微尘吗？

灾难中，很多很多的时候，都觉出了那些个叫茫然、无助、忧伤的东西突如其来涌进自己的生活，只剩生物本能的啸叫。可刚想开口，却被心域丛林淹没殆尽，昔日青幽秀丽的山乡转眼间变成一片无言的野地，见不到一只羊羔的踪影，一只蚂蚁、一株沟边的小草却唤起我说不清道不明的怜悯。难道，我就是一只蚂蚁、一株小草吗？

背靠龙门十万大山，面对广阔的西蜀大地，举目望高树苍云，天宇中好像要发生什么，我无从思考无从去想，曾经有过的磨难将年轻的生命定格在健全人的铁栅栏外，那么颓丧灰暗，又那么自以为是。在军营里学会的正步还没走完，那个名叫灾难的巨手便一把抓住我，将我扔向另一个属于我的过程，改变了的我便身不由己地坠向另一个我的改变，尽管这改变令我多么的不甘心、多么的不情愿。

我是什么？我究竟是什么？

我想我总归是个人，而且还是经历过磨炼、年过半百的老军人，除却早已残缺的凡胎肉体，还有一副军魂中成长起来的骨头架子。谁不想在轻灵洒脱中平安地过一辈子，可当沉重的东西执意要压折你、压扁你又让你无法逃避时，也只能支起双肩去承受了。

我想，我还想，我并非是上帝手中的偶然降生物，我继承的是炎黄血脉，我是昨日的旧我，今天的新我，明天的再我，将来的再再之我。无论季节流得怎么快，无论灾难对我有多少改变，把我的家园变成废墟瓦砾，史无前例的显示出大恶本性，却唤起我们先祖早就有过的民族团结精神的大回归，整合出让世界刮目的坚强且高贵宽厚、昂然的东方之邦。我是什么？我是废墟上站立的一条生命，更是大善中的一个宠儿……

姚水叶作品 *

无声世界

　　一场突如其来的病，一副郎中手里的中药，稀里糊涂地将刚学会走路的福华带进了无声世界，从此，他再也不会叫爸，不会叫妈，在乡邻的眼里他一辈子成了废人。有卜卦的高人告诉福华父亲，福华名字好，压不住命，所以才哑了，以后别叫这个名字了，父亲半信半疑在乡邻面前隐藏了福华二字。

　　福华还有个妹妹，小福华六岁，叫苗苗。苗苗穿件花布衫，脚上穿着妈妈纳的布鞋，布鞋太长，苗苗的脚只占了鞋的半截，小手拽着妈妈的衣襟，怕鞋掉，两脚在鞋内使劲撑着，每走一步脚都要抬得高一点，努力地用小脚勾住鞋帮，妈妈则用双手拄着拐杖，艰难地走向小河。哥哥则拎着塞满衣服的小藤筐走在前面，本来苗苗是经常不穿鞋的，但今天要走过苞谷茬地边的小路，怕划伤脚，所以才穿鞋的，这条小路本来不远，她光着脚丫很快就去小河了，可要跟着妈妈和哥哥就觉着这条小路特别长。妈妈蹲在石头旁吃力地洗完衣服，已经响午了。哥哥拖着装满湿衣服的筐子慢慢往回家的小路上挪一段，再挪一段，这是他们年复一年，日复一日的生活。苗苗长高能挪动藤筐了，也同样重复着来往河边的这条小路，重复着往前挪动着藤筐！哥哥不会说话，但很聪明，别人做啥，他站在旁边看一会儿就学会了。春天，他用杨树枝做的口哨逗苗苗玩，还能在地坎上寻找甜甜的刺骨芽给苗苗。夏天，他用麦秆做小扇子逗苗苗玩，再在田埂的坎棱边，寻找大拇指头大小的野麦桃给苗苗。秋天，他用几寸长的木棒削成坨猴，再用一截布缕麻绳和一尺多长的小木棍做成坨猴鞭，在小院抽着坨猴逗苗苗玩。他还能摘来绿皮核桃和半软的红柿子给苗苗。冬雪天，哥哥用小木凳推着苗苗滑雪。就这样，苗苗在哥哥的无声世界里同样感受着童年的乐趣和温暖。

---

　　* 作者简介：姚水叶，笔名冬月，陕西省西安市人，1978 年毕业于太乙宫中学，以种地养殖为生，热爱祖国，热爱生活，更酷爱文学，喜欢用笔尖在字里行间表达所见所闻以及内心所想，用干净的文字内容向读者呈现善良，呈现社会的美与丑，向读者传递正能量，传递人间该有的美德，不负笔墨，不负人生！

哥哥也很勤快，农场碾麦、翻场、砍玉米秆他都乐于参加，也能帮父亲喂养耕牛了，他能自食其力了，对于苗苗的父母来说，这更是值得他们庆幸的事。队长发话了："让福华上工干活，一天给计四分工。"苗苗父亲听队长说完，急忙回答："四分就四分，我明儿和娃一起出工。"并帮队长装了满满一锅旱烟，用大拇指使劲压压，双手递给队长，恭恭敬敬的举动更显示出他感恩队长的心理，也更怕队长收回这句话。往后的日子里，福华跟着父亲起早贪黑，所有的农活一样没落下。在无声的世界里，福华学会了耕地、撒种、施肥，给断了的皮绳结麦穗结，打草鞋等事情，他的勤劳给父母增添了新的希望，他的自食其力也挣来了乡邻温柔的微笑。曾有乡邻嘲笑他吃饭不给五谷长脸，嘲笑他父母上辈子亏了人等。在福华细心耕地、耙地、收玉米、割麦子时，田间地头常会有路过的行人、逛集的乡党欣赏福华熟练的身影。就这样，一年长一分工，福华能挣满十分工了，而且干活不等不靠，乡党干活都想依在他左右，依着他可少干些。值得队长、父亲赞叹的是秋夏两忙耕地时，福华早早就收拾铁犁、铁耙，精心养肥耕牛，种玉米犁浅些、种小麦翻深些，根据耕牛大小排列，福华熟练的农活技巧让队长和父亲心里美滋滋的！

在日常生活中，福华懂得谦让和礼貌，盛饭时，总要看苗苗和父母碗里还有没有，然后才掀开锅盖给自己盛饭，福华不会说话，饭量大，生产队分粮有限，苗苗家生活很拮据，父亲心里总担心福华饿肚子，心偏福华，把自己的那份馍省下一半，放在苗苗够不着的空中竹篮里。小小的空中竹篮放满了父亲对儿子的爱怜！

包产到户的春风袭来，苗苗父亲预感到日子真要好过了，只可惜自己年已花甲，妻子已病危无治，他谨记着妻子的遗嘱："好好活，让福华有饭吃、有住处，不流落街头，不沿门乞讨，最大程度让福华用劳动换得一粥半汤。"苗苗也向妈妈保证："听妈妈的话，对待哥哥像对待自己一样，让妈妈放心。"在生产队刚分的自留地长出的麦苗被冰雪覆盖时，苗苗妈妈的身体也被冰凉的黄土捂盖了，福华不会哭，没有眼泪，只是用铁锨使劲地往妈妈坟堆上培土，一锨锨的黄土培尽了儿子对妈妈的无限思念！改革开放的阳光沐浴着农村的角角落落，书记、队长开会回来，脸上洋溢着明媚的笑容，郑重地宣布了中央的新政策。小小的场坊会议室出现了前所未有的沸腾，社员们争抢发言，各抒所见，打破了以往"开会墙角坐，少提意见多通过"的局面。第二天，各户喂养的耕牛全部拴在农场边的拴牛桩上，按大小、公母、肥瘦，一一标价，另外一部分社员拿着耕地策、卷尺、丈量杆对所有耕地分等分级，生产队的手扶拖拉机、电磨子、电碾子、粉草机、压面机也都归于新主人，一月之内社员干部齐心协力将生产队的所有耕地、耕牛、农机械分净分光，连一根木棍都没剩下。地分了，人心也慢慢自私了。开始，各户都客气地谦让，可人心经不住利益的诱惑，经不住时间的考验，合伙的、分养的耕牛户主在暗地里都琢磨着自己吃亏了、别人沾光了，好景不长，几十头耕牛被卖得所剩无几。苗苗家分养的三头壮牛被分走两头强壮的，留下的一头是瘦耕牛，好在苗苗一家对耕牛格外精心，时间不长，瘦耕牛就变得毛色光亮，神气十足了！也没与其他农户合股，少了多少麻烦，少了多少争吵！

时间了解了人情冷暖，凡没有圈舍的、没时间割青草的、舍不得五谷饲料的，都放弃了耕牛的喂养权，以划不来为借口，用耕牛换取了一沓沓一张张"大团结"。把耕地寄托在福华身上，平时看见福华不屑一顾，更舍不得舒颜对福华微笑。到了夏秋两忙时，他们一拨一拨地挤在苗苗家里，客气地嘘寒问暖，顺便问问种地啥时能给自己帮帮忙，把地种上，并声声强调，越快越好，时间不等地。在这时候，福华得到的尊重和微笑能多出忙后的好几倍，福华捅上铁犁赶着耕牛早出晚归，无偿地犁着他以前挣工分时犁的角角落落、沟沟坎坎。好在是没有报酬的帮忙，也没有争吵，还能听能悦耳的喊声："苗苗，给你哥把饭做哈，我有点事，你就当帮我忙呢！"苗苗心知肚明，人家犁的地少，给人管饭也得给牛管水，有点划不来！况且，犁一亩地十几块钱，犁半亩地、六七分地咋给？苗苗一边给牛割草一边思量，到秋忙时收钱，一亩地咋也要十八块，人要吃饭、牛要吃草呢。种麦时，家里又重复着种地时哥哥才能享受到的尊重和手势比划，苗苗替哥哥、父亲发话了："地不好犁，一亩地二十块钱，谁来早谁先犁，不论东西南北。"一袋旱烟的工夫，有溜在门外等消息的、有在屋内犹豫的，父亲始终没吭声，他知道钱对这个家的重要性，苗苗要的耕地钱也合情合理。福华耕地能挣点钱了，同时也挣来争吵、谩骂、诽谤！有人要自己犁地，不要福华犁，少给钱、不给钱，尽管这样，还是没让他们满意，说："牛不听话，不踏犁沟，不知道回犁，在地不尿，在柏油路尿，溅一身，见草就吃、见水就喝。"说完，随手把未给牛挂的笼嘴扔在一旁。福华弯腰捡起笼嘴，用手比划，怪别人没用笼嘴。并接过牛绳，拴在椿木桩上，牛立刻卧在地上，浑身冒着热气，嘴张着喘出粗气，"哞——哞"两声诉出了挨过鞭子的疼痛、喝不上水的委屈！

其实，在牵走牛绳的那一刻，父亲的叹息声里含着多少舍不得，他知道，福华不说话，但他和耕牛有默契。福华"啊啊"两声，耕牛使劲向前走，到回犁时，福华用鞭梢轻轻敲一下外隔头，犁自然随牛回头的，要停下休息时，福华会使劲拽着犁用鞭杆碰撞牛的尾巴，它也自然停下。地犁完后，福华会"哼哼"两声，牛自然也就钻出隔头乖乖让福华把笼嘴戴上，戴笼嘴是防止耕牛吃到带有蜈蚣、蜘蛛的青草和路边的脏草，喝到太凉的水。再把缰绳盘缠在牛的脖子或犄角两侧，给耕牛劳累后的自由，耕牛自觉地站在原地等待福华收拾完毕一块回家。耕牛是福华用晒干的黄土铺在卧着的身下周围，用柔软的青叶草、细心剥离的玉米叶，一寸三刀铡下的细草，烧热的淡盐水惯养的伙计，日月造就了耕牛不声不响，天地给予了福华不言不语，他们是天地、日月合二为一的搭档，任何人代替不了他们中的任何一方。乡党则不会玩这一出，只会"嘚、嘚、哦、哦、回犁咧"。而福华调教的耕牛听不懂这些，也知道不是它的主人，所以乡党们就发出牛不听话的牢骚！

一年一年，一夏一秋，福华用两条腿牵着四条腿丈量着乡党们每一亩田、每一分地。踏遍了一坑一坎的坡地角落，他们迎来黎明时的曙光，送走日落后的晚霞，挣给自己的仅仅只是填充肚皮的能量与水盆浮面的一层麸皮和青草！

政府退耕还林后，福华坚持喂养了两年耕牛，仍希望有乡党需要他们犁地的时候，然而，希望归希望，他们被时代弃之甚远。他们背后留下的多是嫌脏嫌臭的嘲笑声、侮骂声，那些尊重和善意的比划再也没得到，犁过的地蒿草、藤蔓已爬满土棱、沟壕、平地！

买牛的客商三三两两，不断有人寻问苗苗父亲，要买走耕牛，苗苗父亲舍不得，怕福华伤心，最终在乡党劝说中狠下心，应了客商，但牛不出圈，福华牵着缰绳不松手，那难舍难分的一幕永远停留在苗苗的脑海里！

没地种、没牛养，福华成了义务帮工，编筐的、劈柴的、担污水的、做零工的都会悄悄地"请"福华，而且脸上还露出"满意"的微笑！福华在无声世界里度过许多个春秋，黎明伴福华日作，傍晚伴福华而息，福华所感受到的温暖仅仅来自父亲和苗苗，在福华患病的几年里，父亲多次萌发出放弃治疗的想法，担心自己百年后福华得不到更好的照顾，而苗苗没有放弃对哥哥的治疗，寻医问药，坚持不懈，功夫不负有心人，哥哥的病终于好利索了，他又恢复了病前的所有农活。

苗苗妈妈临终前的几多担忧再次延续到父亲心里，父亲在弥留之际告诉苗苗："人在做，天在看，我们今天的所为，你哥心里都有一本账，他是我们的证明人，到了阴间地府，他会如实向阴间报告这里的所见所闻，点点滴滴！你妈说过的话和我现在要说的话一样，把你哥看宽点，积德是你的，谁也拿不走！"父亲之言，苗苗永记心间！

苗苗平时趁做饭时，也教会了哥哥简单的家常饭，擀面、烙馍、打搅团、炒菜，即使自己不在家，哥哥也不会挨饿。简单的平常百姓，简单的日子，哥哥与妹妹，相依相伴。

黑麻石

润九睡到半夜，猛然翻身坐起，自言自语道："我刚梦见我妈了，梦见我爸了，做梦我还在蒜瓣沟住着呢，麻石还在草棚顶没落下来！"叶儿被润九的梦语惊醒，他俩都睡不着了，隔着透明的玻璃窗，能看到月亮高高地挂在天空。他俩坐在月光照进的窗前，润九对叶儿讲出了埋在心里多年的往事。

他只上了四年学，其间还整天给学校放几十只山羊。十三岁时大姐出嫁了，家里没劳力挣工分，他辍学了。砍木头，挖地，采药材，在种过土豆的雪地里刨土豆，土豆太小，舍不得取皮，放在石窝，石头对石窝把小土豆捣成糊状，加点面粉烙成饼充饥，吃着比圣果还香。也可作干粮，上山采药时放在泉水里泡着，采药下山时饼也就泡软了。有一次润九的干饼泡在山梁左边的泉里，上山砍木头时不小心连人带树拔根而起顺着石崖滑下右边崖底，润九昏过去了，等他醒来已是傍晚时分，心想一天没吃东西，也没收获，爬起来又翻过这道山崖，虽然只是左右之分，可要走的路程需很长的时间，他摸着黑，找到泡饼的水泉，但经过长时间浸泡的饼已没有了形状，在伸手不见五指的泉水里，他手指并拢捞起了点糊糊充充饥便回了家。

山高沟深没有像样的土地，只有土少石头多的窝窝地，种些土豆、玉米还得动员能扛起锄头的少壮劳力巡山护苗。把生存的希望寄托在野生动物的尖牙利爪下，寄托在早起晚归的奔忙中。润九又说，他当时若能挣够五十元，也一定能与心上人喜结良缘，可偏偏就没挣够。

几十年了，他很少提起他儿时的生活，现在算是破例了。也许是儿时艰难的生活让他养成了沉默少语的习惯，也许是儿时经常独自前行，很少与人沟通，更缺少能言善辩的口才。快是黎明了，叶儿为了平息润九的情绪，商量一起去九天瀑布和蒜瓣沟看看，润九轻声喃喃地对叶儿说："那是九天瀑布，也叫罗圈崖！"

黎明还是很平常的黎明，只是初春的风依然带有寒气，走在路边的路灯下，润九心底的阴影就像他现在背后的倒影被越拉越长。长的多少往事早已淡忘，能说出的都是经过沉淀后难以忘怀的，也都是抹不去的心痛！

他俩一起去九天瀑布，顺道找他久别的故居。几十年未曾去过的老屋，到了，这也是前站首选的地方，叶儿更想去看看，蒜瓣沟老黑麻石看家的地方，润九的故居！

说是故居，其实只剩下三四百斤重的黑麻石头，留在故居痕迹的石坎中央，门前的水沟经过几十年的冲刷，更显得悠然恬静，藤蔓下的黑麻石像一条忠实的黑狗一样安详地卧在原地，被周围藤条覆盖得严严实实，周围已找不到故居茅草屋的任何痕迹，依稀能看到茅屋石墙尚在，这块特别的黑麻石依旧露出扁棱的头角，和几十年前相比，唯一的变化是早已长满青苔，毛茸茸的青苔下，黑麻石更显出它存在的意义。在漫长的岁月里守望，等待有朝一日，他的小主人回来坐在它的肩膀上诉说昔日无奈的选择，并告诉舍弃它的理由。

这块长得很丑的黑麻石也将叶儿的思绪带回了二十世纪八十年代初，那时，同村的姐妹们都有了对象，有的嫁到大城市，做了阔太太；有的嫁到县城，做了娇妻；有嫁当兵的，成了军嫂；有嫁书记少爷的，成了村民巴结的对象，只有叶儿是嫁不出去的丑村姑。远近的媒婆都知道叶儿有拖累，怕叶儿以后没完没了地接济娘家。叶儿就像早上出缸的熟柿子放到下午长满黑斑一样无人过问。一个个姐妹穿着婆家买的上好的衣衫，从叶儿视线内经过，或在叶儿面前夸赞，叶儿的心很迷茫，对自己的未来更是无法设想，没有抱负，没有远大的理想，更没资格谈追求，就像河底的一条小鱼，不知自己的未来是留在水底，还是等着上钩。其实上天不会让扁扁锅没有盖的，冥冥之中会有不太变形的锅盖等着叶儿。

寒冷的年未过完，雪花还在院落飞舞，一前一后两人站在离大门不远的地方，问："屋里人在吗？"叶儿忽然想起昨晚父亲说过的话，出门打量着眼前的来人，只见其中的一位小伙，麦色的脸庞，国字脸形，隔年的棉衣袖口，衣襟都开花了，可能走得太急，也没紧完衣扣，从脚上到膝盖用特做的厚麻布条缠了好多圈，这分明是山里人寒冬特有的穿着打扮，叶儿打量了来人一眼，猜到他们的目的，羞涩地退了回去。当时父亲不在家，叶儿躲在厨房一直没招呼他们，他们在房中央挪步转着，也没坐下，叶儿藏在板柜侧面一动不动，来人很知趣地向里边望了望，没见着人，带着很懊丧的表情离开了。晌午时分他们又返回来了，比早上还多了一人，是父亲，这次出乎叶儿的意料，又是做午饭的时辰，叶儿既抽不出手，又躲不了，只好硬着头皮做着自己该做的事情。

他们几人小声嘀咕着，盘算着，叶儿像局外人一样，没有说话的份儿。趁端水时注意到，袖口开花的那小伙接水碗的动作缓慢，还有点木，说实话，叶儿没相中他，出于尊重和礼貌，留他们吃了顿家常饭，盛饭时叶儿一次盛了几碗，父亲和另外一人提前放下碗筷，几分钟过去了，他还没吃完，叶儿趁收拾碗筷的机会故意踩在他的脚面上并使劲转了一下，试看他的反应，又跟他说："呀，对不起！"他抬起腼腆的面容说："没踩疼，不咋地！"就冲这善良的抬头，叶儿心里的怒气稍微消了点。

在之后短短的一个月内，没有征求叶儿的意见，父亲早把他常挂在嘴边的自由婚姻自做主，自己选择对路人的言论抛到了九霄云外，用"父母之命，媒妁之言"的家训，抉择了叶儿的终身大事，叶儿心里盘算着边走边看，不行就吹的意念，没有彩礼，只有小四样，若中途有变，叶儿退得起。在短短的一个月内，他俩算是订婚了，出于当地的土规矩，即使心中一千个不乐意，也要跟着媒婆亲自去他家拜访他的父母。叶儿带着礼物，迈着不愿意抬起的脚步。记得曾跟同学们参加劳动时，没走多长时间，这次的路却远的走不到头。不知转了多少弯，过了多少道河，终于走到一间低矮的茅草棚前，他们一家人早早就在小院迎着叶儿，这样的亲昵使叶儿不知所措，很被动，未来的婆婆想试着拉叶儿的手时，叶儿的手伸到背后，头扬得高高的，装作没看见她的亲昵，在这一刹那，低矮的草棚顶端卧着三四百斤重的黑麻石让叶儿一下惊呆了，它不偏不斜，正好在棚顶中央，若是掉下去，草棚会是一个大洞，砸着人也不得了，而且门前几步远便是条又深又宽的被洪水冲过的水沟，不小心还会掉在沟里，叶儿很难想象他们一家人是怎样在这么危险的环境下生活的，未来婆婆可能是外地人，说话语言不清，使劲拽着叶儿的手，跟叶儿说，石头是神挪到棚顶的，别怕，不要紧，那石头有菩萨保佑，下不来的。明明是暴雨，洪水将石头冲到棚顶的，却迷信地说石头是神放上的，叶儿心里又气又恼，又同情，又见未来婆婆撩起衣襟，从最里边的口袋里掏出一个辨不清颜色的小帕包，一层一层地揭开，把仅有的一块六毛钱全要塞给叶儿，叶儿没心理准备，慌忙摆手，心想：这钱不能接，不是多少的问题，而是这个婆婆要不要认的问题。看着他家请来做饭的婶婶做了满桌的饭菜，叶儿食之无味，想着他家的困境，两种选择在叶儿的内心、脑海腾云驾雾，不断矛盾着、盘算着，看着这样的景象，也算是门当户对，成，输给不成。想着他行动不是雷厉风行的那种人，不成的心思又战胜了成。回程的时候，他们又偷偷凑了五块钱装进要送给叶儿的北京包里，其实五块钱在当时已经是最多的赠礼了。但叶儿没带他们赠的包。

回来后，父亲知道了所有情况，怕叶儿在家留不住，唉声叹气，坐在院边的石头墩上，一锅旱烟接着一锅抽着，漆黑的夜晚，寒风依旧嗖嗖地吹着父亲那凄凉的身躯，叶儿站在门口只看见小小的火星一闪一闪，叶儿很清楚父亲在思量着她的终身大事和家的命运，他也在为难地做着决定，叶儿无言地一只脚站在门外，一只脚站在门里，那时家里没有闹钟，那天夜里也没有月光，那一刻叶儿的另一只脚不知道该向谁靠拢。终于，叶儿的善良输给了任性，责任战胜了逃避！大步走到父亲跟前，搀扶起无助的父亲，告诉他自己的决定！进屋后，父亲在微弱的灯光下露出了从未有过的笑容。

那天黎明前，父亲撕心裂肺的哭声吓醒了叶儿，原来父亲一向的坚强乐观都是装出来的，这哭声道出了一个刚强的男人内心无尽的思念，他想爱妻，他想叶儿的妈妈。谁说男人有泪不轻弹，只是未到更难处！这哭声也是父亲进退两难的呐喊，这哭声更坚定了叶儿承担责任的决心与担当！叶儿在答应父亲的同时也在寻找合适的能说服自己的理由安慰自己，也许是山里艰苦的生活环境才让润九变得沉默无语，行动缓慢，也许在往后的日常生活中叶儿用自己的方式去感化他，让他融入叶儿的世界，把他改变成活泼自信的人！

尽管这样安慰自己，叶儿的心始终落不下，像揣了只鸟儿扑腾扑腾的。偶然一次在街道相遇，润九匆匆走到叶儿的侧面，脸上洋溢着高兴的笑容，说："你来咧，吃咧么？"叶儿心微微一振，回头"嗯"了一声，又赶紧点头道："吃过了。"然后羞涩地低着头向前快步走去，叶儿知道，润九在终身大事上没松手，背地里已使上九牛的力气来挽回她的固执。润九问过叶儿的话，又匆匆走进了大商店的北门，叶儿径直向前快步走着，心想：润九这么早就在街道，肯定是卖啥东西来，走快点省得他花钱。谁知，润九悄悄追上叶儿，脸上乐得像开了花似的说："你猜，这是啥？"叶儿转过头只见润九上衣下贴胸藏着一个鼓鼓的东西，叶儿知道肯定不是吃货，便故意猜道："点心，麻饼？"润九看到叶儿的微笑，高兴地从怀里抽出一条叶儿早就想买却没舍得买的红白黑三色拉毛围巾和一条鲜红的纱巾，他直接把叶儿拽到路边，细心地将红纱巾装进叶儿的兜里，然后又将拉毛围巾折起几折，当着过路人在叶儿的身边转了一圈，帮叶儿围好围巾，叶儿顺从的态度让润九幸福满满。做完这些又贴在叶儿的耳旁，轻声笑道："我刚卖茯苓来。"叶儿知道，茯苓是稀有的贵重药材，很难挖到，却佯装没事似的说："你肯定买这围巾、纱巾能收服我？"润九笑着回答："为买这条围巾，我把罗圈崖揭个跟头，还愁你不回心。"润九幽默的话彻底把叶儿逗笑了。这时，润九的同伴走到他俩跟前连叫叶儿两声嫂子，叶儿吼道："滚，把谁叫嫂子？八字还没一撇呢，胡喊啥呢？"那俩异口同声地大笑道："不让叫，看由得了你？"

后来的一年里，小伙用自己勤劳的双手在另外的地方给父母盖了房子！让家人有了安身之处！就这样，他们没有花前月下的承诺，没有海枯石烂的许愿，有的是勤劳、真诚、善良，还有这千年不朽的黑麻石，它是编织他俩相濡以沫婚姻的纽带，是润九心中的红丝线，是叶儿头上的红纱巾。

今天，他俩用力拨开缠满黑麻石周围的藤蔓，背靠背坐在再次相遇的毛茸茸的青苔麻石上，一同回味几十年的日日夜夜、点点滴滴、酸甜苦辣和百态人生！在叶儿心里，这块丑麻石当年唤醒了她的同情心，在他们婚姻的纽带上起到了几分紧凑的作用，同时，也是他们婚姻的见证者，若麻石有灵也一定会原谅它的小主人当年舍弃它的苦衷！

润九和叶儿没有辜负双方父母的期望，繁忙着春夏，辛勤着秋冬，相互扶持，相依相伴，相互理解，相互包容。那些用心置换的纯朴爱情往事更值得他俩珍藏在心灵的最深处！

我的小河

站在河边，银白色的浪花溅出老远，翡翠绿的河水清澈透明，石头分布均匀，夹缝中的冰凌和长出的青苔相依相伴，乍一瞅，那是水浅的缘故，沿河两岸厚厚的白雪仍未融化，依稀可见的刺骨芽蔓悄悄地伸出一寸长的尖，向我招手，远处的垂柳枝，随风飘摇，向我微笑。我踏着厚厚的雪向垂柳走近，昂起头，柳树上冻雪冰凌，随着寒风裹着冻腐的麻雀窝洒落在我的脸庞，刹那间，一阵冰凉的感觉，带我回到了童年。

这条河数我离它最近，过了公路，穿过麦青地就是小河，平坦的河床，鹅蛋大的石头满满地分布在水底，没有大浪，只有脸盆大的石头鼓起一个个波浪漩涡。我光着脚丫伸进春天的河水，一丝冰凉像触电一样涌进我浑身的每一条神经，太凉了，我想抽出，却又舍不得这宽阔的河水。那时，河水干净，透过缓流的河水，我伸手下去，捡起杏核大的小圆石，一个、两个……七个，够了，装进口袋，再捡七个，再装进口袋。这就是下河的目的！然后，光着脚丫瞅着沿河两岸嫩嫩的刺骨芽，似香粗的，不折，有点小，筷子粗的正好，快折；粉红色的小喇叭花，摘，多摘；金黄色的洋奶奶花，摘，全摘。时间偷偷溜走，太阳暖在头顶，晌午了。满载而归，成就感，快乐感，都值得我光着脚丫流连忘返。

迎着烈火般的阳光，挽起裤腿，伸进凉爽的河水，扎个猛子多好。于是，头顶烈日，双手伸进河底，鹅蛋大的，碗口大的，一一捡起，堆起弯弯长长的一道坝，不够牢固，再顺水流滚几个瓦盆大的石头加固它，好了，再瞅瞅，见四下无人，脱下长衫，脱去长裤，两裤梢用红绳扎住，红绳防水鬼辟邪呢，折两根小木棍十字形撑开裤腰，浮水袋做成了，天然游泳池里扎猛子，吹水泡，站在水边，两手伸长，扑通一声。时间忘了我，太阳落山了，赶紧上河，头发上的水滴顺脖子流，顾不得，回家的路上，心情愉悦，感觉夏天就是好，乡党看我，这女子，像娃子，一脸的不屑一顾。深秋时光，雨季的山坡水、崖沟水一齐涌向小河，睡在土炕上依然能听见河水的咆哮声，河水涨了，我担心我围的水坝被冲得无影无踪，担心柳树上的那窝喜鹊无处避雨。河水涨了，沿河两岸的石头被冲洗得十分光洁，无名杂草垂着头睡倒在沙石间。随即秋风捜光了垂柳叶，剩下了树杈上筑起新家的那窝喜鹊和趴在河岸边金黄的野菊花，一簇簇，一簇簇，点缀了深秋的沿河两岸。白絮落下万千丈，白了河床，白了石头，站在这洁白的世界里，整个人都融入了它，瞧这石缝结的冰凌和水面薄冰晶莹剔透，伸手使劲掰一块，咬一片，嚼嚼，甜甜的、淡淡的、冰凉的，再试着踩一下，呀！我惊叫一声，鞋湿了，这一脚踩下了年少的轻狂！

崭新的衣服穿脏了，洗臭了河，耕牛走到河边知道水脏，回头不喝了。由此产生了对小河的憎恨和厌恶。不知不觉河水漂满了晒化的原油，河床溢满了白石灰，河底沉淀了太多的玻璃碴。繁荣一方经济，富裕一方百姓，管它是水泥厂还是石灰厂，既然能抽出玻璃丝那他就是建设标兵，河水臭它个几万平方公里也无妨。河边的草丛中缺失了小野花，树枝上的麻雀稀少无影。核桃、柿子更是过早地落花谢果。虽是朝气蓬勃的青年，却束手无策！找不出任何借口反驳这种经济腾飞！

尘封了多年的小河情，在稳重成熟中慢慢苏醒，再次站在河边已是两鬓白发，童年的乐趣没变，年少的轻狂还依然可见，变的是环保政策改变了脏、乱、差的面容，树杈上筑起了喜鹊、麻雀的新家。变的是河床被大自然虐深了，鹅蛋变少了，耕牛大的石头满河都是，刺骨芽、洋奶奶花、野菊花依然爬在沿河两岸，垂柳还是垂柳，长粗了，喜鹊、麻雀回来了。

思乡

黎明，从宿舍出来，一层薄薄的白雪覆盖在工地的工程车上、土堆上、树梢上。噢，下雪了，季节一点都没含糊，及时把冬天带来了。我赶紧爬到最高层的屋面上，踩着屋面上的积雪，晨风吹面，能感觉到刺骨的寒冷。顺着高楼的平行线，遥望着远方，看见连绵起伏的秦岭，我家乡那儿也下雪了，白雪覆盖了整个山区，覆盖了㴖池湖畔，覆盖了西峰石海，覆盖了太乙宫。白雪还来了一个银光闪闪的世界。我的眼睛湿润了，眼泪悄悄顺着脸颊滑落，我抹去泪痕，似乎看到核桃叶、柿树叶、板栗叶落下厚厚的那一层，像棉毡一样，走在那些树下软软的，雪花洒在这层层叶面上，舍不得融化，给落叶增添了多少怡人的气息。柿树上还挂着两三个红彤彤的柿子，那是给喜鹊、麻雀留的，霜雪冻硬，落不下来，喜鹊、麻雀尖尖的嘴一前一后争着啄一两口，树枝摆动着，喜鹊、麻雀一点都不害怕，从容地扑腾着翅膀仍然压在树枝上。柿子还是柿子，还是喜鹊、麻雀的口粮。它们相继啄上几日，树枝上就只剩下柿子盖了，想起家乡这些情景，我又笑了。倚在这高高的楼层面上，阳光露出笑脸，我摘下安全帽，想用安全帽的内壳托住这缕缕阳光，家乡的太阳这会儿一定还在伸懒腰，打哈欠呢。在这里，我盼过了白露，盼过了寒露，盼来了日渐短夜变长的十月天，这久久的思乡情连着家乡的那条柏油路、那辆公交车，再过一个月，那腊八粥、那灶饦馍一定能接我回家，大铁锅的搅团、石头窝里的糍粑也在等着我，那油泼辣子浆水菜更香，那都是地道的家乡味、地道的乡情，无论我走的时间有多长，离乡的路有多远，我都记着家乡，思念着家乡，到时候，那公交车一溜烟，我就到家了！

善良的印记

　　漫长的岁月总会给我的心里留下些深深的印记！闲暇之时在脑海里翻翻岁月过滤过的，用心沉淀的，值得拿出来欣赏的曾经。有多少次在梦中恍惚感觉富婶的那双手仍然握着我的手，她手里的余温好像还没有散去。

　　山区四季特别分明，初春的阳光是暖融融的，盛夏清澈的河水是清凉的，深秋的果是甘甜的，冬月忙忙碌碌是填补温饱的。一年两度的救济返销粮足以让山区的人们美滋滋地忙碌几天，他们肩扛背驮，家家都运，人人有份，看得出来，那些从我眼前走过的人，脸上都洋溢着对政府感恩的笑容。

　　其中有一位衣衫褴褛，头发蓬污的妇人，凡认识她的人都称她富婶，以前称呼女人时要带上丈夫的名讳和姓氏，所以大家称她富婶。富婶经常一个人下山讨饭，特别早，返程也赶早。累了，困了，就坐在我家院边的石墩上休息，我会端出一碗饭赠予她，她的收获如何从我给她端饭接碗时的举动就清楚了，很多时候我担心她收获不好，就把做的午饭给她匀出一碗留着，若是给富婶一块馍，富婶一定要一分为二的用菜刀切开，分别装在上衣的左右兜里，而且接馍的表情比接饭的表情更高兴。一来二去，富婶就成了我熟悉的常客，我从她的话语中知道了她有两个孩子，知道了她下山讨饭是为了把仅有的食物留给孩子，富婶在用自己微弱的能力，放下尊严的方式抚养孩子，这种别样的母爱让我感动。她对自己的孩子奉献出本能的母爱，对别人也同样能舍出善良的宽厚之心！

特别是那年腊月，我已是快要当妈的人了，穿着长长的大棉袄，拖着笨重的身体，坐不下，蹲不下，只有跪在锅台下的小凳上才能烧火做饭。担水劈柴，拆洗被褥，打扫屋子。一些年长的乡邻们不厌其烦地关照我，叮嘱我，要多干家务，孩子好生，大人少受罪的话。而富婶似乎来的次数更多了些，我心里便有了些欲言又止的不悦。但每次还是不让富婶空手而去。看着富婶带着满足的背影离去，我也感觉到内心暖暖的。

而富婶每次临走时都要对我笨重的体态打量一番，腊月二十这天逢集，她夫妇俩都下山了。那天没下雪，但冬天的气候是寒冷的。她依旧穿着那件不合身的宽襟棉袄，浑身上下多处都用不同颜色的补丁密密麻麻地缝补着，但依然有露风的地方，显得不太暖和。在我的视觉里，她的外表不是富婶，而是鲁迅笔下的祥林嫂。和祥林嫂不同的是她有两个孩子，有家。她丈夫穿着有补丁的棉衣单裤，腰间用细麻绳捆着，从脚到膝盖腿用粗麻布条层层叠叠地裹着，他用麻绳捆住了饥饿，用麻布条裹住了寒冷。他牵着她的手，她的另一只袖口被他用棉布缕绳扎着，显然是怕她冻手，那种相依相偎的柔情让我佩服。她的命运远远好过祥林嫂。

他们来我家转了转走了，我以为不是饭点。下午他们又来了，富婶用严肃的表情暗示丈夫回去，她要住一晚上，我想她是下一趟山不易，为明天讨饭省了多少时间和往返路程，我做了晚饭，她吃了，她要帮我洗碗，我没要她洗，在刷锅的过程中，我感觉到了身体不适，有点困，越来越严重，我仍以为是自己在忙碌的家务中累的，况且，在生人面前这样让我羞愧难当，劝她走，她不走。更巧的是那晚我丈夫看电影去了，我年轻不懂事，不知道自己要生孩子，只想有痛苦不让人看见，可富婶不但没走，还多烧了半锅水，要了剪刀，要了白棉布，并建议我再叫邻居，疼痛与困交织在一起，有些心慌意乱，不叫不叫！我从炕上到地下，从黄昏折腾到五更。那一夜，我在鬼门关前脱胎换骨，那一夜，我饱尝着人间最苦的果。那一夜，感觉时间停在原地，那一夜，我辨不清站在人间，还是睡在地狱。在土炕上，我不知疲惫地折身起卧，筋疲力尽。家人急得团团转，迷信地掀开米柜盖，掀开面柜盖，掀开水井盖。手里捧着青油灯，虔诚地跪在祖宗堂桌前祈祷着。富婶紧紧握着我的手，给我讲了她生孩子时连煤油灯都没有，只有一截带有松油的松木疙瘩。没有火柴，等她丈夫下山借到火柴回去，孩子已落地了。漆黑的夜里没吃没喝的，还好，穷人有穷福，大人、婴儿都平安没事。她说这些话没带负面情绪，没有委屈，更不是牢骚，是安慰我，给我勇气，给我力量，她感觉到时候了，用膝盖和双手用力按住我的胸口，我挣扎着，呻吟着。幻觉中，一个幼小的生命从遥远小路上，正竭尽全力向我奔来。随着一声婴儿的啼哭，一个新的生命安然落地了。她双手托起小小的婴儿欣喜若狂地让我看，而我的精力在迎接孩子的途中，被消耗的荡然无存，只剩下身体的空壳。土炕不停在转，土墙也在转，连窗户都似乎在行走。我蒙眬中看到婴儿茸茸的红色皮肤，听着这来自自己身上，挤着眼睛使劲呐喊的一块有灵性的肉，莫名地涌出一股母爱的暖流。他是我生命的延续，是我一生的精神寄托。富婶又为婴儿除去满身的胎衣，擦去污迹，剪断脐带，又用棉布包好婴儿。又帮我擦洗完毕，捆好腰，裹好额头，对着昏昏迷迷的我再三嘱咐怎样休养，保暖的要领和生活必需，我似听非听地点头答应着。黎明前富婶声称那天不讨饭，又自告奋勇多走些山路，把消息带给了我的婆婆。

富婶一夜没休没眠默默忙碌着我们娘俩的安全，用一夜细心守护着我，用她自己的一技之长温暖着我，用自己的厚德、善良给予了孩子生命的希望，给予了我们满满的人间大爱，全心全意地回报了平时我给予她的点点滴滴。她接生孩子时娴熟的技能让我自叹不如，她先见预知的聪明让我敬佩，她胆大心细的谋略让我终身受益，她贤能厚德的举动让我终生难忘。

一个老实巴交的妇人竟有如此的智慧和胸怀！看到孩子慢慢长大，看到他从上小学到上中学再成家立业。多少次孩子站在我的左右，我的心在暗暗思量，不由得难以置信，这就是我和富婶共同历尽千辛万苦，用超乎常人的胆量接生的五斤重孩吗？有时还想，那晚若没有富婶又将会有啥样的后果，一想到这里，还真有点后怕，每当孩子站在我面前时，我就非常感念已故的恩人。富婶有谋有略，有担当。我总在想，富婶若是生来逢时，长在富人之家，受些高等教育又怎能和我这样平平庸庸的人有缘？又何以为孩子的温饱沿门乞讨，又何以嫁到深山与生计为盼。又何以衣衫褴褛让人鄙视。她内在的善良、聪明、厚德我接触过，我知，我懂！她待人不敷衍，看重诚实。从她的外表看谁又能相信她有内在的美，我用伟大的母亲这个词形容她一点都不夸张！她是极平凡却不平凡的山里人，她的举止超越了高谈阔论的专家学者，她的贤能超出了多少贤人达贵！她是传统美德的代表，她的作为更是传统美德的延续。

在往后的几年里，富婶来的次数越来越少，几乎看不到她的身影，直觉告诉我，富婶的生存之路不只是沿门乞讨，也许她更是一位勤劳的母亲。也许她已经感悟到了做人最起码的尊严！还真如我所愿，她上山了，进树林了。她用粗糙的手牵回了尊严！牵向了富裕！春天来临，她把生存的希望寄托在贫瘠的土地里，种土豆、种瓜、种豆。夏季来到，她把生存的希望寄托在山林里，采集多种药材，用来贴补日常生活的必需。秋天是她最繁忙的季节，也是她最有收获的季节，土豆、玉米、荞麦、药材都同时带给她丰收的喜悦。冬季，她得舍出全身力量，攒足一年的柴火，供满年烧火使用。偶尔才得闲下山，买回日常生活的必需品。她把全部的能力与爱舍给了孩子，舍给了家人，唯独忽略了自己。

富婶虽然生存在社会的底层，社会的角落，但她有着坚持不懈为自己搏得一片天地的精神，获取她应得的幸福，她用勤劳智慧的双手牵向山外大千世界！

后来，一次偶然的机会，我与富婶相遇了，她背了一大背包好几种药材，比以前精神多了，不再衣衫褴褛，不再蓬头污面，我俩相互问好，我问："婶，几年了，你咋不来了？是我啥时无意冷落了你？"她腼腆地对我说："不是，不是，没事就不去了，娃大了，都能往回刨食了，政策也更好了，不用为生活熬煎了。"看着富婶说话的气质和精神状态，我高兴地笑了，那一刻，我相信，富婶的日子一定会芝麻开花节节高。她的淳朴善良给我留下了深深的印象！

年味

一转身，岁月悄悄溜走，没有喧嚣，没有鞭炮，年，就这么平淡的被雨水节气拽出尾巴，过完了。我清楚姥姥说我是"磨镰水，喂不熟"这句话的含义，又说我和她隔着肉连着亲，是金刀割不断的亲戚，还说姑死了，舅埋了，表兄表弟不来了，但这些年仍然和表弟保持着亲戚关系。在平时大事小事中你来我往地走动着。我却很少去做客，四十多年屈指可数去过几次，今年我去了，我的目的不是做客，而是想找回姥姥在时的年味。

那时我很小，是姥姥家的常客，邻家见我就问，"磨镰水，是刚来还是没走?"我藏在柱子背后，其实只是藏住了眼睛，全身都在柱子外面晾着，心里却在暗暗憎恨叫我磨镰水的那个乡党姥姥，明明这是我另外一个家，我想来就来，想走就走，哪有你这么叫我！那时的我更盼过年，觉得那一年的时间特别长，长面、包子馍、油麻花、点心等样样好吃，大年初一吃我屋的，初三我细心地梳好两个羊角辫、拎上竹笼，里面放十个大包子，一封点心，上面盖上花毛巾，早早就坐到我姥姥的热炕上，我大姨伯也逗我，一句这磨镰水还来得早，我二表弟、二姨妈就都笑，姥姥藏的柿饼、柿皮、核桃都拿出来，那热闹、那笑声、那香味、那烙红屁股的热炕，那亲情永远定格在我心里。姥姥酿的甜酒，生的豆芽菜，犁的长面，都是给我们准备的。给大姨伯藏的烧酒，大姨伯喝后姥姥又藏起了，我只能悄悄舔舔那瓶塞，一股烧辣味直扑我嘴唇，多好！姥姥特别仔细，半瓶麻油她舍不得往锅里直接倒，把油瓶拿在左手，右手则用一根筷子伸进油瓶往出一滴一滴抖，大姨伯、二姨妈、老闷舅都没生姥姥那抖油的气，像我今天拿的这些礼品和这些菜油姥姥能用筷子滴几年。一大家子围在小桌上有说有笑，没有客套，没有虚伪，满桌子的亲情。大姨伯是姥姥的贵客，二姨妈是常客，二表弟和我是磨镰水，但姥姥最心疼的还是我，自从姥姥去世后，我却成了真正的客，也不再有乡党姥姥喊我磨镰水了。

这种年味永远不会再有。但这种亲情一如既往地延续着，今天，我又以磨镰水的身份带着礼物迈进久违的姥姥家，表弟对我的到来甚是欢喜，热情的态度让我感动，并没有生疏的感觉，屋里充满了祥和的氛围，厨房里弟媳麻利地忙活着，丰盛的下酒菜包含了多少勤劳智慧，我心里久藏的那些陈年旧词在这儿每一个字都显得多余，这次我真正明白了一个道理，亲戚就是亲戚，当你怀着感恩的心你就是贵客，当你心里明白妈妈是从这门里走出的，这家是妈妈的娘家，这地方是妈妈的故乡时，就一定不对这家感到陌生，而感到亲切，人都有不足之处，礼也更有不到之时，既然有亲缘就不必用尺量，用筷子等，你做到了贵之礼，你就是贵客，你量出来的礼，等出来的亲都是客外客。当银丝满头时，不妨去妈妈的娘家，妈妈的故乡毫无顾虑地做一回磨镰水，何乐而不为呢！打破有千年的乡党，没有千年的亲戚这句老掉牙的经典，抽出时间去感受与姥姥、老闷舅、大姨伯、二姨妈一起吃饭时的乐趣，才是最亲的磨镰水！

李佳庆作品*

折翼的天使

你知道吗？很久很久以前，在一个神奇的国度，住着一个美丽的天使。这个天使心里有一个美好的愿望：她希望普世和乐，她希望人间安宁，她希望所有人心里充满温暖，她希望……

天使有一颗明亮又干净的心，她的存在造福着一方众生，她那么快乐。突然有一天，有一个声音对她说："你要去经受一场劫难，拯救两个灵魂，造福更多生灵……"这个声音一直在天使耳边萦绕。于是，她不再考虑，毅然决然地走上了这条拯救之路。

转世之前，天使看了自己一生的剧本，看完后，默默流泪……但是她擦干眼泪，走向了新的征程。在这个征程里，她失去了所有的魔力，像一个平凡的人，默默拯救，默默承受，默默历劫，也默默为爱守护。

在天使还没有到来之前，那两个灵魂无爱、暴躁、抑郁、分裂，经历着无光的世界。但是因缘际会，男孩带着一身疲惫，去做了义工，在这里他遇到了改变他一生的贵人，在这里他遇到很多有爱的人，在这里他心里埋下了爱的种子。然而与此同时，另外一个女孩正在经受着炼狱般的折磨，几度崩溃，几度处于生死边缘，她看不到任何光与希望，她找不到任何活下去的理由，没错，她抑郁了，很严重的那种。天使把这一切看在眼里，疼在心里，她不忍心看两个和善的家庭变得支离破碎，她不忍心让两个原本善良的心灵就这样蒙尘。于是，她来了，她要踏上这条不平凡的尘世路。

于是，相遇总是美丽的，似乎冥冥中自有天意。男孩女孩又一次的相遇，男孩看着女孩疲惫的面容，空洞的眼神，怪异的举动，心里升起的不是嫌弃，而是拯救，而这颗拯救的心，就是我们可爱的天使。

无数次，女孩在噩梦里惊醒，无数次，女孩都想放弃自己的生命，但是，自从男孩女孩相遇的那一刻，男孩无数次在女孩耳边说："我爱你！请你活下

---

* 作者简介：李佳庆，女，河南省周口市商水县人，本科肄业。

去!"这句话不下百次,不下千次,日日重复,从不停歇!男孩怕女孩挺不过去,男孩怕女孩受苦,所以把自己最好的爱都给了女孩。光阴不显眼,这一陪伴,便是数十年。前面五年的错乱,男孩不曾想过放弃,只想守护,只想爱,只想陪伴,也许,这对于男孩来说,也是一种幸福。

那么,对于女孩来说,或许她并不知道什么是美好,或许她根本感受不到外界的一切,或许她对于这个世界早就没有了念想。但,上天并不想放弃她,不想看到一个曾经鲜活的生命归于尘土。于是,天使来了。

对于茫茫人海,苍茫大地来说,男孩女孩是两个普通的生命。但是往小了来看,这两个生命是两个家庭的希望,是两对父母的全部,每一个家庭都值得被重视,每一个生命都有意义,所以这是天使存在的意义。

天使断了翅膀,来到人间,只为渡苦,渡难,渡一切有情生灵。使命所及,满目欢喜。

似

活在想象里,活在梦幻中,活在构筑的星河里,可是没有活在世俗里,是逃避?抑或是追梦?

或许都不是吧。

对事件的解读,对价值的理解,对人生的期盼,对爱的守护,是美丽?抑或是虚无?执着多年的心思,些许几年后只是内心的一方净土,多年的功力或许够我守一人以终老。

人生的价值,不是源于别人的评判,而是内心的安宁不寻找。尘埃落定也许就是另一种幸福。生命的福祉从来不是一个人的事情,好多人也都不是只为自己活着,他们的生命里藏着对家人的责任,对社会的贡献,对自己使命的理解。不埋怨自己的付出,不加重自己的感受,只要身边的人无灾,安定,我看到他们脸上时常浮现着淡然却满足的笑容,这,难道不是生命里最温暖的奇迹吗?

这世间,看似千头万绪,可是,你发现有些人活得很安详、很自在。是他们的生命里没有灾难吗?其实不是,是他们知道人间似有千难万难,但只要守护的人能平平安安,他们的生命状态就是满足、幸福的,这,也许是爱的力量。

心记得时时沉淀，总能看到一汪清泉。

似水流年，一步步走下去，有初心就可以到达想去的远方。

开始时

等那一季，你需，我在。我小心翼翼地拿笔接近你，而你正需抒写新的篇章。于是，我们有了三个字：开始时。

那一年，大雪纷飞，纯洁而又无邪的雪片覆盖了茫茫的大地，雪并不想盖住什么，而是想收一下这纷纷扰扰世界中那一颗颗浮躁的心，而我，也没有在等待着什么。当我踏着些许慌乱的步伐，脚印留在由雪片堆积的苍白里。巷头，转角，我看到了些许柔和，些许慵懒，但始终面带笑意的你。或许你我都没有想到，这一次的相逢会有怎样的结局，但是我们也选择走下去，或许，这一走，便是一生的旅程。

故事的开始，便是极具温柔的。也许你曾体验过心灵黯淡，也许你曾厌烦了生活，也许你对这个世界也不再有期望，但是这些灵性的灰暗因这个开始而渐渐褪色，从而慢慢露出明亮的光彩。或许这是缘分的魅力。

人间的美，不是美在金钱、势力、权利，而是当你需要温暖的时候，它一直在，也没有离开过。我想这便是人间最具温柔的存在。第一眼的欢喜并不代表余生的幸福，但十年如一日的风雨同舟确实证明了一些什么。而支撑我们最重要的支柱往往是这些看不见的爱情、亲情、友情。钱帮助不了一个对感情绝望的人，但爱和真诚可以。

或许这一世的开始，便是一生的归属，而我也在用不同的心情描述着这一生的"开始时"。

爱

爱是清风拂过杨柳岸的美好，爱是"人间四月芳菲尽，山寺桃花始盛开"的芳香，爱更是亘古长存散落人间的善良与真诚。

　　这世间真爱可贵，很多心灵会遇到各种各样的烦恼与忧伤，痛苦普遍存在于人间，几乎所有的人都不能幸免。我们带着伤却昂然于天地之间，去寻找一丝丝安宁与快乐。面部的表情是微笑的，外在的气质是酷酷的，说话的语气是和煦的，但心里的伤也是实实在在的。所以光鲜亮丽都是表面的，因为我们习惯隐藏悲伤，隐藏崩溃，隐藏痛苦，也只有在夜深人静的时候对自己说一声："嗨，抱歉，又让你难过了。"于是，又开始了漫长的夜。

　　我说真爱难得，它像一个梦想，可梦想遥不可及，它也更像荒芜沙漠里那一汪恰可以活命的清泉。有一个老师说："发自内心地去爱一个人，这本身就是一件了不起的事情。"我是因为你这个人爱你，不是因为你的头衔，你的地位、容貌、金钱，是因为你是你，所以我爱你。所以，真正的爱没有条件，没有要求，只要你好好地活着，我就幸福。

　　那，爱是什么？爱是一种感受，爱是全身心的付出，爱是只希望你好，其他别无要求。

　　那么，拥有爱之后呢？当爱出现的时候，你体会到的是快乐，充盈，受保护，接纳，开放，平静，专注，放松。这些都是极其美好的感受，它会带给你极大的力量，而这样的力量可以抵挡人生大部分风霜。不要小看爱的力量，它是诞生奇迹和伟大的种子。放心去爱吧，你会因此而活得更好。

　　所以，爱是一个动词，它是行动、付出、感恩，是我们温暖活下去的力量，唯愿此生能拥有这份力量。

王坤作品*

老屋已死

按年岁来算，老屋似乎不老。仿佛同我年龄相去不远，隐约记得幼时还未学步，在老屋里匍匐前行咿呀高唱。至今不过二十数年，我尚且青壮，老屋已经将要倾塌。问及父辈，老屋最老的柱子已经支撑四十余年，老屋确实是老了。

老屋之老不仅在于年岁，更在于灵魂流失。土木构筑成老屋的骨架与血肉，烟火人气则是其精神与灵魂。

四十余年前，祖父尚且力壮，率父辈兄弟姊妹建老屋。老屋落成，骨架坚实，灵魂充盈，神气活现。三两间木屋板正堂皇，羡煞旁人。三十余年前父辈陆续成家立业，新屋成片而起，姑母出嫁，老屋分给父辈兄弟中最小的老三，就是我父亲，彼时修葺扩建，老屋依然板正堂皇，灵魂充盈。

二十余年前父辈离乡务工求存，老屋灵魂失了一半，少了烟火熏烤后，老屋梁柱迅速结满了蛛网。

十余年前我与小弟开始外出求学，回老屋的时间愈来愈少，老屋灵魂失了大半，青瓦日渐散乱，结构慢慢走形。唯祖父母留居老屋，常念叨：有人住着，它总要多撑几年。烟火少了，却还是缥缥缈缈，清晨时透出瓦缝的炊烟和青瓦上蒸腾的水汽、林间溢出的晨雾一起升腾，晨光照来，调成乡愁最具象的颜色。

早几年在村镇小学读书时能常回家，屋后山梁上总有狗子坐等，一走近便扑上身来，前爪搭上双肩，舔脸，这是回家的第一重仪式。第二重便是山梁后升起的炊烟。其后，顺山坡快步跑下，此刻夕阳总落在青瓦与土墙上。秋的记忆最深刻，房背上落着红黄绿的彩叶，总有晨光和夕阳相照，檐角有果树，鲜果挂满枝头，檐下祖母笑意盈盈，柴锅里闷着饭菜。雨时朦胧，瓦上水汽温润，檐下滴答答。

升学到县城读书后，一年难回几次家，每次回老屋，总觉得老屋与祖父一

---

* 作者简介：王坤，男，29岁，四川省广元市人，本科学历。

样都多了几分佝偻，柱子木纹开裂成深深的皱纹，墙皮脱落，墙面倾斜。年迈的祖母每挪动一步都需用和老木墙一样粗糙质感的手掌扶着将要倾塌的墙壁。

祖父逝世后，昔日热闹的院子仅剩祖母一人，每出发求学时都不忍回头看她无声哽咽。常梦到夕阳下老人与老屋相倚斜斜站立，最终共同倒下没入荒草。

祖母逝世后，老屋继续撑了下来，最后一缕炊烟飘散，如同老屋最后的灵魂消失。老屋还在荒草里孤立着，灵魂已经随祖母消逝了，老屋每日多倾斜一分，青瓦愈加散乱破败，干爽的木屋日渐潮湿。夕阳荒草里，老屋已死，时间将它慢慢融归于自然。

我离老屋更远了，对老屋旁铺满蒲公英的小道朝思暮想，对老屋散乱的青瓦朝思暮想，对粗糙的木柱、将倾的土墙朝思暮想，对屋后山冈上的夕阳朝思暮想。

我已渐渐记不清故乡春秋，不知细雨朦胧耕作种豆是什么时节，不知瓜果挂满挖土豆收玉米是什么时节。

偶尔回老屋，脑中不断回响着一首民谣："推开那扇锁了很久的门，房子里已无等待的人，我就像是从远方来路过这里的客人……"

院里花草依然每年撒落种子，生根、发芽、绽放。只是荒草相间，杂乱无序。

老屋将倾，回想幼时欢声笑语，少年时背诵《陋室铭》："苔痕上阶绿，草色入帘青，谈笑有鸿儒，往来无白丁。"而今却同《项脊轩志》："瞻顾遗迹，如在昨日，令人长号不自禁。"

曾家山险

李家乡

猴子崖"地崩山摧壮士死，然后天梯石栈相勾连"。李家乡与曾家镇相邻，却有猴子崖天堑相隔。天神一怒巨斧力劈，李家乡与曾家镇间锦绣河山陡然断裂，两侧崖壁形如刀切，与巨斧劈痕吻合无疑。崖壁间风啸声起如怒意涤荡，石壁深达百余米长近数公里，猿猱难渡，故名猴子崖。先辈精神勃发，筋肉奋起，在绝壁上削劈捶凿而贯通两地。

曾家镇

石笋坪当先有"坪"而后有"笋"，先地势平坦良田密布，随坪上风动云移白云苍狗，地下石倾河覆如厮杀，瞬间，剑戟破土而出。山石走移后坪口巨石封闭，隔绝如同世外，仅余狭口容数人通过，与桃花源一般无二。

吊滩河谷中流水曲折，一侧山脉依谷而走，一侧绝壁高上云霄，转折处，崖下有古庙，建庙日遥不可考。听闻此处原名"虎狼沟"，真虎狼之地，又是神仙居所。幽深苍凉，心移魄动。

麻柳乡

麻柳峡可谓集曾家山险于一谷，绝壁连绵数十公里。崖壁高处，日月擦崖顶而过，颇有"自非亭午夜分，不见曦月"的意境。低处仍然恍有百丈之势。崖下地穴深入幽冥，溶洞连通全境，虽然山体磅礴，但山腹中空，未知潜伏几多鬼怪魔神，蕴藏多少宝货奇珍。谷底流水，水石相搏，回声不绝。河滩巨石嶙峋，河水携矿物质使石上颜色斑斓，巨石多大如屋舍，"如猛兽，森然欲搏人"，有水潭连通山穴，入口宽阔，可以泛舟而入。黄昏时，峡中夕辉黯淡，绝壁明月初升，是为绝景。

临溪乡

临溪乡四新村有叠洞河，河谷风景近似麻柳峡，河流直入山穴。河水入穴处有石壁狭口，通过狭口，石壁环形如室。室底成丈方水潭，水深数米，河水清澈，依稀可见潭底巨石。河水入潭落差骤然增大，水落入潭轰响如雷，水声撞击石壁在石室中回响不绝，最后冲出室顶没入云霄。立室内绝壁上，俯瞰水潭，潭水幽深吸人心神，直欲跃入其中。

出叠洞河往沙曾公路，不述其秀美，鹰嘴崖段两侧绝壁深入山谷，车行岭上如走刀背，使人筋骨绵软心悸气喘。

曾家山险使万物生畏，神鬼可叹！

森林秋

这是森林公园最美的时节。今年多雨，层林在绵密的雨水中染成了斑斓的颜色。

你也许见过春夏森林的郁郁葱葱，感受过森林蓬勃生长的力量，见过秋日层林尽染万山红遍，却常常忽视了林木由绿转黄时，大自然将红橙黄绿的色彩随意泼洒在丛林中那转瞬即逝斑斓纷呈的美。

在山里长大，现在又常待在森林里，与山与林相处久了，能感受到森林的性格，能感受到森林的情绪变化。林木由绿转黄时，森林渐渐放慢呼吸，情绪逐渐和缓。

秋风从林间吹过，各种植物陆续褪去绿色，不都是转黄，生命永远各有个性，红橙黄绿，纷呈却又安静。自然将颜色随意泼洒，又不急于调和纷呈的色彩，丛林变得绚丽多彩。漫步林中，各色掩映，鸟鸣纷纷。

缤纷的颜色与和谐的韵律共同构成秋日森林静谧的氛围。这时节还不显得萧条，生命力依然强大。这时大自然从夏季的热烈里沉静下来，感官更加敏锐，多彩的颜色更加清晰，如同时间河流中的灵光闪现。这时不仅秋风流动，也多秋雨绵绵。雨绵绵密密，森林的润湿恰到好处。林间秋雾弥漫，雾中山马静伫。

风能染黄秋叶，雨似乎在尽力封存清新的绿色。倘若天气转晴雨水蒸发阳光照耀，群山层林就迅速燃烧起来，把残留的绿色烧尽，把群山烧得橙黄或者通红。

红叶节刚刚过去，天气转晴，整齐的落叶松林又变得热烈起来，迅速蒸发掉仅剩的绿色，使整个林区变得热烈温暖。转黄的针叶不能存留太久，风与阳光把叶从橙黄染成褐色，微风过处纷纷飘落。

飘落的针叶迅速铺满林间，林区面积广阔，许多游客还未涉足的道路均匀地铺满黄褐色。仅剩的深绿草色也被覆盖住，整个世界一片暖黄。

山深景美不知归路。

林区干道多游人，落叶不能均匀铺满，浅色的道路在林间蜿蜒，暖暖的阳光穿林，斑驳落在路上，落在林间。

置身林中小道，色彩灿烂，宛如童话世界，让人不想归去。

山雪

小时候的我就喜欢在雪地里打滚儿，最近却依然被山里美丽的雪景震撼。曾家山好多年没见过这么大的雪了。

雪绝对是我小时候快乐的源泉，世间万物唯有雪拥有将整个大地变成游乐园的强大魔力。雪下得越多，必然越快乐，山坡就是滑雪场，平地就是溜冰场，田野里是打雪仗的战场，下坡路上滚着硕大的雪球，院坝里堆着奇形怪状的雪人，放学路溜得锃亮，小伙伴互相推倒在雪窝子里，呼喊声震得树梢上的雪坨子纷纷落下。

小身板从来不惧严寒，流着鼻涕，手脸冻得通红，头顶上腾腾地冒着热气。回家挨顿打，扒完饭又重回雪野。年龄越来越大，雪越下越少；雪越下越少，快乐越来越少。冬天没了冬天的样子，过年没了过年的氛围。雪少了，亲友各在天涯，伙伴极少碰面，"儿童相见不相识"。偶尔一场薄雪，不仅乏味，而且失落。

今年冬天，突来的大雪是一片好景，更是一份惊喜，大家都感慨着："好多年没下过这么大雪了。"语气里都是兴奋。整个大地又变成了游乐园，曾家山成了景区，雪地里没有儿时伙伴，却奔跑着无数游人。

无论大人还是孩子，都在雪地里翻滚。自己忍住了去雪地里打滚儿的冲动，跟着游人们的欢乐傻乐，为他们高兴，高兴这些孩子有了和我一样美好的童年回忆，高兴这些大人快乐的像个一百多斤的孩子。

大雪为枯木孕育生机，使老翁追忆童年。美丽的曾家山一直发生着美好的事。

王阳纯凌作品 *

遵义会议会址

"楼舰纠偏舵，红朦再远航。"飞洒、遒劲、充满革命豪情的遵义会议会址处的毛主席题词，是我一直向往的。正值金秋十月，我来到了雄伟庄严的会址，一睹风采。

晨阳欲开，我在红木门外，仿佛聆听到了先导者们激情澎湃的声音；仿佛看到了毛主席熬灯深思的身影；仿佛闻到了油灯烧尽的焦味……八点整，期盼已久的遵义会议会址大门终于开了。门的右侧是砖木结构，一楼一底，青瓦灰墙建成的一座中西合璧的主楼，左侧则是乌底金字的毛爷爷题的《七律·长征》。

进到主厅，首先映入眼帘的是简陋的会议室，虽破旧，但在这里中国共产党及时纠正了错误，挽救了中国革命；简单的房间里，蕴含着革命者对党、对人民的忠心及深深的爱；虽然短小的铅笔，却记录了党的历史篇章；虽然电报机只有一般的功率，却一次次发出了至关革命生死的电报，截取了敌人一次次的电文；虽然冲锋号铁锈斑斑，却吹响了革命胜利的号角。

再进入会堂，第一眼看到了中国革命先驱者的身影：他们身着简装，坚定的目光中透露出"遥知百战胜，定扫鬼方还"的决绝；挺拔的身躯中透露出"驰驱一世豪杰，相与济时艰"的担当；有力的步伐中透露出"衣沾不足惜，但使愿无违"的执着。习主席也在右边的墙上题下了遵义会议的鲜明特点：坚持真理，修正错误，确立党中央的正确领导，创造性地制定和实施符合中国革命特点的战略策略。

这次参观，深深地触动了我的心。我们是多么幸运，我们是多么幸运地生在这华夏土地；我们是多么幸运地生在这华夏之繁荣强盛之领土上。我们定当汲取九万里风鹏之举的力量，少年意气强不羁的豁然，好好学习，天天向上，以单薄之身，聚强国之力，以众人之心，建祖国之梁。

---

* 作者简介：王阳纯凌，男，10岁，贵州省贵阳市人，小学生。

写给李白的信

尊敬的李白：

您好！

您在繁华大唐还好吗？您最近有写新的诗词吗？

从我幼时，就开始拜读您的诗作，"桃花潭水深千尺，不及汪伦送我情"让我知晓了朋友间的真挚之情；"仰天大笑出门去，我辈岂是蓬蒿人"让我明白了自信与振奋；"十步杀一人，千里不留行"让我领略了您的霸气，从此我便喜欢上了您的作诗风格。

我初识汝，起初只是惊鸿一瞥，而后醉于汝之才华，陷于汝之品格。您近花甲之年，正逢安史之乱，虽在浔阳入狱，却能在永王军营里作下了组诗《永王东巡歌》，抒发了您建功报国的情怀，如凤凰涅槃，浴火重生之顽强不屈。这又让我领略了您的左手掂酒杯，右手执利剑的豪迈。

当您看到人民艰辛劳作，您"心催泪如雨"；当民生涂炭久时，您"过江誓流水，志在清中原。拔剑击前柱，悲歌难重论"，那样的慷慨激昂，那样的剑诗双绝。就是您，就是您，我心中的诗仙，世上唯一能让贵妃磨墨，力士脱靴的诗仙。

我写此信，有一个不情之请：吾欲当汝弟子，在含笑待放的花，香气飘溢的酒，皎洁明净的月之夜，吾当跪之闻师吟诵，闻师畅谈国家之事，伴师一路豪饮，一路狂舞，舞出半个盛唐，饮出个谪仙人，不知您是否愿收吾为徒？吾欲传承您的浪漫情怀，让古诗词在中华锦绣山河世代孕育。

正因为您的诗赋予了我力量、自信，所以我才斗胆给您写信。

但愿日有所思，今日而能夜梦。

　　此致
敬礼

您的铁粉：王阳纯凌

2022 年 3 月 18 日

为自己点赞

苏格拉底曾经说过：世界上最快乐的事，莫过于为理想而奋斗。

我——王阳纯凌，四岁开始学书法，日复一日，不管倏而寒冷，也不管倏而炎热，我都会在周末直冲书法班。冬天，因寒冷而脸微泛白，手因冰冷而发抖；夏日，因炎热而汗流浃背，蚊虫叮咬难忍受，可是，就算这样又如何，不管任何困难阻挡在前，也要靠自己的努力坚持着梦想……

冬日，我与妈妈冒着七级风，踏着三尺雪，深一脚浅一脚地来到了书法班，刚拿起毛笔蘸了墨，手就因冷而颤抖起来，写出的字如鸡脚一样。心想：我的手啊，求你给点暖气吧！可是久久未见反应。于是，我气往上蹿，用勇敢的意志打破了寒冷，字慢慢地写好了。不久，问题又悄然而至，由于是气鼓动了勇气，勇敢冲破寒冷才写出好字，可气温太低了，气也退了，手开始僵住。妈妈边给我搓手边鼓励："儿子，棒棒的，加油！"一旁的老师和家长们也纷纷投来鼓励的目光。我心想：妈妈和大家都这样看好我，自己也要加油啊！于是，打起十二分精神，写出了一篇字体潇洒的《水调歌头》，我为自己竖起了大拇指，为了我的勇敢。

仲夏，是书法考级的日子。考点在贵阳，我们必须坐车去。但是一场突如其来的暴雨包裹了世界，雨滴由点成线像一支支利箭，向地面射来，丝毫没有停的意思。我和妈妈对看一眼，各自背起包，拿好伞，出门了。此时的雨大摇大摆地冲刷着大地的每个角落，狂风为它助威，雷鸣为它呐喊！我不由得拉紧了妈妈的手，在风雨中挺直身子走到了车站。考完级了，雨也停了。妈妈问我："出门时你犹豫过吗？这么大的雨。""没有，一年只考一次，我不能放弃！"我为自己竖起了大拇指，为了我的坚持和不放弃。

最终实现梦想的人才会体验到人生中最美好的感受。如今，我已考完中国美院的软硬笔书法九级。我为自己竖起大拇指，点赞，少年！努力，少年！

湿地公园

人说湿地公园水美，人说湿地公园花美。耳听为虚，眼见为实。趁着暑假，我与妈妈一同来到花溪湿地公园一探究竟。

走在公园的林荫道上，笔直的路铺满鹅卵石。虽然正值盛夏，骄阳似火，但路旁的大树自然地搭成了一把遮阳伞，让游人悠闲自得地欣赏风景，欣赏着数不尽的不知名的鲜花和碧草。大树荫荫，小草绿绿，蝉儿鸣鸣，蜻蜓飞飞。

来到了一片花田，那是向日葵的海洋。它们都昂首挺胸地面朝太阳的方向，随着阳光照射，黄色的大脸盘里点缀的那些小黑点，格外引人注目，吸引了蜜蜂，吸引了游人们在此留影。这下好了，向日葵更加挺直了腰，开出了"待到来年九月八，我花开后百花杀"的气势。

来到一座小桥，桥头千姿百态的树枝上竟站立着几只乌鸦，"枯藤老树昏鸦，小桥流水人家"，好有诗意；再看水中，几只白鹭相依相偎，"两个黄鹂鸣翠柳，一行白鹭上青天"，好有画意。就连在冬日里茕茕孑立的孤鸟也三五成群，欢快地扑腾着翅膀。

此时，正值中午，阳光高照，微风习习，湖面上波光粼粼。我不由感叹：大自然的风光真是美呀！

这就是我家乡的湿地公园，虽然公园并不出名，但风景旖旎，环境优美，我们不虚此行，邀请大家都来游一游！

游文坚作品*

感叹京秋

还是暑气腾腾的南粤，飞向雁风荡荡的北京。还是满目葱绿的眼神，带着三十摄氏度的温差，踏在满地落黄的小径。夏季到秋季，诗意般的空间转换，现代的交通工具仅需两三个小时。而北方秋的浓烈，正是南方所稀少的。

皇都北京的秋有着一种霸气，雁风吹过，着黄发红的秋林成片地或条带地或点缀地密布在城市各式各样的建筑群里。那样的穿织，让北京金灿灿的，犹如黄袍加身，不霸气才怪。

北京的秋一直是我向往的。从每年的国际马拉松赛事得知，秋天是北京最美的季节。工作累了的时候，幻想着金秋红叶时，去香山小住几天的美好。也曾听说，钓鱼台国宾馆门前的成片银杏林、地坛公园里烂漫的枫林……

早晨的航班着陆在深秋，友人的热情让我忘却了北京的秋寒。接我的车子沿着京城城郭的弧线，变换着多个切点，不断地切上新的抛物线，甩上了长城。连绵不断的长城，盘在崇山峻岭上，壮丽非凡。秋天的长城，以碧空万里的高洁，迎候四方游人。

没有接过夏阳的湿润，秋阳俨如烘焙。顺应天理的秋叶，或红或黄地簇拥着长城。午后，阳光绚丽，秋叶醉红，灿烂得就要燃烧起来了；那兴奋的劲儿，似乎有种共鸣就要爆发了。爬上长城的高处，宽衣小憩的时候，心想，赤橙黄绿青蓝紫，人生最美的是什么颜色？如此火红般的一簇簇，接下来又是一个什么样子的季节？

斜阳下，不管是烘红还是烘焦的长城，依旧伟岸绵长。不管阳光的温色如何，依然不变情长。我感叹，我赞叹长城的情长，更钦佩、欣赏千百年宇宙星辰赋予长城的智慧和见识。

---

* 作者简介：游文坚，男，62岁，广东人，硕士学历。中国摄影家协会会员，喜欢文学的我没能在文学上取得什么成绩，却在摄影上获取了不菲的收获。摄影作品多次获得国际国内省市大赛的奖项和报纸杂志的刊登，曾获得国际奥委会摄影大赛的金奖，并被国际奥委会博物馆收藏。

与此番热烈场景相对应的，是北京寺庙里的红叶。虽然非常谦逊地躲避世俗，长在院墙内，依然有着饱满的风致。被爬上寺庙屋顶的阳光窥见，一览无遗地表现出风姿绰约的本色。或许是喜静不张扬的个性，虽然有着浓烈的资本，还是一副艳而不喧的婉约性情。黄昏，阳光斜去，烟火渐消。冷冽的秋风下，依然玉树临风。夜阑人静，在斋房的客栈里，我听到秋叶变红的声音。

来京城看秋色，不能不来燕京学府。如果金色是收获的颜色，我叹息自己没在这里做过绿色的梦。走在铺满秋叶的银杏大道上，满眼是那沾染着书卷气息的闪烁秋光，秋风吹起，挥舞的银杏叶满天飘扬，如同走进了流金的岁月。真想在这里多待一会儿，好让自己镀上一层金。这里的学子是幸运的，而在这里耕耘的老师更是受人尊敬。秋光一载一载地在案头流逝，凝结的却是民族的千秋大业。这里秋光无限，应验了老舍先生所说："北平的秋天没有一样不令你满意的。"我忽然想起朱自清曾在这里写下脍炙人口的《荷塘夜色》，可想这里的荷塘秋色该是怎样的俊美！鹤立的博雅塔，倒映在未名湖上，在红叶的衬映下，美的是"一塔湖图"。

叶红了，秋到了。时光轮回，尽管南方仍然暑气横行，心又惦起北京盎然的秋。

西湖，承载历史之美

西湖，因城郭之西而得名。华夏有三十六处之多。

能把西湖称为西子湖的，恐怕也只有杭州西湖了。西子，西施也，乃倾国之美。显然是超出了地理位置上的含义。它源自一千多年前来此做官的大文豪苏东坡的千古绝唱："欲把西湖比西子，淡妆浓抹总相宜。"此后更有"天下西湖三十六，个中最美是杭州"。

杭州西湖之美，已被历代文人骚客融进墨中，文人骚客的泼墨漂染也成就了西湖之最。西湖的美，使得唐代诗人白居易钱塘湖春行时"乱花渐欲迷人眼"，而惜"湖东行不足"。以至他三年官期任满离别时依依不舍，在西湖边留墨："未能抛得杭州去，一半勾留是西湖。"这一"勾留"成就了他最"恋"西湖之人。其实，诗人到任杭州的当天，就迫不及待地写了《杭州刺史谢上表》，便开始了现实主义诗人与美丽西湖的千古绝恋。届满，他为杭州人民留下了一湖清水，一道芳堤，六井清泉，两百首诗。无奈"皇恩只许住三年"，使得他"处处回头尽堪恋，就中难别是湖边"。到了苏州任刺史，相似的秀丽山川，相近的风土人情，也没能勾留住他。在一次泛舟苏州湖后洒墨："自别钱塘山水后，不多饮酒懒吟诗。欲将此意凭回棹，报与西湖风月知。"可见他对杭州西湖的眷恋之情之深，正是"月点波心一颗珠"不为人知的隐喻。他总结"官历二十政，宦游三十秋""最忆是杭州"。

相比于收放有度"一半勾留"的白居易，性情达观豪放、飘逸洒脱的苏东坡，则是最"爱"西湖的人了。他两度官至杭州，其间也是他一生中最诗意、最浪漫、最美妙的岁月。他的千古绝唱，以西施的天生丽质，形容了西湖的自然美景，是爱的自然流露，是情与才的造化，是敢恨敢爱个性的放达。在这样的诗境下，让人感受到他豪迈的"大江东去"、一泻千里的委婉。他诗化了西湖、升华了西湖。情人眼里出西施，情至极处便是爱。他是爱得痴心，不管西湖风雨如何变化，"晴方好""雨亦奇"；他是爱得深沉，不管何种装束，西湖在他眼里总是风姿绰约，美妙无比。他倾情于西湖，呕心于西湖。为"钱塘拓绿湖"，上书朝廷，疏浚淤塞，畅通六井。"北山始于南屏通"，一堤横绝，湖心依偎。

也许诗人激情无度。难免也有漂移。若是冒险拯救，可谓忠心昭然。不为诗人的杨孟瑛，称得上最"忠"于西湖的人了。南宋的败落，西湖被视为红颜祸水。百年失疏，葑草蔽湖。权贵者乘势围篱圈占，高者为田，低者为荡。那时"十里湖光十里笆，编笆都是富豪家"。在这样的背景下，这位苏东坡的乡党，任杭州太守后，他逆元朝政治风标，力排众议，锲而不舍，奏御五年，终获准奏；拆毁田荡，浚湖深挖；修复名胜古迹，把濒临被吞噬的苏堤填高二丈，拓宽五丈三尺，两岸遍植桃柳，重现六桥烟柳。又将淤泥另筑一堤，与苏堤平行走向，百姓称之为杨堤。在浚湖工程的 152 天里，他不断地遭到富豪和政治对手的打击。面对官场险况，他早有所料，却毫不顾忌，一干到底。就在工程完成后的一个月，便遭革职离任。当"自是西湖始复唐宋之旧"时，他已辞官还乡了。杨孟瑛为西湖表现的"忠"体现了他对人民的忠。他为官一任，造福于民的浚湖故事也成了千古传颂的佳话。后人称他为"苏白以后贤郡守"。没有五百年前杨孟瑛的"死磕"就没有今天的西湖。

《西湖游览志》中称："西湖开浚之绩，古今尤著者，白乐天、苏子瞻、杨温甫三公而已。"今天我们荡舟于湖，闲步于堤。更感触于先贤们对西湖 之"恋"、之"爱"、之"忠"。西湖的旖旎景色，承载着历史的厚重。